SU PERVERSO SECRETO

La Liga de los Pícaros - 8

LAUREN SMITH

Traducido por
L. M. GUTEZ

ISBN: 978-1-956227-76-5 (edición libro electrónico)

ISBN: 978-1-956227-34-5 (edición papel)

CAPÍTULO 1

R egla 17 de la Liga:
Nunca dejes que tu título, o la falta de uno, defina quién eres.

EXTRACTO DE LA *GACETA DEL MONÓCULO DE CRISTAL*, 9 de septiembre de 1821, la columna de Lady Society:

Últimamente, Lady Society está bastante frustrada con los caballeros, sobre todo con los de naturaleza pícara. En particular, mira con desaprobación al señor St. Laurent, el hermano menor del Duque de Essex. Este caballero ha intentado seducir cruelmente a una joven de la alta para luego rechazarla después de que ella expresara su interés. Señor St. Laurent, no puede jugar al gato y al ratón con una mujer que ya no está en el juego. Se acabó. Deje a la dama en paz, puesto que usted no tiene ningún deseo de casarse con ella. Considérese advertido.

. . .

—¿CONSIDERARME *ADVERTIDO*? —JONATHAN ST. Laurent se quedó mirando el papel que había robado a Lucien, el Marqués de Rochester. Los dos estaban cómodamente instalados en una sala del club de Berkley, esperando la llegada de sus amigos para sus copas y puros semanales.

El marqués pelirrojo se rio.

—Has hecho caer sobre ti la ira de la mismísima Lady Society. Que Dios se apiade de tu alma.

—En efecto —Jonathan volvió a leer la columna de sociedad, atragantándose con cada palabra. Él no había estado jugando a ningún juego. Solo había una dama en todo Londres a la que podía afirmar haber seducido, o haberlo intentado: La señorita Audrey Sheridan, la hermana menor de su amigo Cedric, Vizconde Sheridan.

Jonathan había pasado toda su vida creyendo que era un sirviente, sin saber hasta el año pasado que era, de hecho, medio hermano del Duque de Essex. Estaba aprendiendo su lugar en la alta sociedad, aprendiendo las costumbres de un caballero y haciendo todo lo posible por dejar atrás su vida de sirviente. Pero los problemas lo habían encontrado. Problemas que llevaban el nombre de Audrey.

Ella era una verdadera fiera. Una belleza de pelo oscuro con una lengua afilada y una inclinación por los problemas. Lo último que él necesitaba eran problemas. Sin embargo, desde el momento en que la conoció, fue una presencia constante en su mente.

—Bueno, ¿qué piensas hacer? —preguntó Lucien. Sus labios se torcieron en una sonrisa divertida y sarcástica mientras daba un sorbo a su brandy.

—¿Qué puedo hacer? —Jonathan estrujó el papel entre sus manos—. No la seduje, no de ninguna manera que realmente cuente.

—¿Bajo los estándares de quién? ¿Los de un caballero, o los de la vida que llevabas antes?

Las palabras hirieron a Jonathan.

—No he sido más que un caballero con ella.

Lucien pareció darse cuenta de que sus palabras habían herido a Jonathan y se corrigió.

—Me refiero simplemente a que pudo haberse producido un malentendido. Las damas suelen tener una visión de la seducción muy diferente a la nuestra, ya lo sabes.

—No lo hubo. Al menos ninguno que yo pueda ver. Y, además, yo estaba dispuesto a casarme con ella. Estaba a punto de pedírselo esta tarde cuando la vi por última vez.

Esa misma tarde había intentado proponerle matrimonio, pero ella había huido de él antes de que pudiera siquiera formular su pregunta. Le había preocupado que ella se metiera en problemas, así que la había seguido hasta un burdel, el Jardín Midnight, que atendía a la clientela de la alta sociedad. Había encontrado a Audrey sola en una habitación con un joven apuesto y había perdido el control, echando al hombre de la habitación. Él y Audrey habían discutido y, cada vez que lo hacían, se producían breves pero intensos momentos de pasión.

Nunca había conocido a una mujer que lo excitara con solo una sonrisa o una risa. Todo en ella hacía brillar el mundo de una manera que él nunca había creído posible.

Pero Jonathan no la había seducido, no de la manera que la columna de sociedad sugería. Él le había dado una muestra de lo que podía ser el placer entre un hombre y una mujer que se querían y, cuando la había sostenido en sus brazos, con su cuerpo temblando por las réplicas de la liberación, él se había perdido en sus suaves ojos marrones. Las palabras de su propuesta habían permanecido en sus labios, y justo cuando Jonathan había reunido el valor para hablar, ella había despertado a su espíritu desafiante y se había apartado de él. Audrey lo había abandonado, y el corazón de Jonathan se había contraído con un dolor inimaginable, herido y confundido por sus reacciones opuestas hacia él. Un minuto estaba ronroneando en sus brazos como una gatita, y al siguiente estaba escupiendo furiosa y dejándolo sentir los profundos cortes de sus garras verbales.

—¿Por qué no le preguntaste? —preguntó Lucien—. No deberías tener miedo. Yo estaba nervioso cuando se lo propuse a Horatia, y no debería haberlo estado.

Jonathan suspiró.

—Pero Horatia es mucho más razonable que su hermana. Audrey es... —las palabras huyeron de él.

—¿Salvaje? ¿Indomable? ¿Una diablilla del más alto nivel? —dijo Lucien con un brillo travieso en los ojos.

—Exactamente —coincidió Jonathan. Ella era todo eso y más. Mucho más.

—Cedric lo aprobará, ya lo sabes. No tienes que preocuparte por eso. Él confía en ti más de lo que alguna vez confió en mí —había un tono suave y melancólico en su voz que llamó la atención de Jonathan. Los dos hombres habían entrado en conflicto por Horatia y, finalmente, habían acabado batiéndose en duelo el día de Navidad. Era un milagro que nadie hubiera muerto ese día.

Aunque a Jonathan le reconfortaba pensar que Cedric no se opondría a que se casara con Audrey, la dama misma era la que lo inquietaba. Un lacayo de la casa Sheridan le había advertido que Audrey estaba decidida a aprender el arte del espionaje para convertirse en espía. Ridículo. ¿Acaso eso era lo que había abierto una brecha entre ellos? Ella había llegado a mostrar interés en él, pero ahora parecía decidida a no casarse con ningún hombre, y cada vez se veía envuelta en situaciones más peligrosas.

El fuerte escozor del rechazo de Audrey le hizo recordar las palabras de Lucien.

—No es Cedric quien me preocupa. El año pasado estaba muy convencido de que Audrey deseaba que yo la cortejara, pero ahora... algo ha cambiado —paseó los ojos por la habitación, buscando respuestas y sabiendo que no encontraría ninguna.

Lucien encendió un puro y le dio una lenta calada, pensando.

—A veces las mujeres están convencidas de querer algo, pero una vez que lo tienen al alcance de la mano, se asustan de conseguirlo realmente.

—Pero, ¿por qué?

—Dios, hombre, si lo supiera me aseguraría de decírtelo.

Jonathan exhaló y se recostó en su silla.

—Si Lady Society está diciendo la verdad, que

Audrey no me quiere, entonces ¿dejarla ir no sería el acto más caballeroso?

Lucien dejó su puro en una bandeja cercana y se inclinó hacia delante, apoyando los codos en las rodillas mientras juntaba sus dedos señal de contemplación. Luego miró fijamente a Jonathan. Lucien acababa de entrar a los treintas y había visto y hecho mucho en el mundo. En comparación, Jonathan era un niño de solo veinticinco años. Confiaba en cualquier consejo que su amigo pudiera ofrecerle.

—Creo que no deberías dejarla ir. Está dolida. Algo ha pasado y se está rindiendo. Pero no deberías. Con Horatia las cosas fueron semejantes. Dije algunas tonterías, hice cosas aún más tontas y, en lugar de arremeter, se alejó de mí. Existe la posibilidad de que Audrey esté actuando como su hermana. He visto cómo te mira Audrey cuando cree que nadie la está viendo. Hay estrellas en sus ojos, muchacho. Y si quieres a la mujer, ve a por ella.

La sonrisa de Jonathan era triste. Él estaba demasiado lleno de tontas esperanzas, y lo sabía.

—¿Estrellas en sus ojos?

—Ella actúa con frivolidad cuando se trata de amor, pero es una verdadera romántica. Es el tipo de mujer que rescata gatitos de la lluvia, que busca vestir y alimentar a los desamparados, y que lucha por lo que cree. Es muy parecida a Lady Society, supongo —agitó una mano hacia el papel que Jonathan aún sostenía, y sus labios se movieron—. Una mujer así merece un campeón que luche a su lado y que no traicione sus nobles causas. Si tú eres ese hombre, entonces me parece que debes ir tras ella sin importar lo que cueste.

Jonathan dejó el papel arrugado sobre la mesa, alisando las páginas mientras pensaba en todos los encuentros que había tenido con Audrey; desde aquel primer beso en la alcoba de Audrey la Navidad pasad, hasta esta tarde en el burdel, cuando ella se había deshecho en sus brazos mientras la tocaba íntimamente por primera vez. Ella se había enfadado, sentido herida y enfriado después, pero en esos primeros momentos en los que Jonathan le había enseñado el placer, él había visto a la chica que lo había mirado con estrellas en los ojos.

—Quiero ser su hombre. Su héroe, su pícaro, lo que ella quiera que sea.

Lucien sonrió y cogió su brandy.

—Ese es un buen muchacho —cuando Jonathan no se movió, Lucien le dio una patada con una de sus botas Hessian—. Bueno, no te quedes ahí sentado, ve tras ella antes de que se meta en más problemas.

Jonathan saltó de su silla y le hizo un gesto a un sirviente en espera de órdenes.

—Trae mi abrigo y consigue a mi caballo.

—Por supuesto —el chico salió corriendo. Jonathan comenzó a salir, pero se detuvo en la puerta.

—¿Les dirás a los demás que tengo un asunto urgente que atender? —preguntó a Lucien.

—Lo haré. No tiene sentido decirles qué estás haciendo, no hasta que la diablilla esté bien casada, o dispuesta a estarlo al menos. Cedric insistirá en entregarla, así que no hagas una tontería como huir a Gretna Green.

—Por supuesto que no. Ella querrá una auténtica boda, como una excusa para comprar un vestido nuevo, si no hay otra opción —Jonathan golpeó la jamba de la puerta con los dedos, dudando un momento más, y luego salió de la habitación. Sí, Audrey y sus vestidos; la mujer estaba obsesionada con la moda. Una sonrisa torció las comisuras de los labios de Jonathan al decidir que, cuando se casaran, llenaría una habitación entera solo con capotas, si ella lo deseaba.

Lo que quieras, corazón mío, lo tendrás, si tan solo puedo convencerte de que digas que sí.

Atravesó la galería del club. La mayoría de las sillas estaban llenas de hombres leyendo, aunque algunos de los caballeros mayores estaban durmiendo. Un buen club les proporcionaba a los hombres un refugio contra el mundo, sus esposas o cualquier otra cosa que ellos pudieran estar evitando. Jonathan no estaba evitando nada, pero aún era nuevo en la sociedad y aquí, al menos, nunca se sentía juzgado. Le gustaba el tranquilo compañerismo de Berkley's, especialmente cuando su hermanastro y sus amigos estaban allí.

Bajó las escaleras por la sala de cartas. Era una noche bastante tranquila. Solo unas pocas mesas estaban ocupadas con el faro y el whist, pero Jonathan sabía que las apuestas serían altas. Cedric, el hermano mayor de Audrey, había ganado un par de caballos árabes ese mismo año en esta misma sala a un tipo que casi había matado a Cedric y a su esposa en un acto de venganza.

Jonathan evitó sabiamente esas mesas. Nunca le

había gustado apostar, al menos no con dinero. El juego de cartas y los juegos de azar no le atraían. Aunque ahora poseía una pequeña finca y una casa en Londres, así como una fortuna decente y unos ingresos constantes dados por su hermanastro, no podía arriesgar ni siquiera pequeñas sumas en las mesas de juego. Había pasado toda su vida ganándose su camino. La idea de tirarlo todo por la borda era una auténtica locura.

Una voz lo hizo detenerse al llegar al vestíbulo.

—¡Señor St. Laurent! —un joven vestido con la librea de los Lonsdale acababa de entrar por la puerta principal del club. Reconoció al muchacho como Tom Linley, ayuda de cámara de Charles Humphrey, el Conde de Lonsdale, otro de sus amigos. Mientras que la mayoría de los ayudantes de cámara permanecían en la casa de su amo, Linley se había convertido también en un compañero de Charles. Lo seguía de un lado a otro, haciendo todo tipo de recados y entregando mensajes cuando era necesario.

—¿Tom? —Jonathan aceptó su abrigo del criado y se acercó a Linley. Los ojos azules del muchacho se abrieron de par en par y sus cejas se juntaron con preocupación.

—Es una suerte que lo haya encontrado, señor. Su señoría me ha enviado al club temprano para veros a todos. Él está en Tattersall's, pero ha recibido un mensaje de la señorita Audrey Sheridan. Normalmente, yo no divulgaría el contenido de una carta privada…

—¿Pero sentiste que tenías que decírselo a alguien?

—No a alguien, a *usted* —insistió Linley—. Ella, la señorita Sheridan, quiero decir, debía pedirle a su señoría que la acompañara a un club de mala reputación esta noche, pero en la carta decía que ya no lo necesitaba —Linley se removió inquieto.

—¿Y estás preocupado? —Jonathan se puso el abrigo y los guantes de montar.

—Me preocupa que ella se vaya de todos modos. Perdone que se lo diga, pero ya sabe cómo es ella, señor St. Laurent. Llena de vida y obstinada.

—Vaya que sí —dijo él con un suspiro—. ¿Sabes a dónde pensaba ir ella?

—Lo sé —Linley le entregó un papel borrador con una dirección—. Tenga cuidado, milord. Es un club infernal, lleno de hombres malos, según dicen. No puede ir allí sola.

¿Un club infernal? ¿La mujer estaba loca? Un nudo de miedo se formó en su estómago. Aquello era mucho más temerario que todo lo que Audrey había hecho hasta ahora. ¿Por qué diablos iba a hacer eso?

—Tienes toda la razón. Gracias, Tom —Jonathan intentó mantener la calma exteriormente a pesar de su corazón palpitante mientras le daba una palmadita en el hombro al muchacho y se marchaba.

Era muy temprano, y en cualquier momento el resto de sus amigos estarían de copas en el Salón Bombay. Las esposas de todos los hombres casados estaban cenando, pero Audrey había aprovechado esta noche para huir.

Sin duda, ella piensa que yo no estaré cerca para descubrir que se ha vuelto a escapar. No debería sorprenderme, realmente no debería.

Pero Jonathan había esperado que su encuentro con él esta tarde la alejara de cualquier otra aventura, al menos durante unos días. Ahora, él sospechaba que eso solo la había estimulado más. Encontró su caballo esperándolo, y cabalgó de regreso a su casa de ciudad en Half Moon Street. Su mayordomo lo saludó cordialmente, pero cuando vio a Jonathan con el ceño fruncido, se puso serio.

—¿Puedo hacer algo para ayudar, señor? —preguntó el señor Leigh.

—Llama a un coche de caballos de alquiler. Necesito llegar al distrito Temple Bar de inmediato.

—Lo haré enseguida —el señor Leigh salió de la casa y Jonathan se dirigió a su dormitorio. Su ayuda de cámara, Louis, estaba sacando brillo a unas botas. Cuando Jonathan entró, él se levantó de la silla junto al fuego y se inclinó.

—Buenas noches, Louis. Necesito una camisa, un chaleco y unos pantalones. Todo negro.

—¿*Todo* negro? —preguntó el joven, ladeando la cabeza con desconcierto.

—Sí —pudo ver más preguntas en los labios del hombre, pero, afortunadamente, el ayuda de cámara no habló más. Jonathan no tenía ningún deseo de decirle a nadie que esta noche se iba a infiltrar en un club infernal. Aunque todavía no estaba claro cómo lo lograría exactamente. Ya lo resolvería una vez que llegara allí. Abrió el cajón de su cómoda y sacó una pistola, un hábito que había adquirido después de que varios de sus amigos hubieran acabado en situaciones peligrosas el año pasado. Sería prudente llevarla esta noche en caso de que se encontrara con problemas, lo cual, dado que Audrey estaba involucrada, era casi una certeza.

Una vez vestido, Jonathan se apresuró a bajar las escaleras y se subió al coche de caballos que lo esperaba. Cuando el carruaje llegó al barrio Temple Bar, pagó al conductor y se apresuró a pasar por el salón de té Twinning y los Tribunales de Justicia Inferiores. Encontró la casa de ciudad que coincidía con la dirección que Linley le había dado y miró a su alrededor, esperando que se presentara una oportunidad. No podría entrar fácilmente, no por la puerta principal. Era probable que los miembros del club estuvieran preparados con contraseñas secretas u otras tonterías por el estilo para evitar la entrada de intrusos.

Se deslizó por los callejones entre la casa y el edificio de al lado y encontró la entrada del servicio. Esa puerta, apostó, no estaría cerrada con llave. Enroscó los dedos alrededor del picaporte y lo manipuló suavemente para revelar una cocina. Una cocinera regordeta con un delantal grasiento removía una olla humeante con un gran cucharón, musitando para sí misma.

—Maldito gato. ¿Para qué lo necesitan estos lujosos lores? No atrapa ninguna rata, en mi opinión.

Jonathan sacudió la cabeza y se concentró en deslizarse detrás de la cocinera sin ser visto. Ella dejó de remover, se limpió la frente y luego se enderezó para girar. Él estaba casi en la puerta que llevaba al resto de la casa cuando ella lo vio.

—¡Oye! ¿Qué haces aquí?

Se congeló y se giró para mirar el rostro aplastado de la cocinera malhumorada.

—Voy tarde y me preocupa que no me dejen entrar. Pensé que si me colaba por las cocinas...

Por favor, Dios, que esto funcione.

La cocinera esbozó una sonrisa de oreja a oreja.

—¿Eres nuevo? Eres más apuesto que el resto. Ese pelo pálido, esos ojos verdes... Apuesto a que las chicas te adoran, ¿no?

—Sí, a veces —tragó saliva, rezando para que ella no se diera cuenta de su engaño. Pero parecía tener interés en él. Su aspecto siempre había sido una ventaja. Incluso las antiguas amantes de su hermano mayor habían querido acostarse con él, aunque Jonathan nunca se atrevió a decírselo a su hermano. El Duque de Essex tenía un poderoso gancho de derecha.

—Bueno, vete entonces. No querrás llegar tarde a la cena. Necesitarás uno de estos —la cocinera se agachó, abrió un armario junto al fogón y sacó un antifaz con la cara del diablo pintada. Solo dejaba a la vista la nariz, la boca y la barbilla. Era un disfraz perfecto.

—Gracias.

—Puedes agradecérmelo con un beso —sugirió la cocinera, agitando sus cortas pestañas hacia él.

—Más tarde, lo prometo —en cambio, le ofreció una sonrisa pícara.

—No tan rápido. Voy a tomar mi pago ahora —ella agitó la máscara fuera de su alcance.

—Muy bien, tentadora dama —se inclinó para darle un rápido beso en la mejilla, pero ella se movió y cogió su pañuelo, empujando su cara hacia la suya y juntando sus labios.

Sobresaltado, Jonathan se alejó y se apresuró a quitarle la máscara de la mano antes de que ella pudiera exigirle más besos. La mujer le guiñó un ojo antes de que él se apartara y se limpiara discretamente la boca con la manga de su abrigo.

Por Dios, Audrey, más vale que valgas la pena para pasar por todo este infierno.

Pero él sabía que ella valía la pena. Ella era digna de cualquier precio a pagar.

Jonathan se puso la máscara y salió al pasillo. Un grupo de hombres estaba en la entrada, bebiendo mucho. Todos llevaban ropa negra y antifaces como el suyo. Miró a su alrededor, con el corazón palpitando mientras buscaba a Audrey, pero en la sala solo había hombres. ¿Dónde estaba ella? ¿Tal vez podría escabullirse y buscar en el resto de la casa?

Una voz estruendosa llegó desde lo alto de una gran escalera.

—Bienvenidos, caballeros —Jonathan se refugió detrás de los hombres con copas mientras estudiaba al hombre que bajaba los escalones para saludarlos—. Como Lord de la Lujuria, os doy la bienvenida esta noche a nuestra fiesta satánica —el hombre sostenía un gato negro en sus brazos. Las orejas del gato estaban aplanadas hacia atrás en su cabeza con miedo y furia, pero no arañó ni escupió como Jonathan esperaba que hiciera. El hombre que lo sostenía, el llamado Lord de la Lujuria, tenía una voz familiar que Jonathan no podía ubicar.

—Langley, me pregunto... —un hombre ebrio arrastró las palabras—. ¿Has encontrado por fin a esa Lady Society? Prometiste que lo harías... —el hombre tuvo hipo—. Me gustaría levantarle las faldas y...

El Lord de la Lujuria siseó.

—No necesito recordarle, Lord del Vino, que debemos dirigirnos a los demás por nuestros nombres de *pecado*, no por nuestros nombres verdaderos. Hay que preservar el anonimato.

El Lord del Vino se rio.

—Oh... claro. Bueno, ¿la has encontrado, Lujurioso?

El hombre suspiró, sintiendo claramente que su teatralidad iba a ser desperdiciada.

—Lo he hecho.

Langley... Jonathan conocía ese nombre. Gerald Langley era un tonto ridículo pero peligroso que recientemente había sido expuesto públicamente por su crueldad y villanía.

Y la mujer que había ensuciado su nombre era Lady Society.

—Entonces, ¿dónde está ella? —preguntó otro hombre.

—En camino. Le he enviado una invitación a la que no ha podido resistirse. Ella cree tontamente que va a sacar lo mejor de nosotros. Por ahora, sugiero que nos instalemos todos en el comedor para beber mientras esperamos su llegada.

El grupo de hombres pasó a un comedor decorado de forma macabra, ocupando sus asientos en la mesa. Docenas de velas estaban encendidas y la cera goteaba, confiriendo un ambiente gótico a todo el asunto. El "Lord de la Lujuria" se sentó y el gato negro siseó y saltó de la mesa, lanzándose al pasillo.

—Maldito gato —Langley maldijo y se sirvió una copa de vino. Se reclinó, con una pequeña sonrisa en los labios, mientras observaba al resto de sus adoradores.

Cuando los demás se unieron a él, Jonathan cogió una copa y bebió un solo sorbo, intentando pasar desapercibido. ¿Por qué vendría Audrey aquí, de entre todos los lugares? Seguramente, no tenía ninguna misión de espiar a estos hombres, ¿verdad? No eran peligrosos, al menos no para la Corona. Se sabía que algunos clubes infernales causaban problemas e incitaban a la violencia en las calles, incluso a los disturbios; pero, al parecer, el club de Langley era simplemente una oportunidad para que los hombres pudieran disfrutar del libertinaje.

Entonces, ¿por qué Audrey elegiría este lugar? Entonces, Jonathan comprendió. Langley había engañado a Lady Society para que viniera esta noche. La infame columnista que había sembrado la devastación con su pluma contra aquellos que consideraba que se lo merecían.

Si Audrey era amiga de Lady Society, eso explicaría todo lo relacionado con el artículo de hoy. Jonathan quería gruñir. En cuanto la encontrara, la alejaría de esos hombres y le daría un buen golpe en el trasero; entonces podría abrazarla y respirar por fin aliviado.

La puerta del comedor se abrió y el mayordomo hizo entrar a un nuevo hombre. Había algo familiar en él. Caminaba recto y erguido, algo que hablaba de la nobleza transmitida por antiguos linajes. No se parecía en nada a los hombres de esta mesa, los rufianes groseros e insensibles con ropas elegantes pero sin un ápice de nobleza entre ellos. Jonathan lo observó de cerca, intentando descifrar la sensación de familiaridad.

El hombre sonrió a algunos de los miembros que estaban ocupados contando bromas obscenas, y aunque la sonrisa parecía forzada, Jonathan finalmente lo reconoció, al menos eso creyó. ¿Era James Fordyce, el Conde de Pembroke? Seguramente no era un miembro, ¿verdad? Él era mejor que esto, y era un buen hombre, demasiado bueno. Era amigo de la Liga de los Pícaros, pero la Liga lo consideraba demasiado bueno y de buen corazón para ser un miembro. Seguramente la Liga no lo había juzgado mal, ¿verdad? A Jonathan le agradaba mucho, y sus instintos no solían equivocarse.

Entonces, ¿por qué estaba James aquí? El hombre, si se trataba de James, se acercó y se sentó frente a él. Sus ojos se encontraron brevemente, pero ninguno habló.

—¡Caballeros! —el grito de Langley terminó con las historias y las risas. Jonathan se volvió hacia Langley como el resto de los hombres. Con el fuego ardiente a sus espaldas, el hombre se estaba metiendo perfectamente en su papel de adorador satánico, y parecía que incluso el Lord del Vino se estaba contagiando del mismo espíritu. Se levantó de su silla y las luces de las velas jugaron con la espeluznante cara pintada sobre la máscara que llevaba. Jonathan se estremeció de asco.

—Esta noche, hemos preparado un festín. Como mencioné en nuestra anterior reunión, tenemos varias invitadas *especiales*, algunas damas que vosotros conocéis bien —Langley hizo una pausa para permitir que los hombres se rieran de alguna broma privada del club. La crueldad en la voz de Langley hizo que Jonathan se tensara. *Por favor, que Audrey esté a salvo en su casa... o en cualquier otro lugar menos aquí.*

Langley continuó.

—Desean participar una vez más en las artes oscuras,

y tenemos dos deliciosas jóvenes bellezas vírgenes que se han ofrecido amablemente para saciar nuestra necesidad de sangre de inocentes.

Jonathan se movió hacia adelante en su asiento, intentando luchar contra el impulso de saltar de su silla y salir corriendo de la habitación. Lo único que quería era encontrar a Audrey y ponerla a salvo de esos bastardos.

El hombre que estaba al lado de Jonathan le dio un codazo en las costillas.

—Me gustaría arrancar esa fruta madura. ¿Qué hay de ti?

Jonathan soltó un ruido ronco y esperó que los hombres asumieran que estaba de acuerdo, pero todo esto le daba asco. *Ellas se han ofrecido.* Le parecía muy poco probable. Si había algo que le importaba, era el derecho de una mujer a elegir a sus amantes. Esta noche probablemente habría una serie de violaciones. Quienes fueran estas damas, no estaban a salvo.

Por favor, que Audrey no sea una de ellas. Por favor, que se haya quedado en casa.

—¿Estáis preparados? —preguntó Langley, con una oscura sonrisa apenas visible bajo los bordes de su máscara.

Los hombres de la sala gritaron y silbaron cuando las puertas del comedor se abrieron y seis damas entraron. Ellas ocuparon las sillas vacías entre los hombres de la mesa.

Langley se aclaró la garganta.

—Mis lores, como Lord de la Lujuria, permitidme que os presente a nuestras invitadas. La Dama del

Pecado, la Dama de la Noche, la Dama del Deseo Oscuro y la Dama de la Alcoba.

Jonathan estudió detenidamente a las mujeres a medida que eran nombradas. Pero cuando llegó a las dos últimas mujeres, se le cortó la respiración. Una mujer vestida de rojo y otra de púrpura estaban sentadas una al lado de la otra. Cada una llevaba medias máscaras, revelando sus rostros lo suficiente como para que a él le resultaran familiares. La mujer de púrpura era Gillian Beaumont, la fiel dama de compañía y amiga de Audrey. Y la diablilla del vestido rojo era...

—Audrey —dijo la palabra en voz alta, pero tan suavemente que nadie le oyó.

Maldita sea. Ella había venido después de todo. Ella y Gillian. Tendría que rescatarlas de alguna manera, y las probabilidades no estaban a su favor esta noche.

Lanzó una mirada a James Fordyce. Tenía una corazonada sobre la presencia del hombre, y rezaba por tener razón. Pero aunque James pudiera ayudarlo en el rescate, seguían siendo lamentablemente superados en número.

—Ahora, por último, pero no menos importante, tenemos una invitada muy estimada entre nosotros. ¿Recordáis la mordaz y venenosa pluma de esa reina de las putas que se hace llamar Lady Society? —escupió Langley. Jonathan se tensó mientras los hombres que lo rodeaban golpeaban la mesa. Audrey dio un respingo, y Jonathan vio cómo los músculos de su garganta se tensaban mientras intentaba mantener la calma—. Bueno, esta noche he tendido la trampa perfecta y he atraído a la propia Lady Society hasta mi puerta. La otra noche mencioné en un baile que nos reuniríamos esta noche y que ella no querría perderse nuestro espectáculo.

El rostro de Audrey perdió todo su color y sus labios se abrieron. Jonathan se quedó mirando con horror y comprensión. Audrey no estaba aquí para ayudar a su amiga Lady Society.

Ella es Lady Society.

Y eso significaba que todo lo que ella le había dicho en esa columna tenía que ser verdad, ¿cierto? Que la dejara en paz, que ella no lo quería.

Un profundo sentimiento de vergüenza amenazó con robarle el aliento, pero Jonathan se aferró a su determinación. Ahora, tenía que concentrarse en salvarla. No importaba lo que ella sintiera por él; eso no le impediría hacer lo correcto.

Las consecuencias de las cruzadas de Lady Society por fin la estaban alcanzando. Y ahora ella iba a conseguir que la mataran.

CAPÍTULO 2

Audrey Sheridan se enfrentaba a la peor noche de su vida.

Su histérica huida de los seductores brazos de Jonathan St. Laurent en el Jardín Midnight más temprano esa tarde la había enviado a una temeraria cruzada esta noche. Y esa misión se estaba derrumbando a su alrededor.

Todo era culpa de Jonathan. Él había tenido la audacia de entrar en su vida en el peor momento posible. Cuando ella había decidido casarse con él después de conocerse, el hombre simplemente la había ignorado en todo momento. Luego, cuando Audrey había decidido que ya no quería casarse porque él seguía con su actitud fría y distante, él también había arruinado eso al besarla con pasión, mostrándole un glorioso mundo de placer que ella no conocía. Y, por supuesto, él había tenido que irrumpir en medio de su entrenamiento de espionaje como un toro furioso, insistiendo en que *ella* era la tonta, tirando de ella en sus brazos y...

Bueno. Eso había sido todo. Audrey se había alejado de todo lo que esos labios prometían para precipitarse en esta peligrosa situación. Estaba tan desesperada por olvidar su desamor que había decidido infiltrarse en un tonto club infernal para descubrir la identidad de los hombres implicados. Había oído demasiadas historias sobre las injusticias cometidas contra las mujeres por esos tontos, y tenía la intención de exponerlas en su columna de Lady Society.

Ahora, se estaba enfrentando a las consecuencias de su distracción. Tanto ella como su doncella, Gillian, estaban atrapadas y a merced de los caballeros del club infernal. Si no lograba salvarlas a ambas de estos ridículos tontos, nunca se perdonaría a sí misma. Los llamados Pecadores Impíos del Infierno. ¿Acaso no se daban cuenta de lo absurdo de su nombre? Pecadores. Impíos. Del Infierno. Era un intento absurdo de aparentar una perversa prepotencia. Audrey pondría los ojos en blanco, pero el hecho era que, incluso con toda esa pretenciosidad y pomposidad, Gerald Langley y sus amigos ebrios eran aterradores. Incluso así de metidos en sus copas, se las arreglaban para hacerla sentir completamente acorralada.

Esta vez sí que has metido la pata, chica. Audrey se reprendió a sí misma y le dirigió una mirada a Gillian, quien estaba sentada detrás de ella. Había tenido la intención de no involucrar a su amiga, pero Gillian insistió en que habían trabajado juntas para formar la identidad de Lady Society y que no iba a dejar que su ama se adentrara sola en este peligro.

Y así fue como ella y Gillian terminaron enfrentándose a la venganza del hombre atroz al que ella había avergonzado en su columna. Los crímenes de ese hombre eran numerosos, pero ella lo había desenmascarado por una horrible apuesta que había hecho para arruinar la inocencia de una joven encantadora por deporte. Audrey no podía tolerar eso. Se había propuesto asegurarse de que Gerald Langley dejara de ser una compañía adecuada para cualquier círculo público, y su intento de heroísmo la había llevado directamente a la trampa del hombre.

Había creído que había sido astuta al respecto, sobornando a dos damas para que no aparecieran esta noche, y ella y Gillian habían planeado ocupar sus lugares. Pero, de alguna manera, Langley había descubierto el cambio. De hecho, había contado con ello.

Maldita sea la boca de Jonathan y sus besos. Si no hubiera estado tan distraída por él, no habría caído en los trucos de Langley. Se estremeció al ver la mirada lasciva detrás de la máscara de Langley mientras él se acercaba a ella y a Gillian.

—Bueno, esta noche he tendido la trampa perfecta y he atraído a la propia Lady Society hasta mi puerta. La otra noche mencioné en un baile que nos reuniríamos esta noche y que ella no querría perderse nuestro espectáculo. Pero me pregunto, ¿cuál es Lady Society? —hizo una pausa dramática. Tal vez si se anunciaba como Lady Society, los hombres perderían el interés en Gillian—. Supongo que no importa. Será un placer tenerlas a las dos —Langley chasqueó los dedos. El hombre a la derecha de Audrey y el hombre a la izquierda de Gillian las sujetaron de los brazos, empujándolas bruscamente contra las sillas para atarlas con una cuerda. La cuerda cortó la piel descubierta de Audrey, pero dejó que el dolor alimentara su rabia.

—¡Cómo se atreve, señor Langley! Haré algo más que escribir un maldito artículo destruyéndote. ¡Tendré tus pelotas en bandeja de plata! —terminó con un gruñido bajo. Lo decía en serio. La cara de Langley se oscureció de rabia donde la máscara mostraba su boca y su barbilla. Algunos hombres de la mesa rieron detrás de sus copas como si fueran colegiales.

Oh, cielos...

—¿Cómo me atrevo? Mi querida dama —gruñó Langley—, has venido aquí por tu propia voluntad. Nadie te ha obligado a venir. Me atrevo a decir que hay pocos que tendrían alguna compasión por una mujer que *voluntariamente* ha acudido a un club infernal. Tu reputación no tendrá ningún valor, y tu palabra ya no será digna de publicación. Y eso es solo el comienzo de lo que tengo planeado para ti esta noche. ¡Has destrozado mi familia, mi nombre, todo! ¡Y te destruiré por ello!

—¡Tienes solo lo que te mereces, bastardo! —espetó ella.

Los ojos de Langley ardieron como brasas antes de recuperar el control de sí mismo. Luego miró de nuevo hacia ella y sonrió con suficiencia.

—Y tú tienes la boca de una puta. Pienso tratarte como tal.

Ella jadeó y se le formó un nudo en el estómago. Él

podía hacer lo que quisiera con ella y con Gillian. No tenía forma de detenerlo, y Audrey acababa de provocarlo.

Dios, Jonathan tenía razón, soy un problema.

—Amordazadlas. Deseo silencio mientras disfrutamos de nuestro festín —Langley chasqueó los dedos, y los hombres que estaban a ambos lados de Audrey y Gillian introdujeron repentinamente pañuelos en sus bocas. Audrey estalló de rabia y le gritó a pesar de la mordaza. Los hombres que la rodeaban se rieron, como si el hecho de ser silenciada también la hubiera hecho perder importancia. Miró a su alrededor, observando lo que la rodeaba. Doce hombres, al menos siete sirvientes, un mayordomo, tres lacayos, una cocinera y una sirvienta, dos grandes ventanas que daban a la calle. Lo memorizó todo, y su mente pasó de un plan a otro mientras intentaba pensar en una forma de escapar.

Langley se rio.

—Ahora estoy hambriento —cogió una campana que estaba al final de la mesa, cerca de su asiento, y la agitó. La puerta del comedor se abrió y los lacayos entraron, llevando bandejas con el primer plato.

—Milord, ¿qué hay de...? —un hombre cercano a Audrey señaló una silla vacía.

—Ah, claro —Langley puso los ojos en blanco y llamó la atención de uno de los lacayos con un gesto de mano—. Haz pasar a Su Impiedad.

Audrey se estremeció. *¿Su Impiedad? Seguramente no pretendían tener un diablo de verdad, ni siquiera adorar al diablo, ¿cierto?*

El lacayo apareció con un gato negro y lo colocó con

cuidado sobre la mesa, deslizándole un plato con trozos de pollo asado. El gato era extremadamente apuesto, con un pelaje negro brillante y ojos amarillos que brillaban a la luz de la habitación. Observó a todos los presentes antes de bajar la cabeza, olfatear el pollo y empezar a comer.

Langley debió verla mirando al felino.

—¿Encantada de conocer a nuestro invitado, Lady Society? Él es el miembro más antiguo, como ves —el tono de Langley se volvió falsamente solemne—. *Longevo* se podría decir.

¿Longevo? Seguramente, él no podía creer que el gato era el mismísimo diablo. Langley estaba claramente loco. ¡Todos esos hombres estaban locos! Gillian se tensó a su lado, evaluando sus ataduras y tirando de ellas, y Audrey hizo lo mismo.

Gracias al cielo, Gillian mantiene la cabeza fría. Audrey sabía que no tenía la misma compostura que su amiga en situaciones críticas. Era una de las muchas razones por las que quería a Gillian como a una hermana. Mientras que la mayoría de las damas mantenían una educada distancia emocional con su personal, ella y Gilly habían sido amigas íntimas desde su encuentro a los dieciséis años.

Y estoy poniendo su vida en riesgo.

Atrajo la atención de Gillian e intentó darle una mirada reconfortante, luego se concentró en un plan para sacarlas de allí. Si encontraban la forma de liberar sus muñecas y los hombres decidían sacarlas del comedor, tal vez podrían escapar. La puerta principal no estaba lejos del comedor, y si conseguían llegar a la calle podrían pedir ayuda o encontrar algún lugar para esconderse.

Sí, eso podría funcionar. Tenía que funcionar.

Para cuando el festín —si se podían llamar así a las pequeñas porciones—, había terminado, Langley se levantó de su silla y alzó un par de dados negros. La sala guardó silencio.

—Cada hombre lanzará los dados sagrados para determinar quién tendrá la dicha de acostarse con la del vestido púrpura. Entonces, lanzaremos el dado para Lady Society. Pero, tranquilos, tenemos toda la noche, y cada hombre tiene una oportunidad con *ambas* damas.

Él levantó los dados como si estuviera mostrando una joya preciada, riéndose oscuramente mientras miraba todas las caras de la sala. Agitó los dados en el aire, actuando como un artista callejero, sonriendo a algunos de los hombres más cercanos a él.

Audrey gritó una sarta de maldiciones a Langley a pesar de la mordaza. Si alguno de los hombres hubiera podido oír sus palabras, se habría sonrojado hasta lo más profundo. Sus palabrotas ahogadas no hicieron más que aumentar sus risas, y los dados se fueron pasando hasta llegar al último caballero junto a Langley. Ella continuó mirando mientras él aceptaba los dados y los miraba fijamente. Su vacilación atrajo la atención de Audrey. ¿Por qué dudaba?

Entonces, lanzó los dados, los cuales se movieron a lo largo de la mesa del comedor y se detuvieron.

—¡Doce! —gritó el hombre a su lado—. ¡Por Dios, eres un bastardo con suerte! —le dio una palmada en el brazo al vencedor. Audrey miró fijamente al hombre, intentando evaluarlo. No parecía tan siniestro o temible como el resto, pero, dadas las circunstancias, no había razón para sentirse reconfortada en absoluto.

Gillian le dirigió una mirada, con el terror brillando como un rayo en sus ojos.

Lo siento mucho, Gilly. Encontraré la manera de salvarte. Lo juro.

—Parece que ya tenemos a nuestro ganador —anunció Langley y se volvió hacia el hombre que estaba a su lado—. Lleva tu bonito premio a cualquiera de las habitaciones de arriba. Te daré media hora y luego continuaremos para ver quién es el siguiente.

El ganador avanzó, y el hombre que estaba junto a Gillian liberó sus muñecas y la puso de pie de un tirón. La azotó fuertemente en el trasero y Gillian soltó un grito de dolor. Audrey enfureció, pero no había forma de liberarse para ayudar a su amiga. El vencedor cogió el brazo de Gillian y la apartó del alcance del hombre que le había azotado el trasero.

—Por aquí, querida —dijo el vencedor.

Audrey manipuló frenéticamente con el pañuelo que tenía en la boca. Finalmente, lo escupió cuando Gillian y el hombre pasaron junto a ella.

—¡Si la tocas, te mataré! —juró. Los labios del hombre se abrieron listos para hablar, pero otro hombre se le adelantó.

—Cállate, o le daré un mejor uso a esa boca tuya —le espetó otro hombre.

Audrey se calmó. Conocía esa voz, la conocía íntimamente. Sabía cómo sonaba cuando la disgustaba y le susurraba al oído, y la conocía tal como era ahora, amenazante y fría. Incluso conocía esa voz cuando se volvía tensa y protectora, cuando le recordaba lo joven, ingenua y descuidada que era. Aquella voz era capaz de estremecerla como ninguna otra y, sin embargo, confiaba en el poseedor de aquella voz con su vida.

Giró la cabeza y se encontró con la mirada de Jonathan St. Laurent.

El hombre que adoraba, el hombre que despreciaba, el hombre que le había roto el corazón. Pudo ver sus encantadores ojos verdes observándola. Él le dedicó un ligero movimiento de cabeza antes de que ella pudiera hablar. Todos los pensamientos sobre Gillian pasaron a un segundo plano. Si Jonathan estaba aquí, él no permitiría que Gillian corriera el peligro, lo que debía significar que se podía confiar en el otro hombre. Ella *esperaba* que así fuera.

Confiaré en ti, solo por esta vez.

Solo esperaba que Jonathan pudiera leer eso en su expresión.

—Bueno, una adorable paloma ha volado. ¡Sigamos! —Langley recuperó los dados y se puso de pie, lanzándolos al aire.

Jonathan se levantó y extendió la mano por encima de la mesa, cerca de Langley, y atrapó los dados un segundo antes de que cayeran y cerró los dedos en torno a ellos.

—En realidad, eso no será necesario. La dama viene conmigo.

Langley balbuceó.

—¿Qué diablos quieres decir?

Jonathan sacó una pistola de su abrigo y apuntó a Langley.

Audrey cogió aire. La sangre empezó a rugir en sus oídos con tanta fuerza que apenas podía oír los gritos de pánico de los hombres a su alrededor. ¿Una pistola? ¿En qué demonios estaba pensando?

—Quiero decir que tu diversión ha terminado y que hemos acabado con esto. Esta mujer va a ser liberada de inmediato y se irá conmigo —la voz de Jonathan estaba llena de autoridad. La mano que empuñaba la pistola era firme. Audrey lo miraba con asombro.

Nadie se atrevió a hablar, ni siquiera a respirar, salvo un hombre que hipó y derramó su bebida antes de murmurar una maldición. Solo el gato negro de la mesa se movió, agitando la cola de un lado a otro mientras observaba el desarrollo de los acontecimientos.

—Suéltala. Ahora —Jonathan levantó un poco más la pistola, apuntando al corazón de Langley.

Langley movió la cabeza y el hombre junto a Audrey la liberó de sus ataduras. Lo oyó susurrar:

—Pequeña zorra.

Ella empujó su silla hacia el pie del hombre, ganándose una maldición por su parte. Se frotó las muñecas liberadas.

—Lady Society, venga por aquí.

El alivio la inundó mientras se movía alrededor de la mesa hacia Jonathan. Iban a escapar. Aunque todavía estaba furiosa y dolida con el hombre, podría haberlo besado, aunque eso solo traería mas problemas.

Cuando pasó junto a Langley, él cogió su muñeca, intentando empujarla hacia él. Jonathan disparó la pistola. Ella y Langley se detuvieron de golpe. Langley maldijo. La bala le había rozado el hombro. Si él no se hubiera movido, le habría dado en el pecho. ¡Podría haberle dado a ella! ¿En qué estaba pensando Jonathan?

Langley la empujó contra la mesa frente a ella, y Audrey gruñó de dolor.

—¡Ahora está desarmado! ¡A por él!

Sin embargo, la multitud que los rodeaba no había estado preparada para esto, y la mayoría no quería participar. Todos empezaron a moverse a la vez, gritando, chillando; pies y manos luchando mientras los invitados salían corriendo de la habitación o intentaban avanzar hacia Jonathan. Alguien se abalanzó sobre ella por detrás, sacándole el aire de los pulmones. Vio que Jonathan tiraba su pistola al suelo y se lanzaba hacia ella, pero había demasiados hombres ebrios tambaleándose, los que intentaban detenerlo al colisionar contra los que intentaban huir. Langley estaba casi en la puerta. Él se estaba alejando.

—¡Oh, no, no lo harás! —se abalanzó sobre él pero tropezó con su vestido, rompiéndolo. Langley desapareció por la entrada.

Cobarde. Estuvo tentada de ir tras él, pero varios de los hombres de la sala estaban demasiado borrachos para ser unos cobardes inteligentes como Langley. Uno de ellos intentó alcanzarla, pero ella se agachó. Su vestido se rasgó en el dobladillo cuando sus botas se engancharon en él, y Audrey cayó. El hombre que intentaba alcanzarla chocó con ella, tropezó y se golpeó contra la alfombra, gruñendo de dolor.

—¡Quédate debajo de la mesa! —siseó Jonathan—. ¡Si no, seguirás tropezando con ese vestido y se te caerá!

Audrey estuvo tentada de ignorarlo, pero él tenía razón. Lo último que quería hacer era correr desnuda durante una pelea en un club infernal. Se introdujo más en la mesa, observando la pelea de los hombres. Reconoció las esbeltas piernas de Jonathan mientras se movía ágilmente, utilizando la confusión general de la sala en su beneficio. Se movía con una gracia que ella había visto a su hermano usar a menudo mientras hacía sparring en su sala de ocio en Brighton. Pero, de alguna manera, Jonathan lo hacía aún más hermoso.

—¡Vamos, malditos bastardos! —rugió Jonathan.

Audrey jadeó cuando un hombre forcejeó con él y lo empujó con fuerza contra la mesa. Varios platos y un candelabro cayeron al suelo. Audrey se aferró a la base del pesado objeto y se arrastró hacia delante, observando la batalla de las botas frente a ella, conteniendo la respiración. Golpeó la espinilla de la pierna más cercana —que no pertenecía a Jonathan—, y se jactó triunfante mientras su víctima daba saltos de agonía.

—¡Toma eso! —volvió a golpear—. ¡Y eso! —sintió un torrente de malvado regocijo al golpear a esos horribles hombres. Ellos habían arruinado demasiadas vidas para satisfacer sus depravadas deseos y vicios.

—*Mreow* —un sonido enfadado la distrajo de la lucha. Vio al gato negro a unos metros, también escondido bajo la mesa, con las orejas pegadas a la cabeza. Sin embargo, no huyó cuando ella se acercó.

¡Crack! Otra pistola se disparó y Audrey gritó llamando a Jonathan, temiendo que le hubieran dispa-

rado. El terror se apoderó de ella. Cogió al gato cuando intentó huir y lo metió bajo un brazo. Se arrastró para salir de la mesa, con la esperanza de que Jonathan hubiera abierto un camino para escapar.

Sin embargo, la marea se había vuelto en contra de su salvador. Estaba siendo sujetado por dos hombres que ahora se turnaban para golpear su estómago. Audrey corrió hacia el fuego, cogió un atizador y se abalanzó sobre el hombre más cercano, golpeándolo en la espalda. El hombre soltó a Jonathan y aulló como un animal salvaje mientras se volvía contra ella. Audrey retrocedió con rapidez, aferrándose al gato y al atizador, agitándolo como un florete de esgrima.

Pero su ataque había permitido a Jonathan volver a tomar la delantera, lanzando golpes como un púgil profesional, y antes de que el hombre que se acercaba a ella diera un paso más, Jonathan lo había agarrado y lo había arrojado contra uno de sus compañeros. Durante un breve segundo, su corazón se aceleró antes de que las probabilidades se volvieran contra Jonathan una vez más. Simplemente, eran demasiados.

Se quedó boquiabierta cuando la última persona del mundo que esperaba ver irrumpió por la puerta: James Fordyce, el Conde de Pembroke, sonrojado y cubierto de polvo.

—¿Qué...? —comenzó, y luego vitoreó cuando James cogió a un hombre y lo arrojó sobre la mesa mientras luchaba por alcanzar a Jonathan. Audrey se adentró en el comedor, hacia Jonathan y James—. ¡Lord Pembroke! Cielos! —gritó Audrey—. ¡Me alegro tanto de verlo! ¿Dónde está Gillian?

—Está ahí —hizo un gesto con la mano detrás de él —. La llevaré a un lugar seguro. St. Laurent, podemos reunirnos mañana, cuando sea seguro.

—Bien —Jonathan le dio un fuerte puñetazo al hombre con el que había estado peleando, quien enseguida cayó de espaldas. Audrey asestó un golpe certero a un hombre ebrio en las regiones inferiores mientras se apresuraba hacia Jonathan. El hombre cayó de rodillas, emitiendo un chillido agudo. Nadie de los que estaban a su alrededor parecía dispuesto a continuar la pelea, pero siempre cabía la posibilidad de que los que habían huido se animaran y planearan volver. Jonathan se acercó a la ventana que daba a la calle y la levantó, abriendo un camino para que pudieran escapar.

—Sal —vociferó.

Audrey se apresuró a obedecer y se deslizó por el borde, cayendo al suelo. El gato escapó de sus manos torpes y temblorosas y aterrizó a su lado, con el lomo arqueado y el pelaje negro erizado.

—¡Cuidado! —Audrey lo cogió justo a tiempo para evitar que fuera aplastado por Jonathan aterrizó junto a ella.

—¿Estás bien? —preguntó Jonathan mientras se inclinaba sobre ella bajo la tenue luz de la luna.

—Creo que sí —pero no lo estaba. Una tormenta de miedo y pánico crecía en su interior, y sabía que, si no llegaba a un lugar tranquilo y seguro, muy pronto se derrumbaría.

Sus ansiedades parecieron mostrarse con suficiente claridad para que él las leyera.

—Oh, querida —susurró Jonathan, y luego le rodeó la

cintura con un brazo antes de llevarla a la calle—. Vamos, debemos seguir avanzando. Prometo llevarte a un lugar seguro.

Le dolían los pies debido a las botas, pues parecía llevar una eternidad corriendo. El gato se sentía notablemente pesado en sus brazos, pero ella no parecía poder soltarlo. Y lo que era más sorprendente, el gato no mostraba ninguna resistencia.

Al girar en la esquina más cercana, saliendo del barrio de Temple Bar, un coche de caballos de alquiler los estaba esperando. Jonathan pagó al conductor y la ayudó a entrar. Dejó al gato en el asiento de al lado. Volvió a bajar las orejas, pero no hizo ningún movimiento para atacar, ni siseó.

La respiración de Jonathan se escapaba en fuertes jadeos mientras se reclinaba en el asiento de enfrente. Tenía el labio partido, y varias ronchas rojas ensombrecían su mandíbula y sus mejillas. El sudor brillaba en su piel y su aspecto era totalmente varonil y maravilloso. Audrey quería arrastrarse hasta su regazo para besarlo y meterse dentro de él. Su corazón seguía latiendo con fuerza y no quería estar en ningún otro sitio más que en sus brazos. Pero eso no podía ocurrir.

Jonathan se tocó suavemente las costillas, gimiendo antes de mirarla por fin. Por su mirada, supo que iba a sermonearla, y sí que se lo merecía esta vez. Pero su mirada cambió, se hizo más profunda, y la respiración de Audrey se aceleró y la esperanza palpitó en su pecho.

—¿Has golpeado a un hombre con el candelabro?

Audrey parpadeó.

—Sí, sí lo he hecho. Y luego he cogido el atizador.

Me pareció que tenía mejor alcance y equilibrio para un arma.

Él sonrió.

—Dios, creo que te adoro —incluso con la cara llena de sangre y magullada, lucía absolutamente maravilloso. Audrey estuvo a punto de responder que también lo adoraba, pero se detuvo. No podía decirle lo que sentía; él solo encontraría la manera de negarla de nuevo, y ella ya había terminado con ese desamor.

—¿Qué estabas haciendo en el club? Ciertamente no eres un miembro.

Su risita la sorprendió.

—¿Estás tan segura?

Maldita sea, tenía la sonrisa más perversa. Le hacía olvidar que era una dama refinada y que debía comportarse como tal. Por supuesto, más temprano ese mismo día, se habían liado en la cama de un burdel, y Jonathan le había mostrado el sorprendente y aterrador poder de las reacciones placenteras de su propio cuerpo con nada más que sus manos. Él había querido castigarla con el placer y, como resultado, ella había experimentado el más exquisito éxtasis. Él no era mejor que su hermano mayor.

—Eres un pícaro, y ciertamente perverso, pero no eres cruel. Al menos no como esos otros hombres —su mirada cayó, y jugó con el cinto negro rasgado que rodeaba la cintura de su vestido.

Audrey había diseñado cuidadosamente el vestido de satén. Tenía tul negro con encaje belga en las mangas. El cinto de satén había estado atado en un moño en la espalda, lo que acentuaba mucho mejor sus curvas en comparación con el diseño de la mayoría de los vestidos. Demasiados vestidos de este tipo colgaban por debajo de los pechos como una bolsa mal ajustada. Ella nunca había aprobado esa tonta tendencia de moda.

—Entonces, ¿estás diciendo que soy cruel en cierta medida? —preguntó en voz baja. La diversión en sus ojos había desaparecido, y su mirada era tan cortante como las esmeraldas a las que ellos se asemejaban.

—Yo… —había crueldad en él, era cierto. La forma en que la evitaba en cada reunión social, la forma en que ignoraba cada insinuación que ella hacía. Audrey había querido casarse con él, *desesperadamente*. Pero el hombre había respondido con tal frialdad que la hizo cuestionar su propia valía. Se estremeció al recordar todas las veces que se había lanzado hacia por él. Incluso su primer beso compartido la Navidad pasada lo había hecho huir. Si un hombre no la quería, todo lo que tenía que hacer era informarle educadamente de que sus afectos no eran correspondidos. Así se hacían las cosas. Pero *él* no *había* hecho eso. No, se quedó tan frío como el hielo en el Támesis durante el invierno.

—Mi intención nunca ha sido ser cruel—susurró, tocándose el labio de nuevo.

¿Jonathan lo decía en serio? Audrey tenía tanto miedo de confiar en sus palabras. No era la chica que él había conocido el otoño pasado. Ella había cambiado.

No dejaré que me haga daño de nuevo al ignorarme.

El silencio entre ellos llenó el carruaje, denso y asfixiante. Incluso el gato negro pareció percibir la tensión entre ellos y se hizo un ovillo, con los ojos muy abiertos y las orejas todavía pegadas a su cabeza. Audrey deseaba alargar la mano y acariciarlo. El gato la distraería de sus pensamientos turbios sobre Jonathan. Recientemente, había perdido uno de los dos gatos que había tenido desde que era una niña. El pobre Manguito. Este nuevo gato no se parecía ni actuaba como Manguito, pero ella amaba a todos los animales. Si este gato la dejaba, ella lo cuidaría.

—Audrey, por favor, di algo —Jonathan se inclinó hacia delante, apoyando los antebrazos en las rodillas.

—¿A dónde vamos? —ella no había estado escuchando cuando él había hablado antes con el conductor.

—A mi residencia. Necesitas que te vea un médico...

—¿Médico? Cielos, estoy bien. No estoy sangrando, ni he sufrido ninguna herida. Si alguien necesita ser atendido, eres tú —se tocó el cinto raído de la cintura—. Mi única herida esta noche es mi precioso vestido —eso era, sin duda, algo de lo más molesto.

—Tú y tus malditos vestidos —espetó Jonathan con irritación.

La ira de Audrey se elevó en un instante. El vestuario de una dama era una de las pocas formas en que ella podía establecerse en el mundo.

—Mis malditos vestidos son maravillosos. No tienes derecho a...

Jonathan se abalanzó sobre el carruaje para cubrirle la boca con una mano. Sus rostros estaban ahora muy juntos, con sus bocas separadas por centímetros.

—Si tengo que oír más sobre vestidos, voy a... —no terminó la idea. Si lo hubiera hecho, Audrey habría hundido su bota entre sus muslos. Ella entrecerró los ojos, tentada de morderle la mano.

—*¿Qué* vas a hacer? —le espetó a través de los dedos.

Sus ojos se centraron en los de Audrey, y frunció el ceño mientras apartaba la mano.

—¿Qué voy a hacer contigo? —terminó con ese último centímetro entre ellos, besándola antes de que ella pudiera decir algo más. La fuerza contundente de sus labios la pilló por sorpresa, y los labios de Audrey se separaron. Su lengua se deslizó entre ellos y ella se sobresaltó. Fue como si un relámpago se hubiera disparado desde su boca hasta su centro, haciéndolo palpitar. Cogió la tela del chaleco, con la intención de apartarlo.

No importa lo bien que bese, solo que es un pícaro terrible. No le importo y no seré su juguete.

Pero, ¿sería tan malo disfrutar del momento? Le gustaba esa pizca de ira que saboreaba en su beso porque ella también la sentía, esa rabia en su interior porque él no le pertenecía. No había nada tan cruel en el mundo como verse privado de algo anhelado. Para Audrey, ese algo había sido él. Todavía era... *él.*

Jonathan se removió en el asiento y el gato siseó y se apartó de ellos, dándolo espacio para subirla a su regazo. Le rodeó la cintura con un brazo, acercándola, y su mano se enredó en su pelo, tirando de los mechones. Audrey se sentía como si ella le perteneciera, pero no solo eso; era ella la única cosa sin la que él no podía respirar. Sin embargo, cada vez que la dejaba ir —como ella sabía que haría pronto—, esa barrera de hielo volvía a levantarse. Ella no podía soportar eso. Un persistente sabor a sangre en los labios de Jonathan terminó con el placer de Audrey y le recordó que aquello no era una fantasía.

—¡Para! —ella lo apartó y se deslizó fuera de su

regazo. Casi al instante, echó de menos el calor de su cuerpo y el tierno asalto a sus labios. Los sentía hinchados y maravillosamente suaves. Audrey ni siquiera había notado su labio partido. Jonathan la observó con ojos enigmáticos.

—Llévame a casa —dijo ella.

Él se cruzó de brazos.

—No.

Audrey lo miró fijamente, aturdida.

—¿Qué?

—No. Vendrás a casa conmigo.

—¿Estás preparado para afrontar la ira de mi hermano por la mañana cuando te vea devolverme así? —señaló su vestido rasgado y su aspecto desaliñado.

—Sé muy bien que tu hermano no está en casa. Él y Anne se fueron anoche a pasar la noche en la finca de Godric. No volverán hasta dentro de unos días. Eso me da mucho tiempo.

—¿Tiempo para qué? —desafió Audrey con un tono mordaz.

—Para verte bien cuidada por una vez —se acomodó en el asiento junto a ella y cerró los ojos como si quisiera dormir. Eso sería imposible; los caminos estaban llenos de baches y el carruaje no dejaba de sacudirse y balancearse. Sin embargo, él no se movió, no se inmutó.

Audrey estuvo a punto de asestarle otro golpe, pero no había olvidado cómo se había estremecido al tocarse las costillas. Él necesitaba descansar. Se movió hacia el asiento que él había dejado libre momentos antes. Audrey y el gato se miraron antes de que ella frunciera el ceño ante el cuerpo dormido de Jonathan.

Estuvo tentada de arrojarse del carruaje, pero no era estúpida. Esperaría hasta que llegaran a su destino y entonces se ofrecería a pagar al conductor para que la regresara a casa de inmediato, sin importar el precio.

Se dejó caer en el asiento y cruzó los brazos sobre el pecho. El gato, que parecía haberse relajado por fin, se movió para frotarse contra su cadera, ronroneando. El felino le tocó el codo con la pata y ella cedió, rascándole las orejas ante su insistencia.

—Es un hombre terrible, ¿verdad? —le susurró al gato. *Un hombre terrible en el que no puedo dejar de pensar.*

ás vale que esto funcione. Jonathan abrió los ojos cuando el carruaje se detuvo frente a su casa en Half Moon Street. Le dolían todos los músculos y lo único que deseaba era beber una botella de whisky y desplomarse en la cama. Pero primero tenía que ocuparse de su futura esposa, si Dios quiere. Salió del vehículo antes que Audrey, ignorando su ceño fruncido. Luego esperó pacientemente, tendiéndole la mano para ayudarla a salir, pero ella no se movió.

—Audrey...

—No voy a salir. Puedes decirle al conductor que me lleve a casa —su respuesta altiva lo habría hecho reír en cualquier otro momento, pero esta noche estaba malditamente cansado para sus juegos.

—Vas a hacer que te cargue, ¿verdad?

—No harás tal cosa. Me voy a casa —Jonathan no podía verle la cara, pero podía oír el mohín en su tono.

Él resistió el impulso de poner los ojos en blanco. En

cambio, se inclinó hacia el carruaje y la cogió por la cintura. Era una criatura muy delicada y con demasiadas curvas que no le costó nada levantarla, a pesar de sus protestas furiosas.

—*¡Bájame de una vez!*

—No haré tal cosa —la llevó hacia su casa de ciudad, ignorando los dolores punzantes en el pecho. Definitivamente, se había roto una o dos costillas en esa pelea.

—¡Espera! ¡Arquímedes! —gritó ella.

—¿Qué?

—¡El gato!

Jonathan se giró, pero, para su sorpresa, no tuvo que preocuparse de cargar al gato. Había saltado del carruaje y esperaba junto a ellos en los escalones, acicalándose una pata con energía.

—Él está aquí. La maldita cosa tiene más sentido común que tú. Ahora deja de golpearme —la dejó en el suelo, pero le sujetó firmemente el otro brazo. No iba a dejar que ella volviera corriendo al carruaje. Abrió la puerta de su casa y la guio al interior. El gato los siguió hasta el vestíbulo.

Un lacayo se apresuró a salir para recibirlos.

—¿Señor? ¿Qué ha pasado? ¿Debo llamar a un médico?

—Todavía no, gracias, Cory. Solo prepara una habitación para la señorita Sheridan —miró al gato—. Y dale un poco de crema a este gato. Parece que también será nuestro invitado. Envía algo de comida a mis aposentos y algo de vino. Estamos hambrientos.

—¡Por supuesto! —el muchacho se arrodilló junto al

gato y le habló suavemente—. ¿Quieres un poco de crema, amigo?

—Se llama Arquímedes —le informó Audrey.

—Por supuesto, señorita —el gato lo dejó cogerlo y se alejaron hacia las cocinas.

Jonathan observó a Audrey echar un vistazo a su casa, con la preocupación arrugando su frente. Ella se retorcía los dedos por costumbre nerviosa. Ahora estaban solos, sin más barreras entre ellos que la ropa de sus cuerpos. Él desterró el repentino deseo de arrastrarla a sus brazos para besarla.

—Jonathan, no puedo quedarme —dijo Audrey en un susurro. No estaba preocupada por su propia su reputación. Él podía ver el miedo en sus ojos. Miedo de él. Ella lo había acusado de ser frío e insensible, y él era cualquier cosa menos eso, pero ella no entendería la razón por la que él no podía decirle lo que sentía. Un hombre simplemente no se arrodillaba a los pies de una mujer y decía: *"El sol sale y aterriza en tus ojos..."* como un poeta enamorado. Ella se reiría de él.

—Puedes y lo harás. Es lo más seguro —hizo una pausa, observando su aspecto desaliñado—. Tu vestido está hecho jirones, y parece que te han atacado; cosa que ha ocurrido, y esos hombres del club podrían seguir buscándote. Sabes demasiado... Lady Society.

Audrey enrojeció y apartó la mirada.

—No soy... No es lo que crees. Y, además, no solo me preocupo por mí. Gillian sigue ahí afuera...

—Confío en que Gillian está a salvo con James. Tú y yo sabemos que es un caballero. Y ellos saben quién eres ahora, mientras que yo he logrado permanecer en el anonimato. Lo que significa que depende de mí protegerte, lo que requiere que te quedes aquí esta noche —Jonathan mantuvo un agarre en su brazo, no con fuerza sino con suavidad, queriendo que ella sintiera su apoyo.

—Bien, por esta noche, pero me iré por la mañana —en el momento en que ella aceptó, él soltó su brazo.

Se dirigieron a las escaleras y Jonathan se aferró a la esperanza de que su plan funcionaría. Tenía que convencer a Audrey de que era digno de ella.

Ella lo siguió por las escaleras mientras él la llevaba a su dormitorio. La casa había pertenecido a Lord Chessley, el suegro de Cedric. Jonathan había utilizado una parte de su herencia para comprar la casa a un precio razonable. Estaba bien situada en Half Moon Street, y el mobiliario estaba bien conservado. La mayoría de los solteros mantenían un mobiliario sencillo, pero Jonathan sabía que una residencia de soltero no sería suficiente para su matrimonio. Había pasado meses intentando perfeccionar esta casa y prepararla para una futura esposa.

Para Audrey.

Y ahora ella está aquí. Sintió mariposas en el estómago.

Jonathan había pensado bastante en el matrimonio. Había crecido viendo a su hermano mayor tener amante tras amante antes de sentar cabeza, y durante un tiempo había seguido hábitos lujuriosos muy similares. Pero conocer a Audrey lo había cambiado. No podía olvidar su apariencia el pasado mes de septiembre, cuando se habían conocido. Ella había sido joven, de rostro fresco, con ojos como la nuez moscada y cabello como la canela.

Había vida en sus rasgos, una inteligencia y vivacidad que lo habían cautivado.

Pero junto con sus deseos, surgieron sus temores. *No soy lo suficientemente bueno para ella. Ella es la hija de un vizconde, una dama de nacimiento noble. Yo he nacido bajo una sombra, el hijo secreto de un duque. He vivido casi toda mi vida como un sirviente.*

El hecho de que él fuera miembro de la Liga no ayudaba.

La Liga de los Pícaros —como la sociedad había empezado a llamarlos—, estaba formada por los que ahora consideraba sus amigos más cercanos. Ellos habían estado allí el día que descubrió su verdadera identidad, y lo habían ayudado a integrarse en la sociedad londinense. Pero todos ellos se habían ganado una reputación en la *alta* por sus costumbres retorcidas con las mujeres y su desprecio casual por las normas británicas más restrictivas. Solo sus títulos nobiliarios los protegían del desprecio público, y ese era un escudo que Jonathan no compartía.

Lo último que quería era avergonzar a Audrey en la sociedad debido a sus orígenes. Pero si ella aceptaba casarse con él, pasaría el resto de su vida intentando ser digno de ella.

—Siéntate —Jonathan señaló uno de los cómodos sillones y se dispuso a encender el fuego. Supuso que podría haber pedido a uno de los lacayos que lo hiciera, pero después de haber sido uno de ellos, sabía lo terrible que era esa tarea a altas horas de la noche. La mayoría de los sirvientes ya estaban durmiendo. Era más de medianoche.

Encendió el fuego y, una vez que se aseguró de que la leña se mantendría encendida, se volvió hacia ella. Audrey lo estaba estudiando.

—Has encendido el fuego —ella hizo girar sus dedos contra el satén rojo de su vestido, de una manera que él había llegado a reconocer como una señal de que estaba confundida y preocupada.

—Siendo un antiguo sirviente, ese es uno de mis muchos talentos. Estoy seguro de que eso te conmociona y te horroriza.

Audrey arrugó la nariz.

—Eso no es lo que... —sacudió la cabeza y volvió a empezar—. Lo que quiero decir es que ojalá yo supiera cómo hacerlo. Has hecho que parezca muy sencillo. Sabes demasiado, cómo cuidar de ti mismo, y lo has demostrado por la forma en que has luchado esta noche. Ojalá yo tuviera esa fuerza.

Jonathan soltó una risita, relajándose un poco. No le molestaba que él se ocupara de las tareas de un sirviente; a Audrey le daba envidia. Eso era inesperado, y sin embargo él sabía que ella siempre iba a sorprenderlo. Era una de las cosas que le gustaban de ella. Era imposible de predecir.

—¿Quieres aprender a encender el fuego?

—Bueno, sí. Pero lo que realmente quiero aprender es a luchar.

—¿A luchar? Audrey, has blandido un candelabro con mucho éxito. ¿Y el atizador? Dios, mujer, has sido una criatura feroz con eso.

Sus mejillas se tiñeron de rosa.

—Sí, bueno, no era como si yo tuviera muchas opciones. Estaba siendo superado en número y yo tenía que ayudar, pero yo he sido una distracción en el mejor de los casos. Ese es mi punto. Quiero aprender a defenderme adecuadamente.

—¿Defenderte? No deberías tener que...

Audrey lo interrumpió.

—¿Qué? ¿No debería tener que defenderme? ¿Porque un hombre debería estar siempre cerca para hacerlo por mí?

—Bueno...

—Dios mío, si eso no ejemplifica los problemas de este país, nada lo hace. Las mujeres son tratadas como seres incompetentes para todo lo que no sean las tareas domésticas, y si desean ser más capaces, se les dice que eso es cosa de hombres. Como resultado, yo no estaba preparada para lo que ha ocurrido esta noche.

—Exactamente —respondió Jonathan—. Te has puesto innecesariamente en peligro. Cualquiera de esos hombres podría haberte cogido, y podrías haber muerto. Langley es un demonio, y estaba dispuesto a lastimarte de verdad.

—Y sin duda para ti la única solución sensata sería permanecer en casa y dejar de meterme en líos.

Audrey se mordió el labio, y Jonathan pudo ver que estaba al borde de las lágrimas. Había una acusación en su tono. Una que no iba dirigida solo a él, sino a la sociedad. Eso decía mucho sobre por qué hacía las cosas que hacía. Se acercó y se arrodilló frente a Audrey. Aquellos encantadores ojos marrones lo consumieron. Colocó una mano sobre la de ella, y odió ver cómo temblaban.

—¿De verdad quieres aprender a luchar?

Ella giró lentamente una de sus manos por debajo las de él para que sus palmas se conectaran. Él sintió un anhelo, uno que temía enfrentar directamente. Ella le hacía desear cosas, una vida tranquila en el campo, con besos ardientes, niños en cunas... Maldita sea, le hacía desear un futuro con el que nunca se había atrevido a soñar hasta ahora.

Por supuesto, también sabía que esta diablilla quería cualquier cosa menos una vida tranquila en el campo. Pero eso no le impedía anhelar compartir con ella la vida que sabía que podría tener finalmente como hijo de un duque.

La energía entre ellos parecía crepitar y aumentar, y Jonathan sabía que, si se inclinaba y rozaba sus labios con los de Audrey, una chispa se encendería entre ellos y los haría caer en la cama. Y entonces verían cómo se encendía realmente un fuego.

—¿Me enseñarías?

Su pregunta lo pilló desprevenido, pero mientras sostenía su mano entre las suyas, vislumbró un rayo de esperanza que le dijo que podía ganarse su corazón. Fuera lo que fuera lo que él había hecho para rechazarla, para que pensara que era frío y cruel, demostraría que estaba equivocada.

Soy un hombre cariñoso, aunque soy un poco pícaro, pero te deseo, Audrey. Te deseo tanto que me duele.

Si enseñarle a ser fuerte, a sobrevivir, era una forma de conquistarla, entonces lo haría. Charles había mencionado una vez una forma de cortejar a una dama que llamaba el Gambito del Instructor, en el que un pícaro atraía a una dama para que aprendiera una habilidad.

Esto obligaría a la dama a pasar cierto tiempo cerca del pícaro, lo que facilitaría la seducción.

—Te enseñaré, pero debe hacerse en secreto. Nadie puede saberlo.

—Sí, tienes mucha razón. Cedric se pondría furioso, y... —la franqueza de Audrey disminuyó, y Jonathan pudo ver cómo se cerraba contra él.

—Audrey...

—Esto debe ser estrictamente un asunto profesional. Estrictamente profesional. Dime que estás de acuerdo. No más besos, no más nada, excepto las lecciones.

Cada golpe doloroso que había recibido esa noche en el club infernal, cada puñetazo y patada, nada le dolía tanto como las palabras que ella acababa de pronunciar. Pero no renunciaría a ella, no hasta que hiciera todo lo que estuviera en su poder para demostrarle su valía. Que podía cuidarla y honrarla como hombre y como futuro marido. Si fallaba, la perdería para siempre, y no podía imaginar un futuro sin ella.

—¿Estás de acuerdo? —repitió Audrey, con sus ojos marrones oscuros y duros de una manera que él nunca había visto antes. ¿Ella había dicho que no era fuerte? La mujer que tenía ahora frente a él, la que exigía este juramento, era una auténtica muralla de fuerza.

Jonathan pensó frenéticamente en alguna manera de mantener esto como algo profesional... Entonces, se le ocurrió.

—Estoy de acuerdo, con una condición.

Ella aún no había retirado su mano de la de él.

—Te escucho.

—Que pases una noche a la semana en mi cama, sin

tocarnos, por supuesto —esperó los fuegos artificiales, y no quedó decepcionado.

—¿Tu *cama*? ¿Por qué tú...?

—Escúchame. Sé que me crees frío y distante, y quizás algún día pueda hacerte cambiar de opinión al respecto. También crees que soy un pícaro, una acusación que difícilmente puedo negar. Pero tienes razón en esto: nuestro acuerdo debe ser estrictamente profesional. Y debes saber que eso requiere confianza, más de lo que te imaginas. Las pasiones se intensifican en el combate. El corazón se dispara y la mente se acelera. Temes lo peor, y ese miedo puede llegar a invadirte. En lugar de aprender, solo reaccionarás, como un conejo reacciona al sonido de una rama rota. Un conejo es una presa; oye una amenaza. Un zorro oye el chasquido de una ramita y lo considera una oportunidad. Tú debes ser un zorro. Enseñarte a luchar de esa manera requerirá tu confianza.

Audrey se mantuvo escéptica.

—¿Y no vas a obtener ninguna satisfacción personal de este acuerdo?

Jonathan sonrió.

—Nunca he dicho eso, y yo no sería el pícaro que crees que soy si lo hiciera. Pero también creo que eso es cierto. Piensa en nuestra aventura de esta noche. ¿Cuántas veces te contuviste o te resististe a mí cuando te sugerí un curso de acción que te convenía? No confías plenamente en mí. O tal vez no confías plenamente en ti misma cuando cerca de mí. Si puedes dormir a mi lado, sin temor a que yo cruce los límites de la decencia, entonces podrás participar en nuestras lecciones sin distracciones.

Sus mejillas se tiñeron de un precioso tono carmesí.

—Pero, ¿cómo *no* me va a distraer eso?

—La lucha requiere proximidad física. Mi cuerpo estará encima del tuyo. Te tocaré. Esto no se puede evitar. Si puedes acostumbrarte a mi presencia y no preocuparte por lo inapropiado de ella, lo mismo ocurrirá con cualquier otra persona. Tendrás más posibilidades en una pelea porque no te distraerás.

Sus ojos se abrieron de par en par cuando pareció entender su punto de vista. Pero el verdadero objetivo de Jonathan no era tan sencillo. Estar cerca de él calmaría los nervios de Audrey cuando practicaran sparring, cierto, pero también le daría mucho tiempo para seducirla fuera de sus clases. Con suerte, ella no se daría cuenta de su plan hasta que ya se hubiera enamorado perdidamente de él.

Se quedó callada durante un largo momento, con los ojos fijos en él, y Jonathan la vislumbró suavizarse un poco.

—Muy bien. Una noche a la semana, pero te atendrás a las consecuencias si mi hermano nos descubre, porque te aseguro que *no* dejaré que él me obligue a casarme contigo por decoro. Eso será terrible para los dos.

De nuevo, Audrey había encontrado la forma de herirlo de una manera que solo ella podía, pero pronto se recuperó.

—Comenzaremos tu entrenamiento en unos días. Necesito curarme antes de permitirte que empieces a lanzarme golpes —Jonathan volvió a colocar una mano sobre sus costillas, haciendo una mueca de dolor al pensar en enseñarle a luchar con las costillas rotas. ¿Quizás podría llevar alguna clase de almohadilla protectora?

—¿Estás realmente herido? —preguntó ella, y esa franqueza que él amaba volvió a aparecer en su rostro.

—Un caballero no debería admitirlo, pero... —hizo una pausa, beneficiándose de su atención—. Lo estoy. Pero nada tan grave como para requerir un médico —se apresuró a tranquilizarla.

—Bueno, entonces, déjame ver. Quítate la camisa.

—Pensé que nunca lo pedirías —su sonrisa de pícaro solo hizo que ella frunciera el ceño y se cruzara de brazos. *Demasiada seducción por esta noche.* Jonathan se desabrochó el chaleco y se lo quitó, luego se levantó la camisa por encima de la cabeza. Su jadeo lo hizo estremecerse. ¿Qué tan grave era?

—¡Te estás poniendo morado! —sus pequeñas manos ya se estaban moviendo sobre su pecho mientras lo miraba con preocupación.

—Imagino que mis costillas están magulladas, quizás rotas. Hubo un tipo con un gancho de izquierda malditamente duro.

Audrey colocó las puntas de los dedos en su abdomen, y sus músculos se tensaron mientras luchaba contra una ola de excitación. Ella estaba muy cerca. Su suave aroma floral le invadió la nariz y le provocó un vértigo de colegial. Por eso siempre huía cuando ella estaba cerca. No podía controlarse ni actuar con la menor racionalidad cuando ella estaba así. Le rozó las costillas con los dedos y él se estremeció, incapaz de ocultarle su dolor.

Audrey señaló con la cabeza hacia su cama.

—Siéntate y déjame verte mejor.

Él la vio coger el paño de su lavamanos y sumergirlo en el agua dentro de su jofaina blanca. Luego volvió hacia él y le sujetó la barbilla, inclinándole la cabeza hacia atrás. Utilizó el paño para limpiarle la sangre de la boca. Le ardieron los labios, y Jonathan se los lamió instintivamente.

—Gracias.

—¿Por qué?

Audrey se sonrojó.

—Me vas a obligar a decirlo —suspiró, como si la confesión que estaba a punto de hacer le costara mucho —. Gracias por salvarme la vida. ¿Cómo sabías dónde estaba?

—Tom, el hombre de Charles, me encontró en Berkley's. Él sospechaba que ibas a ir sola y que la nota que decía que pensabas quedarte en casa era falsa. ¿Por qué no llevar a Charles contigo?

—Ese era el plan, pero... las cosas cambiaron —se quedó callada en cuanto a la razón de ello.

Jonathan se alegró de que no hubiera buscado la ayuda del Conde de Lonsdale. El hombre era el más perverso de la Liga cuando se trataba de damas. Aun así, habría sido un escolta decente, al menos en lo que respectaba a la seguridad de Audrey, aunque quizás no a su virtud.

—Estoy agradecida. De verdad. Charles debía proporcionar una distracción que nos permitiera escapar en caso de que las cosas se descontrolaran, y yo creí tontamente que no era necesario. Gillian y yo habríamos estado en problemas si tú y James no hubieran estado allí. ¿Crees que ellos están bien?

—Estoy seguro de que están bien. James es mejor hombre que yo. Se encargará de que Gillian llegue a casa.

Los labios de Audrey temblaban.

—Si le pasa algo...

—No le pasará nada.

—De todos modos, es mi amiga más querida.

Dios, esta mujer lo estaba matando. Podía ser tan malditamente decidida en un momento y, al siguiente, derrumbarse ante la idea de que una amiga estuviera en peligro. Si algo había aprendido de Audrey Sheridan desde su primer encuentro, era que no vivía a medias. Amaba y odiaba al máximo. Envidiaba la libertad que ella sentía para hablar abiertamente y actuar con valentía. Haber crecido en las sombras, viviendo en las habitaciones de los criados durante la mayor parte de su vida, significaba que nunca había tenido esa oportunidad. La vida de un sirviente era tranquila, apenas se le veía o escuchaba, una criatura que estaba al servicio de los placeres y caprichos de los demás. Un sirviente nunca era dueño de su propio destino.

El hecho de que Godric lo hubiera reconocido como su medio hermano no había cambiado todo. Seguía dudando de sí mismo en los momentos equivocados, seguía olvidando que su posición había cambiado. Incluso sus sirvientes estaban confundidos por su tendencia a hacer cosas por su cuenta, como encender un fuego.

¿Cómo puedo ser el hombre que Audrey se merece? La pregunta lo había atormentado desde el momento en

que había visto su interés por él. Antes de que él alejara ese interés.

—Desearía poder curar tus heridas —musitó Audrey, frunciendo el ceño mientras miraba su torso desnudo.

—Solo el tiempo puede hacerlo —dijo Jonathan, quizá con más brusquedad de la que pretendía. Ella dio un paso atrás, y eso añadió dolor a su ya maltrecho cuerpo, pero era lo mejor. No podía tocarla, no podía besarla. Todavía no. Estar así de cerca era una tentación.

Hubo un suave golpe en la puerta.

—Adelante —dijo Jonathan.

Un lacayo llevaba una bandeja con platos.

—La cocinera tenía preparada carne asada francesa, mollejas de cordero y tartas de grosellas, en caso de que usted regresara para la cena —colocó la bandeja en la mesa junto al tocador y desapareció en el pasillo antes de volver con dos copas y una botella de vino—. ¿Necesitará algo más, milord?

—No, gracias, Davis. Y dígale a las criadas que ya no preparen la habitación de invitados.

Oyó el agudo jadeo de Audrey, pero no apartó la mirada hasta que el lacayo los dejó solos de nuevo.

—No voy a quedarme en la cama contigo *esta noche*.

—Se trata de confianza, ¿recuerdas? Si no es esta noche, ¿cuándo? Ahora silencio y comamos. Estoy hambriento. No pude tocar lo que Langley sirvió, y sospecho que tú tampoco, si fuiste inteligente.

—Me ofrecieron té cuando llegué, pero no me pareció prudente beberlo. Pero Gilly lo hizo. Por lo visto, no sufrió ningún daño. Parece que drogarnos no estaba en el menú de esos brutos, al menos.

Jonathan gruñó. Todavía no estaba seguro de creer eso. Aquellos hombres habrían sido ciertamente del tipo de los que drogaban a las mujeres, pero tal vez habían querido que Audrey y Gillian fueran plenamente conscientes de los horrores que pretendían infligirles. Apartó esos oscuros pensamientos y se puso en pie, yendo a la comida y la bebida que Davis había traído.

Sirvió el vino y le ofreció un vaso a Audrey. Lo aceptó, y él casi se rio cuando ella bebió un largo trago. Luego preparó los platos de la bandeja y le dio uno. Ella aspiró el aroma y sonrió ampliamente.

—Oh, Dios, tengo hambre. ¡Esto huele divino!

—Imagino que lo está. Me he quedado con la antigua cocinera de Lord Chessley, la señora Filbee. Es una maravilla en las cocinas —dio un mordisco a su tarta de grosellas, cuyo dulce sabor estalló en su lengua, y se sentó en una silla junto al fuego. Audrey ocupó la otra silla vacía, acercándola un poco más a las llamas antes de empezar a comer. Utilizó el tenedor y el cuchillo para comer rápidamente, pero lo hizo con elegancia. Era evidente que estaba hambrienta. Utilizó el último trozo de su molleja de cordero para absorber los jugos de la carne asada. Al terminar, se llevó una mano al estómago.

—Déjame adivinar, ¿tu corsé?

Audrey arqueó la ceja.

—Se supone que un caballero no debe hablar de esas cosas.

—Nunca he afirmado ser un caballero —Jonathan esperó, creyendo que ella se enfrentaría a él, pero solo encontró silencio. Sonrió y dejó el plato en el suelo, apartado—. ¿Quieres que te ayude a ponerte más cómoda?

—Tú no... ¿te aprovecharás?

—Confianza, ¿recuerdas? Además, si de alguien se han aprovechado, creo que he sido yo.

—¿*Tú?* Yo nunca...

—La Navidad pasada, tú me arrastraste a *tu* cama y me besaste. No fue al revés. Ahora, déjame ayudarte —en ese momento, Jonathan supo que estaba en problemas. Aquella noche Audrey lo había tentado como ninguna otra, y había tenido que huir de su alcoba antes de reclamarla, o de que ella lo reclamara a él.

Cogió el plato de Audrey y lo dejó a un lado, luego le cogió las manos y la levantó suavemente para que se pusiera de pie.

—De verdad, Jonathan —pero ella no protestó cuando la guio para que le diera la espalda.

Conteniendo la respiración, Jonathan empezó a desabrocharle el vestido. La seda roja era preciosa. Era una pena que su vestido se hubiera estropeado durante la pelea. La prenda se aflojó y Audrey la sostuvo alrededor de sus pechos. Él estudió el moño de satén negro sobre la tentadora curva de su trasero. Tiró de los lazos, deshaciéndolos. El vestido estaba completamente abierto. Ella soltó lentamente la tela y esta se acumuló a sus pies.

Jonathan desató los cordones del corsé y empezó a pasar los dedos por ellos, tomándose su tiempo. Permitió que sus dedos rozaran la piel de Audrey, provocándola con su toque, haciéndola temblar. Su sangre zumbaba de hambre, pero se aferró a su control. *Confianza,* se recordó a sí mismo. Cuando Audrey lo miró por encima del hombro, sus ojos se cruzaron y ella agitó las pestañas, con la cabeza ligeramente inclinada. Sabía cómo atraer a un hombre, cómo invitar a los deseos carnales con una sola mirada. Jonathan se aclaró la garganta y terminó de aflojar los cordones hasta que ella pudo quitarse el corsé.

—Gracias —dijo antes de retirarse al biombo, ocultándose. Las enaguas, las medias y las botas fueron las siguientes en salir, pero se las quitó fuera de la vista en un rincón de su dormitorio.

Jonathan se sentó en su cama, escuchando el crujido de la tela contra su piel, imaginándola retirar cada prenda. Maldijo por no ser él quien la desnudara. Tuvo pensamientos muy perversos de quitarle las medias y mordisquear y besar sus muslos. Su cuerpo se tensó con una nueva excitación. Intentó calmarse, pero era una tarea imposible.

—¿Quieres apagar todas las velas menos una, por favor? No quiero que me veas antes de meterme en la cama —la voz de Audrey estaba un poco tensa.

—Por supuesto —no había necesidad de luchar contra ella en eso. No había prisa. Al parecer, solo era tímida en este aspecto. Él le enseñaría a ser menos recatada a medida que pasaran más tiempo juntos. Se acercarían tan pronto como él comenzara su entrenamiento, pero no esta noche.

Jonathan se inclinó y apagó las velas de la mesita de noche. Solo la luz del fuego iluminaba la habitación, pero los dos sillones bloqueaban la mayor parte de la luz que llegaba a la cama.

—Ya puedes salir.

El rostro de Audrey se asomó por detrás del biombo. Miró a su alrededor y luego caminó de puntillas hacia él. Jonathan apartó el rostro, dándole un poco intimidad. La cama se inclinó un poco y él sintió que la manta se movía mientras ella suspiraba.

—Ya puedes mirar.

Se volvió hacia ella, contemplando la dulce imagen de Audrey en su cama, con sus grandes ojos marrones abiertos y el pelo suelto en ondas rizadas. Seguramente, ella misma se había quitado las horquillas.

—¿Ves? Esto no es tan malo, ¿verdad?

Ella arrugó la nariz.

—¿Roncas?

—¿Roncar? No —prometió.

—Bien. Si lo haces, te asfixiaré con una almohada. Considérate advertido —Audrey ahuecó las almohadas detrás de ella de la manera más adorablemente amenazante.

Jonathan intentó contener la risa.

—Dios, realmente te creo —se acomodó en la cama junto a ella, sonriendo. Por fin había conseguido que Audrey se metiera en su cama, aunque no de la forma que había esperado. Pero era un comienzo. Permaneció despierto durante un largo rato, escuchando la sinfonía de su suave respiración mientras se adentraba en el sueño. Luego se acostó de lado y contempló su rostro bajo la tenue luz de las llamas de la chimenea—. Si me aceptas —susurró, grabando el voto en su corazón—, te demostraré mi valía. Lo juro.

CAPÍTULO 4

Gerald Langley se levantó del suelo del pasillo de su club con la cabeza dolorida. Tosió y se quitó el polvo de yeso del cuerpo. El mundo que lo rodeaba estaba en un estado de destrucción. El comedor estaba lleno de bandejas de comida caídas, las sillas estaban volcadas y el olor acre de la pólvora aún permanecía en el aire. La casa estaba en silencio; no había ni un solo miembro de su club. Cobardes. Se puso en pie, tropezando un poco al llamar a su mayordomo. No hubo respuesta. ¿Incluso los sirvientes habían huido? Despediría a todos y cada uno de ellos por su deslealtad.

—*Clayton* —gritó—. ¿Dónde diablos estás?

Se tambaleó por el pasillo hacia su estudio privado. Esta casa era la sede de su club, los Pecadores Impíos del Infierno, pero a menudo se quedaba aquí cuando no quería ir a su casa de ciudad en Mayfair. Últimamente, pasaba cada vez más tiempo aquí gracias a la zorra de Lady Society. Había estado muy cerca de acabar con ese problema de una vez por todas. Pero ese maldito Lord Pembroke y ese otro sujeto, quienquiera que fuera... ¿Cómo habían entrado? Nunca había tenido un problema de seguridad antes de esta noche.

Se tiró en la silla del escritorio y alcanzó la botella de brandy que tenía sobre la mesa.

Una voz llegó desde la puerta.

—¿Estás teniendo problemas esta noche? —Langley levantó bruscamente la cabeza para mirar al hombre alto con ropa oscura. Gerald conocía al hombre, pero no era miembro de su club.

—¿Problemas? Por supuesto que he tenido problemas. Has dicho que, si yo hablaba con ciertas damas, las que frecuentaban el club, Lady Society se enteraría de mis planes en ese baile e intentaría cambiar de lugar con una de ellas.

—Sabemos cómo piensa, qué lugares frecuenta —dijo el hombre—, y lo que la impulsa. Era evidente que mordería el anzuelo.

—Bueno, lo ha hecho, y ha traído a una segunda chica con ella. Pero la cosa no ha salido bien del todo. Se suponía que yo la tendría justo donde la quería.

El hombre dio un paso adelante.

—¿Y no la tuviste? Ella estaba aquí con tu grupo, pero la casa está vacía y tú estás dispuesto a beber hasta ahogar tus penas.

—Sheffield, has dicho que sería *fácil* lidiar con ella. Sin embargo, ha traído un ejército con ella para rescatarla.

El hombre, Daniel Sheffield, volvió a mirar hacia el pasillo.

—¿Un ejército? Exageras. Tus hombres se hicieron más daño entre sí en la confusión, supongo.

—¿Y qué si lo hicieron? Casi me matan.

—¿Cuántos eran? Quiero la verdad —preguntó Sheffield.

—He contado dos, el Conde de Pembroke y algún otro hombre, pero podrían haber sido más. Han arruinado todo, han disparado al lugar, ¡me han disparado a mí! —levantó un brazo ligeramente ensangrentado. En realidad, era un roce, pero le dolía casi tanto como su orgullo herido—. Y Lady Society ha escapado.

Sheffield se enderezó el abrigo y se acercó a Langley.

—Es una pena que el plan no haya funcionado, pero fuiste un tonto al suponer que ella vendría sin ayuda.

—Sí, bueno, ¿y ahora qué voy a hacer? Ni siquiera estoy seguro de su identidad. Solo era una chiquilla con una máscara. Se parecía a la mitad de las jóvenes que han debutado en Londres este año. Su amiga era igual que ella, fácil de olvidar. ¿Cómo puedo encontrarla ahora? Es como un maldito fantasma, y aún así todos en la *alta* la escuchan. Me ha arruinado, ¿entiendes? Los bancos me han negado créditos, mi hermana y su marido ya no son invitados a ningún sitio, y ni siquiera puedo pasear por Mayfair sin que la gente me evite por la calle.

Sheffield esbozó una fría sonrisa, como si de alguna manera respetara lo que la perra había hecho.

—Increíble, ¿verdad? El poder que puede ejercer una mujer.

—¿Qué debo hacer para vengarme de ella? —Langley se llevó la botella de brandy a los labios y bebió hasta el fondo.

—Nada. El juego se ha acabado. Hice lo que pude para ayudarte, pero ahora debemos terminar esto de otra manera.

—Estoy de acuerdo, acabemos con esto. La quiero muerta —Langley dio otro trago a su botella.

—Estoy seguro de que eso ocurrirá. Por desgracia, no estarás aquí para verlo.

Langley miró fijamente a Sheffield. El hombre sostenía una pistola, apuntando a su pecho. La sangre empezó a latirle en los oídos.

—Sheffield, espera un momento...

—Saca un bolígrafo y un papel y escribe exactamente lo que te diga.

—¡No lo haré! —espetó Langley.

Sheffield dio un paso lento y medido hacia adelante.

—Hazlo ahora o no tendrás oportunidad de arreglar tus asuntos.

Langley tragó duro. Sheffield hablaba en serio.

—Entonces... ¿esto es todo?

—Me temo que sí. ¿Necesitas un minuto?

Langley tragó más allá del repentino nudo en la garganta mientras abría el cajón y sacaba un trozo de papel y preparaba una pluma.

—No. Sigamos con esto.

Sheffield asintió.

—Escribe esto. 'A mi familia, os he decepcionado con mi vergüenza y mi desgracia. No puedo soportar más el peso de todo esto'. Después de eso, puedes decir lo que debas para que tus parientes queden atendidos.

Langley escribió las palabras, el miedo y el horror casi lo paralizaron. Tenía la boca seca y no podía hablar.

Cuando terminó, Sheffield revisó cuidadosamente sus palabras.

—Muy bien —Sheffield entregó la pistola a Langley. Ya tenía una segunda en la otra mano.

—Te daré dos minutos —Sheffield salió del estudio, pero se detuvo un momento en la puerta—. Entiende que, si intentas huir, será mucho peor para ti. Y para tu hermana.

Langley miró la pistola que tenía en la mano y luego el reloj de su estudio. El constante tictac de la cuenta regresiva de cada momento que le quedaba.

Dos minutos.

Era un final apropiado, tuvo que reconocerlo. Había iniciado un club infernal, y ahora, una vez que se quitara la vida, estaría en el infierno por los pecados que había cometido.

Abrió la boca y metió el cañón dentro.

Daniel Sheffield esperó hasta que la pistola se disparó y luego abrió la puerta para asegurarse de que el acto estaba hecho. Volvió a guardar la segunda pistola en su abrigo. Dejó atrás el desastre de la ridícula casa de los Pecadores Impíos del Infierno y entró en un carruaje que lo esperaba afuera.

—Está hecho —dijo Daniel.

—Bien —Hugo Waverly, el jefe cude Daniel, asintió. Sus ojos eran imposiblemente oscuros, el tono de negro que siempre dejaba a Daniel un poco nervioso.

Había servido a Waverly durante años, los dos

haciendo todo lo necesario para preservar y proteger los intereses de Inglaterra. En esos años, se había acercado al hombre como nadie podía hacerlo, y se había ganado una parte de su confianza. Como resultado, Waverly había solicitado su ayuda en misiones secundarias que a menudo no estaban directamente relacionadas con el rey y el país.

Esta era una de esas noches en las que Daniel era testigo de la oscuridad del corazón de Waverly y de los demonios que lo impulsaban en secreto. Pero Waverly lo había salvado de una vida de miseria cuando era niño y le había enseñado a ser un caballero. Le había dado a Daniel una oportunidad para la aventura y el ascenso en la sociedad. Por eso, Daniel se enfrentaría a las misiones más mortíferas si Hugo le daba la orden.

—Entonces, ¿volvemos a nuestro plan original? —preguntó Daniel.

—Sí, creo que sí. ¿Por qué no nos reunimos con Avery Russell esta semana y hacemos que se ponga en contacto con la señorita Sheridan? —Daniel sabía que este tipo de preguntas eran, en realidad, órdenes.

—Me ocuparé de ello —respondió Daniel.

—Bien. Creo que si le das a la señorita Sheridan una oportunidad de servir a su país, estará muy ansiosa por unirse a ti y a Russell en Francia. La misión siempre ha requerido una distracción, algo que sacuda las jaulas de los rebeldes ingleses en Calais, así como las plumas de los de la corte real —Sheffield conocía bien el plan. Los dedos de varios bandos se señalaban unos a otros, cada uno intentando acusar al otro de complicidad o conspiración. Era bajo esta perturbadora nube de sospechas que se esperaba que los reformistas hicieran su jugada, y su error fatal.

—La captura de la señorita Sheridan pondrá al país en un estado de conmoción, y te dará tiempo para ocuparte de la misión. Quiero los nombres de los reformistas, cueste lo que cueste. Estoy seguro de que están encontrando apoyo en nuestras costas.

—¿Crees que permitir la muerte de la chica de Sheridan funcionará? —preguntó Sheffield.

—Lo hará. Primero tenemos que ocuparnos de nuestra verdadera misión. Pero herir a mis enemigos aquí en casa en el proceso será un exquisito regalo.

—¿Y qué hay de Avery Russell? Yo creía que él era prometedor.

—Es una pena —admitió Hugo—. Es muy habilidoso. Pero es el hermano de Lucien, y solo es cuestión de tiempo antes de que averigüe demasiado. Eliminarlo siempre fue inevitable.

Daniel, de haber sido más joven, se habría estremecido ante la fría mirada de Hugo.

—No es que no admire el plan, pero ¿por qué no ir a la Liga directamente esta vez? —Daniel contuvo la respiración, temiendo que Waverly se pusiera furioso, pero había que preguntarlo. Si la Liga de Pícaros fuera la amenaza que Waverly creía que era, no habría esperado tanto tiempo para atacar. Él lo habría hecho hace años.

—Sus debilidades crecen cada día. Cuanto más se casan y engendran mocosos, más tienen que perder. No basta con eliminarlos. Quiero *herirlos*, pieza por pieza, hasta que todos se arrodillen a mis pies, destrozados y abatidos. Solo entonces me vengaré. Por Peter y por mí

—esto último lo había susurrado en voz tan baja que Daniel podría haberlo imaginado.

Cuando el carruaje se detuvo frente a la residencia de Daniel, él asintió con la cabeza en dirección a su superior antes de salir a la calle. Esperó a que el carruaje girara en la esquina para subir las escaleras y entrar en su apartamento.

Su mayordomo lo estaba esperando.

—Señor, tiene una visita. Ella está en el salón.

El comportamiento de Daniel cambió y su corazón se elevó. Dejó de lado la parte oscura y reservada de sí mismo que tenía que mostrar cuando estaba con Hugo. Solo una mujer venía a visitarlo.

Se quitó el abrigo y el sombrero y se los entregó a un criado. Luego se dirigió al vestíbulo y entró en el salón. La habitación estaba iluminada por la luz del fuego y las velas, las cuales acentuaban el escaso mobiliario, pero a la mujer que estaba junto al fuego nunca le había importado su escasa residencia de soltero. Su pelo rubio estaba recogido en un elegante peinado, y su vestido de satén azul oscuro le permitía vislumbrar el cuerpo que él sabía que pronto se llevaría a la cama.

—Melanie —susurró, y ella se giró lentamente hacia él. Dios, era hermosa. Y por esta noche, al menos, era suya.

—Llegas tarde, Daniel. Acordamos vernos a medianoche —ella le abrió los brazos y él la abrazó.

—El trabajo, querida. Me he retrasado inevitablemente.

—No tenemos muchas oportunidades como esta —dijo Melanie—. No sin hacer sospechar a Hugo.

Daniel apartó los pensamientos de Waverly. Melanie podía ser la esposa de Hugo, pero había dejado de compartir su cama desde hacía más de dos años, justo después de dar a luz a su primer hijo.

Puede que tú seas el dueño de su cuerpo, pero yo soy el dueño de su corazón. Daniel besó a Melanie, liberando la tensión que se acumulaba en su interior. Durante mucho tiempo se había sentido dividido por su engaño contra el hombre que le había enseñado todo. Pero el amor desafiaba la lógica, desafiaba la razón, desafiaba incluso las lealtades más fuertes. Se había acostado con muchas mujeres por insistencia de Hugo para obtener información, pero solo había habido una mujer que estaba en su corazón y en su mente.

—Hueles a pólvora —susurró Melanie mientras le rodeaba el cuello con los brazos.

Él se rio cuando ella le mordió la oreja y el placer lo atravesó.

—¿Ah, sí?

—Sí, eso es lo que amo de ti. Eres muy diferente a él. Eres real, no una sombra. Me casé con Hugo pensando que era misterioso y encantador. Pero nunca se me permitió ver detrás de su máscara. No como contigo —ella inclinó su cara hacia la suya, y él se inclinó para besarla de nuevo, perdiéndose en la creciente tensión en su cuerpo, pero esta era una buena tensión.

—Eres la única mujer que ha conocido al hombre que realmente soy —le aseguró. Muchos pensaban que Melanie era vanidosa, y quizás lo había sido, años atrás. Pero el tiempo y un matrimonio solitario la habían llevado por un camino diferente, uno que Daniel había observado desde lejos hasta que no pudo soportar más. Desde entonces, ella había sido la dueña de su corazón. Él había hecho muchas cosas en nombre del rey y del país. Cosas horribles. Cosas que necesitaban hacerse. Pero si había una cosa en su vida que podía decir que había hecho bien, era amar a esta mujer, aunque estuviera prohibido. Ella era su única esperanza de redención —. Necesito estar dentro de ti, amor —gruñó.

Ella sonrió y tiró de él hacia el sofá. No se hablaría más esta noche, no hasta que hubieran saciado su hambre. Mañana, Daniel se preocuparía por Audrey Sheridan.

CAPÍTULO 5

Cuando Jonathan se levantó de la cama justo antes del amanecer, Audrey ya estaba despierta. Era típico de ella levantarse temprano, pero la loca huida del club infernal había hecho fluir por ella una corriente de ansiedad que la había dejado más alerta de lo que habría estado en otras circunstancias. Culpó a ese malestar por el movimiento de su cuerpo hacia Jonathan durante toda la noche, hasta que terminó casi acurrucada alrededor de su cuerpo mientras él dormía. Se había despertado con su aroma y la cálida presión de su piel contra la suya. Él había conseguido rodearla con un brazo, sosteniéndola contra él, y ella no había querido apartarse porque se había sentido demasiado bien.

Pero ahora, con la fría ausencia de su cuerpo, encontró fuerzas para levantarse de la cama y vestirse. Llamó a una criada, quien la ayudó con el corsé y los botones de su vestido. Todavía podía oír a Jonathan moviéndose en la otra habitación, y se tomó un momento para garabatear apresuradamente una nota para él.

Cumple tu parte del acuerdo. Nuestras lecciones deben comenzar pronto.

Luego fue en busca de Arquímedes en la planta baja. Cuando había visto al gato luchando contra esos villanos la noche anterior, había recordado una historia sobre el famoso matemático griego Arquímedes y cómo había creado un arma de garras que podía salir de un brazo de metal y caer sobre un barco, destrozando sus cubiertas y hundiéndolo. El nombre parecía encajar perfectamente con el gato.

Arquímedes había encantado al personal de la casa la noche anterior, y Audrey lo encontró jugando bajo el plumero de una de las criadas. La chica se reía mientras el gato golpeaba las plumas con avidez.

—¡Oh! Le ruego que me disculpe, señorita —la criada retiró el juguete e hizo una reverencia a Audrey cuando se dio cuenta de que la estaban observando.

—No pasa nada. Solo he venido a buscarlo. Es hora de irnos —cogió al gato y lo abrazó antes de buscar al mayordomo y pedirle que llamara a un carruaje. Había perdido su reticule la noche anterior y se preguntaba si el cochero le permitiría pagarle al llegar a su destino.

—Es para usted, señorita —el mayordomo le tendió una bolsa de monedas—. El amo ha dicho que usted podría querer marcharse antes, y que necesitaría esto.

Audrey miró el monedero.

—Yo... —tuvo que aceptar, pero podría enviar a un chico con dinero para pagarle. Sacó lo suficiente para cubrir el viaje en carruaje y le devolvió la bolsa al mayordomo—. Gracias. Dígale al señor St. Laurent que enviaré a un muchacho más tarde para devolverle el dinero.

El sirviente asintió, pero pareció sorprenderse de su deseo de no aceptar un regalo. Pero esa era la cuestión. Ella no quería la caridad de Jonathan, ni deseaba estar en deuda con él.

Él me enseñará a luchar, y entonces no necesitaré a nadie. Seré verdaderamente independiente.

Sus sueños de amor y matrimonio se estaban desvaneciendo ahora que tenía otros deseos. Al estar en la cama con Jonathan, disfrutando de lo que siempre había anhelado, se dio cuenta de que algo había cambiado en su interior. La joven tonta que había sido un año atrás, la que había querido casarse y ser madre, había desaparecido. Ahora, la necesidad de hacer algo más grande ardía dentro de ella como un faro.

Al principio, Lady Society había sido un pasatiempo de ocio, destinado en parte a ayudar a emparejar a sus amigos basándose en los cotilleos que escuchaba. Pero a lo largo de los años, sus ideales habían cambiado. Sus artículos habían pasado de ser meras columnas de sociedad a llamamientos a la igualdad, incluso ensayos sobre temas políticos y desafíos al Parlamento. Todo ello con la floritura y estilo de una mujer inteligente que utilizaba la propia sociedad como arma. Pero Lady Society era solo el principio en el deseo de Audrey de cambiar Inglaterra.

Aunque seguía deseando ser esposa y madre, temía no poder tenerlo nunca, no cuando necesitaba demostrarse a sí misma que podía hacer algo más grande. No en un mundo en el que los hombres no estaban dispuestos a dar esa oportunidad a las mujeres. Debería haber sido un alivio que Jonathan no la quisiera como esposa, porque eso le había dado tiempo para darse cuenta de que ella tenía un destino diferente.

A la llegada del carruaje, Audrey agradeció al mayordomo por el vehículo y salió de la casa de Jonathan. No miró atrás, por mucho que lo deseara. Aquella hermosa casa no sería su hogar, por mucho que lo deseara.

Dos años atrás, cuando había debutado como la estrella de Londres, podría haber tenido a cualquier hombre que deseara, excepto al que realmente quería. Si él podía ser tan displicente y mercenario, entonces ella también podía. Ella tomaría sus lecciones, y luego dejaría Inglaterra y se convertiría en espía.

En los últimos meses había empezado a hablar con Evangeline Mirabeau, una cortesana francesa y mujer formidable por méritos propios, y creía que a Audrey le iría bien en Francia. Los cotilleos y las intrigas gobernaban la corte real francesa, y esas eran dos de las especialidades de Audrey. Los que sabían navegar por esas aguas podían llegar lejos.

Para cuando llegó a la casa de ciudad Sheridan, el amanecer coronaba los edificios. Con suerte, cualquiera que hubiera notado su ausencia no pensaría en decírselo a su hermano a su regreso. Muchos de los empleados la conocían lo suficientemente bien como para ser discretos, pero eso nunca era algo seguro. Audrey llevó a Arquímedes al interior e ignoró las miradas de preocupación de dos lacayos cuando pasó junto a ellos.

Uno de los lacayos le tendió una nota.

—Hay una carta para usted, señorita.

—Gracias —la metió en un bolsillo de su arruinado vestido y subió a su dormitorio.

Depositó a Arquímedes en su cama. Mitones ya estaba sobre las almohadas, descansando bajo la luz del sol de la mañana. Levantó la cabeza y miró fijamente a Arquímedes. El recién llegado le devolvió la mirada, moviendo la cola y, por un momento, Audrey temió que pudieran pelearse. Al cabo de un momento, Mitones se levantó, se estiró tranquilamente y luego saltó de la cama y se alejó, con su cola como un penacho negro en el aire, agitándola de manera desafiante mientras giraba en la esquina y desaparecía en el pasillo.

Audrey sacó la nota y rompió el sello, leyendo las líneas garabateadas apresuradamente en la página. Al parecer, Gillian había sufrido una leve herida en la cabeza y James había insistido en que se quedara en su casa por la noche, ya que tenía un médico entre su personal para tratar a su madre. Bueno, eso era un pequeño milagro. Al menos estaba a salvo y bajo la vigilancia de alguien.

Audrey se dirigió a su armario y, tan pronto como giró el pomo, la puerta de la habitación se abrió y Gillian se asomó al interior.

—¡Estás a salvo! —exclamó su criada y se apresuró a abrazarla.

—¡Por supuesto! ¿Y tú? Te vi salir con James Fordyce anoche —Audrey le devolvió el abrazo a su amiga.

—Bastante bien —Gillian se sonrojó y luego hizo una mueca de dolor al mirar el vestido de Audrey—. ¡Vaya, era nuevo!

Audrey suspiró, tirando de él.

—Sí, el vestido está estropeado, pero, afortunadamente, ha sido la única víctima de anoche.

—Deja que te ayude a salir de él. Acabo de preparar un baño y venía a ver cómo estabas. No me había dado cuenta de que aún no habías vuelto —Gillian la ayudó a quitarse la ropa y Audrey se dirigió a la gran bañera de cobre de su vestidor. El agua estaba caliente, y suspiró con gran placer mientras se acomodaba en la bañera—. *¡Shoo!* —la aguda reprimenda de Gillian hizo que Audrey saliera disparada de su baño caliente, salpicando agua sobre el borde de la bañera. El vestido rojo arruinado colgaba de las manos de Gillian. Estaba persiguiendo a Arquímedes con él mientras corría por el vestidor, saltando del lavabo al armario abierto y a la pila de paños de baño.

—Gillian, ¿qué diablos estás haciendo?

—¡Diablo, en efecto! Estaba ahí sentado. Observándote. Debería estar en las cocinas persiguiendo ratas —el gato pasó a toda velocidad por la bañera, deslizándose sobre el agua y lanzándose hacia el dormitorio. Finalmente, la criada dejó fuera al gato del cuarto de baño y se apoyó contra la puerta, como si estuviera defendiendo la habitación contra una bestia enorme—. ¿Dónde rayos lo has encontrado?

Audrey frotó el jabón a lo largo de su piel.

—Es del club infernal, ¿recuerdas? El pobre gato que afirmaban que era el diablo.

Gillian se acercó a una silla y se desplomó en ella.

—Pensé que había soñado esa parte de ayer por la noche —bajó la cabeza y se estremeció—. Está claro que no lo hice.

—Te acostumbrarás a él. Arquímedes es simplemente encantador.

—¿Arquímedes? Dios... —Gillian cogió unos paños para baño y los acercó a Audrey—. Haré que te traigan el desayuno.

—Gracias, Gillian —Audrey se quedó mirando a su amiga durante un largo momento, esperando que la otra mujer escuchara el mensaje más profundo que había detrás de sus palabras. No se merecía una amiga leal, amable y valiente como ella.

El rostro de Gillian enrojeció.

—Por supuesto —sonrió y salió del vestidor.

Audrey se tomó su tiempo para bañarse, y soltó una risita al recordar la batalla de la noche anterior en el comedor. ¿Realmente había golpeado la pierna de un hombre con el candelabro, y las áreas privadas de otro hombre con un atizador?

Sí, lo he hecho. Y podéis estar seguros de que lo escribiré todo en la próxima columna de Lady Society.

Escribir este tipo de artículos siempre le producía una descarga de excitación. Cuando no estaba intentando incitar a su hermano mayor y a sus pícaros amigos a contraer matrimonio, hacía todo lo posible por corregir los errores de la sociedad, o al menos ponerlos en evidencia. La influencia de Lady Society le había dado la idea de dedicarse al espionaje. El año pasado había hablado con Avery al respecto, y él había visto su potencial en la carrera de espionaje, al igual que Evangeline. Incluso él había considerado oportuno darle algunas lecciones básicas sobre cómo disfrazarse y obtener información de la gente sin que ellos fueran conscientes de ello.

Después del baño, Audrey se colocó un vestido de día verde pálido y unas zapatillas de casa plateadas, y se acomodó en su cama con una pluma fresca y un papel. Arquímedes, quien parecía sentirse como en casa estuviera donde estuviera, saltó a la cama junto a ella y ronroneó, frotando sus mejillas contra el hombro de Audrey. Gillian avanzaba por la habitación, ordenándola, pero se detuvo cuando volvió a fijarse en el gato.

—Creo que te has vuelto loca —anunció Gillian.

Audrey garabateó una línea de su columna y alejó la pluma del gato mientras este jugaba con ella.

—¿Mmm?

—He dicho que creo que se ha vuelto loca, mi señora.

Audrey levantó la mirada y ladeó la cabeza.

—¿Loca porque estoy escribiendo un artículo sobre los Pecadores Impíos del Infierno, o loca porque he traído a Arquímedes a casa?

Su criada fulminó con la mirada al gato.

—Ambas cosas, creo.

—Tonterías. Desenmascaramos a casi todos los hombres durante la pelea de anoche, y es momento de comunicarle a la *alta* quiénes de ellos no son en realidad caballeros.

Gillian gruñó suavemente en un tono que Audrey reconoció como de desaprobación.

—¿Y qué piensa Mitones de Arquímedes?

Ante la mención del gato mayor, Audrey miró a su nuevo felino.

—¿Mitones? Oh, enfurruñó un poco al principio, pero creo que ella entrará en razón. Él se parece un poco a Manguito, ¿no crees?

Sin embargo, no lo decía en serio. Manguito y Mitones habían sido compañeros de camada, y su hermano se los había regalado cuando ella tenía diez años. Manguito había sido asesinado la Navidad pasada por un desgraciado que había querido lastimar a su hermano, y había utilizado a Manguito para enviar un mensaje. La pérdida de su vieja y querida mascota de esa cruel manera le había roto el corazón, y ni siquiera el apuesto Arquímedes podía reemplazarlo.

—Manguito parecía dulce —dijo Gillian.

—Arquímedes es dulce —insistió Audrey, y sonrió mientras el gato frotaba la cara contra su mano, ronroneando de nuevo.

—Lo dudo mucho. ¿Por qué lo has llamado Arquímedes? Creo que Lucifer sería más apropiado.

Haciéndose la sorprendida, Audrey le cubrió las orejas al felino como para evitar que escuchara la conversación.

—Solo porque estuvo presidiendo un festín del diablo no significa que sea un gato malvado. Podría haber sido atraído hasta ese lugar como nosotras, bajo falsas pretensiones.

Gillian soltó una risita.

—¿Atraído bajo falsas pretensiones? Es un gato. Probablemente lo sacaron de algún callejón.

—Tonterías —Audrey abrazó a Arquímedes—. Los gatos nunca van a ningún sitio que no elijan. Durante la pelea, atacó a uno de los hombres, Lord Augersley, antes de que yo lo cogiera de la mesa. Sin embargo, él no peleó conmigo en absoluto, ¿verdad? —le rascó la parte trasera de las orejas.

—Dios mío —Gillian gimió y se dirigió a la puerta. Audrey sintió que a su criada le estaba ocurriendo algo más profundo. Había estado más callada esta mañana. Normalmente, Gillian era habladora, al menos con ella. Audrey tenía sus sospechas sobre qué era lo que tenía a su amiga tan pensativa. Si no hubiera querido que la molestaran, habría limpiado y se habría marchado de la habitación de Audrey, pero se había quedado, como si deseara que Audrey le preguntara sobre aquello que la estaba molestando.

—¿De verdad no vamos a hablar de ello? —preguntó suavemente, lo que hizo que Gillian se detuviera al llegar a la puerta.

Finalmente, Gillian habló, con voz suave.

—¿Hablar de qué?

—Anoche. Llegué a casa esta mañana. Tú también volviste hoy temprano. El mensajero que trajo la nota dijo que te habían herido y que James te había llevado a su casa.

Su criada se estremeció. Audrey la estudió detenidamente, intentando leer cada una de las expresiones de su rostro para descifrar lo que había sucedido.

—Gillian —le susurró—. Sé que tienes una *debilidad* por él. No es algo de lo que debas avergonzarte.

—¿No lo es? —Gillian tragó con fuerza y Audrey pudo ver que estaba luchando contra los sollozos—. No soy ni seré adecuada para alguien como él. Nunca. Soy una *criada*, mi señora. Él es un conde. Yo tendría suerte de ser su amante.

Si había algo que Audrey odiaba era que la sociedad hiciera que mujeres como Gillian se sintieran inútiles. Era hija de un conde, aunque ilegítima. Para Audrey, eso no suponía ninguna diferencia. Sí, era hija de un vizconde y ahora hermana de uno, pero, para ella, el título de una persona no decía nada sobre su carácter. Los hechos y el carácter importaban, no las circunstancias del nacimiento. Y si una persona nacía en un entorno más privilegiado, entonces, en su opinión, era doblemente importante ser merecedor de ello. Por supuesto, esa era una opinión que nunca podría compartir abiertamente, a menos que fuera a través del anonimato de Lady Society.

—James nunca ha aceptado ninguna amante —Audrey se levantó de la cama e hizo que Arquímedes dejara sus páginas en paz—. Gilly, debemos hablar de ti y de James —mantuvo su tono suave, decidida a ocultar su excitación y determinación. Si alguien iba a tener una boda encantadora y un matrimonio feliz, por Dios, iba a ser Gillian.

El semblante de su amiga cambió.

—Tener o no tener amantes no viene al caso. Él y yo nunca podríamos... —Gillian cerró la boca, temblando ligeramente, y Audrey vio el brillo de las lágrimas en sus ojos. Apenas se contuvo mientras su rostro enrojecía.

Audrey se mordió el labio, con el corazón dolido por su amiga. El vínculo que las unía era como el de unas hermanas, y le estaba matando ver a su amiga tan herida.

Envolvió a Gillian en un abrazo y, de repente, se echó a llorar.

—Llora bien. Yo siempre me siento mejor después. Los hombres simplemente no entienden el poder de un buen llanto —Dios sabía que Jonathan la había hecho derramar lágrimas muchas veces.

Gillian resolló y se rio nerviosamente.

—Hay demasiadas cosas que los hombres no entienden.

—Muy cierto —Audrey se rio y soltó a Gillian, pero volvió a ponerse seria cuando se le ocurrió una idea—. Déjame preguntarte algo, y quiero una respuesta sincera, aunque te duela mucho.

Cuando su amiga asintió, continuó.

—Si fueras una dama y James fuera un caballero cualquiera y no hubiera ningún problema de riesgo de posición social y esas tonterías, ¿querrías estar con él? —esperó, observando la cara de su amiga mientras se tomaba su tiempo para responder. Gillian enderezó los hombros y levantó la barbilla con valentía.

—Sí.

Una chica valiente.

—Eso es todo lo que necesitaba oír —contuvo una risita de triunfo. Tenía toda la intención de unir a Gillian y James. La única cuestión era cómo. Se sentó de nuevo en la cama y alcanzó sus papeles.

—¿No piensas interferir? —el tono de Gillian estaba lleno de acusación, pero también de miedo.

Hacía tiempo que había aprendido a mantener una cara seria cuando jugaba a las cartas.

—¿Interferir? Simplemente necesitaba saber cuál era

tu posición para poder lidiar mejor con este asunto, si se presenta en el futuro. Comprendo tus temores. Aunque me resista a decirlo, un conde y una dama de compañía supondrían una situación imposible. Pero tampoco deseo ver corazones rotos. Así que, como dicen, hombre precavido vale por dos. Puedes estar segura de que abordaré el asunto como es debido, si alguna vez se presenta —Audrey fingió leer el artículo mientras pensaba en cómo emparejar a sus dos amigos. ¿Un baile? ¿Una fiesta en casa? ¿Un encuentro secreto?

—¿Por qué no me lo creo? —musitó Gillian.

Audrey ignoró el tono serio de su criada.

—Te veo un poco pálida, querida. ¿Por qué no bajas a las cocinas, descansas un poco y bebes un té? Yo estaré aquí trabajando en mi artículo, y no te necesitaré durante un tiempo —si conseguía que Gillian descansara, Audrey podría ponerla de mejor humor, y eso le daría tiempo para idear un plan de emparejamiento.

—Muy bien —Gillian salió de la habitación, dejando a Audrey y a Arquímedes solos. El gato negro se sentó en el asiento de la ventana, lamiendo una pata y frotándola sobre su oreja.

Se dirigió al gato.

—¿Qué te parece? ¿Debo pedirle a mi hermano que organice un baile? —Arquímedes la miró fijamente—. ¿No? Bueno, mi hermana tendrá una fiesta en casa dentro de una semana. Estoy segura de que a ella no le importaría invitar a James. Todo el mundo lo adora. ¿Y qué te parece? Una fiesta crearía una intimidad forzada. ¡Estarían juntos en una casa de campo hasta que simplemente no puedan resistirse el uno al otro! Es perfecto, ¿no estás de acuerdo?

Arquímedes se lamió la nariz y ronroneó.

Audrey podía verlo todo ahora. Todo funcionaría de maravilla.

—Entonces, esto está arreglado. La fiesta de la casa en el campo —cogió una nueva hoja de papel y escribió una nota a su hermana, explicando la situación. Horatia era la más sensata de las dos, pero, al igual que Audrey, también era una romántica empedernida. Horatia estaría encantada de ayudar a unir a James y Gillian. Terminó su nota y la dobló antes de llevarla a su escritorio, donde la selló cuidadosamente con cera.

Una vez que se enfrió, se sentó en el tocador y apoyó la barbilla en las manos, pensando. La noche anterior había sido un desastre, y se sentía debidamente escarmentada al saber que sus acciones precipitadas habían causado daño a Gillian. Pero todo se arreglaría pronto. Aunque sus vidas habían estado en peligro, el incidente había tenido una consecuencia positiva: James y Gillian habían pasado más tiempo juntos, lo que favorecería sus planes de verlos casados.

Observó uno de sus guantes en el suelo y lo recogió, pensando que Gillian no lo había visto. Estudió la seda rasgada y suspiró. Un aroma que emanaba del guante la hizo detenerse y acercarlo a su nariz. El aroma de Jonathan, solo una pizca, aún permanecía en la costosa tela. Los recuerdos de la noche anterior estallaron en su mente, de ellos sentados junto al fuego, de ella pidiéndole que le enseñara a luchar. Su trato y el hecho de que ella había pasado la noche sin ser tocada en su cama.

¿Audrey realmente lo había hecho? No podía imaginar volver a enfrentarlo despés de haber hecho semejante tontería.

Dios, había sido una tontería, pero quería aprender todo lo posible. Avery le había enseñado sobre el espionaje, Evangeline a utilizar su feminidad para obtener el mayor beneficio posible, pero ninguno le había enseñado a defenderse. Necesitaba a Jonathan como maestro y, por mucho que no quisiera admitirlo, quería pasar más tiempo con él. Sabía que no debía hacerlo. Su corazón ya estaba roto y, si pasaba más tiempo con él, eso solo empeoraría. Sin embargo, iba a hacerlo porque ansiaba tener algún contacto con él, por pequeño que fuera.

Estoy decidida a castigarme por mis deseos, ¿verdad?

Hubo suave golpe en la puerta. Audrey se limpió la lágrima que notó repentinamente en su mejilla y cogió la carta de Horatia.

—Adelante.

La puerta se abrió y Sean Hartley entró. El alto lacayo pelirrojo tenía un corazón cálido y una sonrisa hermosa. Era su confidente más fiel, aparte de Gillian, y uno de los pocos que conocía su identidad como Lady Society. Le entregó la carta.

—Sean, ¿podrías encargarte de entregarle esto a mi hermana?

—Por supuesto, mi señora —se metió la carta en el chaleco y se aclaró la garganta—. Además, tiene una visita en la puerta.

—¿Oh? —ella se tensó. ¿Era Jonathan? No estaba preparada para enfrentarse a él. Todavía no—. ¿Quién es?

—El visitante es Lord Pembroke. ¿Le digo que usted está recibiendo visitas?

—¿James? Oh, muy oportuno. Sí. Por favor, dile que lo veré en el salón —Audrey hizo una pausa—. Oh, no importa, bajaré contigo. No puedo esperar —guardó sus herramientas de escritura y salió de su habitación. Apenas podía contener su emoción. ¡Esto era demasiado perfecto! Ni siquiera había tenido que invitarlo. ¡Simplemente había aparecido! James estaba de pie en el vestíbulo, con el sombrero en la mano. Su rostro una mezcla de impaciencia y nerviosismo.

Pobrecito, debe estar esperando que lo ayude a encontrar a Gillian.

—¡James! —saludó ella, abrazándolo. Su hermano habría desaprobado semejante actitud abierta, pero ella consideraba a James como un hermano. No había riesgo de que ese abrazo fuera interpretado por James como algo romántico—. Ven al salón. Haré que nos lleven el té.

—Gracias. El té sería maravilloso.

Una vez dentro del salón, le indicó que se sentara mientras ella caminaba hacia la bandeja que Sean había traído y servía el té. Podía sentir que James la observaba, sin duda preguntándose sobre la noche anterior y cómo había acabado en una situación tan espantosa.

James se aclaró la garganta.

—¿Cómo estás después de lo de anoche? Me temo que, debido al caos, no pudimos evitar separarnos. Confío en que el señor St. Laurent te acompañó sin problemas a casa.

Audrey le entregó su té y luego se sentó.

—Oh, sí, estuvimos bien —*ciertamente me acompañó a*

casa, solo que no a la mía, pensó con una risita. Dio un sorbo a su té, notando que James la había esperado para hacer lo mismo. ¿Cuánto tardaría en preguntar por Gillian? Él sabía que sería muy inapropiado, pero tarde o temprano lo haría, ella lo sabía.

—¿Y la señorita Beaumont? ¿Ella ha vuelto sana y salva contigo esta mañana?

Audrey se mordió el interior del labio para ocultar su sonrisa. Él estaba embelesado; se veía claramente en sus ojos marrones, los cuales examinaron los de Audrey en busca de cualquier indicio, cualquier palabra sobre Gillian, cualquier cosa que le diera esperanzas.

—No la vi partir esta mañana —añadió.

Ella sonrió.

— Sí. Gracias por cuidar tan bien de ella, James. Gillian es muy querida para mí, una de mis mejores amigas.

—¿De verdad? —él se inclinó hacia adelante, ansioso por cualquier detalle que ella pudiera darle. Audrey ignoró la punzada de culpa que sentía, pero si quería ayudarlos a estar juntos, era necesario recurrir a algunos pequeños engaños.

—Sí, nos conocemos desde hace tres años. Desde que teníamos dieciséis años. Le confío todos mis secretos. *Todos ellos* —esperaba que él entendiera a qué se refería. Como Lady Society, ella ahora era un objetivo para hombres como Gerald Langley.

James colocó su taza sobre la mesa laqueada.

—¿Ella sabe de tu... ocupación?

Audrey asintió.

—Y espero que usted también lo mantenga oculto, milord.

Sus ojos marrones se volvieron serios.

—Nadie lo escuchará de mí, pero me temo que tu secreto ya no está a salvo. Después de anoche, está claro que hombres como Gerald Langley buscarán venganza. Debéis tener cuidado. Ambas. Langley ha visto la cara de la señorita Beaumont, y me temo que podría correr peligro —levantó su taza y dio un sorbo—. ¿Hay alguna manera de que pueda volver a verla?

Audrey fingió estudiarlo críticamente, como si estuviera debatiendo su respuesta.

—Eso depende. ¿Cuáles son tus intenciones, James? —esperó, observando si él sería capaz de preguntarle lo que debía, o si tendría que apiadarse de él y sugerirlo ella misma—. Como Lady Society, no solo desafío las convenciones de la *alta* con mis artículos de exposición; también hago otras cosas.

Los ojos de James se iluminaron con esperanza.

—Sí, he oído que eres una casamentera. Y estoy aquí, rogándote que me ayudes a conquistar a Gillian; es decir, a la señorita Beaumont —sonaba algo desesperado, pero ella lo entendía. Cuando una persona te importaba y querías estar con ella, vivías en la desesperación.

Audrey dejó la taza de té y cruzó las manos en su regazo mientras se inclinaba hacia él, manteniendo la voz baja.

—Debo hacerte una pregunta. La honestidad es importante, así que sería prudente que me dijeras solo la verdad.

James la imitó, inclinándose hacia ella.

—Por supuesto.

—¿La amas?

—¿Amarla? —hizo una pausa, con la mirada contemplativa—. Llevo poco tiempo conociéndola como para afirmar que es amor, pero desde el momento en que la conocí, algo parece encajar cuando estoy con ella. Como las piezas del rompecabezas que se deslizan en su lugar, o la forma en que el mar y la orilla se unen. Me siento ligado a ella de una manera que desafía una explicación más racional. Es inteligente, compasiva y valiente. Todo lo que yo querría en una compañera de mi vida.

—¿Y hermosa? —él había omitido lo que la mayoría de los hombres consideraban prioritario a la hora de elegir una esposa o amante. Audrey luchó contra una sonrisa mientras lo provocaba.

James siguió mirándola con seriedad.

—Por supuesto. Pero la belleza no es solo la del rostro y el cuerpo. Se extiende mucho más allá, hasta la mente y el alma. Esa belleza crece con el tiempo en lugar de desvanecerse.

Sus palabras llenaron su corazón de calidez. James era incluso mejor de lo que ella había esperado. Era realmente perfecto para Gillian. Audrey se recostó en su silla. Era el momento de ponerlo a prueba.

—Después de un encuentro tan breve, difícilmente puedes conocerla bien. ¿Y si tus suposiciones sobre ella fueran erróneas?

La confusión nubló el rostro de James.

—Me temo que no lo entiendo.

—Si eligieras estar con ella y eso amenazara con derrumbar tu vida a tu alrededor, ¿qué pasaría entonces?

¿Te arrepentirías? ¿La abandonarías, desearías no haberla conocido? —Audrey contuvo la respiración, esperando a ver si él demostraba que era el hombre que ella creía que era.

Él y yo somos muy parecidos. Luchamos por nuestro amor, luchamos hasta estar seguros de la victoria o la derrota. Yo he perdido mi guerra, pero James aún tiene la oportunidad de ganar la suya. No dejaré que se rinda.

James bajó la cabeza, mirando fijamente la taza de té antes de responder.

—¿Qué hay de la vida de Gillian?

—¿Perdón?

—Bueno, dices que estar con ella podría derrumbar mi vida a mi alrededor, pero ¿perjudicaría igualmente la suya? Si es así, yo no tendría más remedio que evitarnos ese dolor a los dos. Pero si te refieres solamente a mi vida... bueno. Creo que hay ciertas personas en la vida que justifican el dolor y los momentos difíciles. Para mí, Gillian es esa mujer. Sin duda, creo que ella lo vale *todo*.

Audrey sonrió ante su respuesta.

—Debo advertirte. La vida de Gillian no ha sido fácil y tiene sus propios secretos. Secretos que cree que lastimarán a cualquier hombre que ame, en caso de ser descubiertos. ¿Eres lo suficientemente valiente para enfrentarte a ella cuando te cuente la verdad?

James frunció el ceño.

—¿Ella está enamorada de alguien más? Hay otro hombre con el que...

—¡No, por supuesto que no!

Los hombros de James se desplomaron con evidente alivio.

—Entonces sí, puedo hacer frente a cualquier verdad con tal de tener la oportunidad de conquistarla.

—Bien —Audrey aplaudió—. Entonces, esto es lo que debes hacer. Recibirás una invitación de mi hermana para asistir a una fiesta en casa dentro de una semana. Aceptarás. Gillian estará allí. Entonces, tendrás tu oportunidad de conquistarla.

—Una semana —él pronunció las palabras, todavía con el ceño fruncido.

—Puede ser paciente, ¿verdad, milord?

—Por supuesto —su suave suspiro fue extrañamente tranquilizador. Sonaba como si llevara mucho tiempo esperando por ella, y esperar un poco más era algo insoportable.

—Nos veremos en una semana —ella se levantó de la silla y él la siguió.

Audrey lo acompañó hasta el vestíbulo y Sean le entregó su sombrero. Se detuvo en la puerta, y la luz del sol de la tarde lo iluminó como si fuera el propio ángel de la guarda de Gillian. Aquello llenó a Audrey de alegría por la futura felicidad de su amiga, y también de envidia, porque ella nunca tendría un hombre que se preocupara por ella como James lo hacía por Gillian.

Pero al menos yo puedo darle una vida feliz a ella.

—Señorita Sheridan, si la ve, ¿le dirá...? —su rostro se enrojeció por su timidez—. Dígale que estoy pensando en ella.

—Lo haré —prometió Audrey. Lo vio bajar los escalones y llamar a un carruaje. Haría todo lo que estuviera en su poder para utilizar la fiesta de la casa como medio para acercarlos. El amor crecería allí, estaba segura.

Cuando se dio la vuelta, vio a Gillian de pie junto a la entrada del servicio.

—¿Mi señora? —esas dos palabras contenían una lluvia de preguntas.

—Lord Pembroke ha venido a verte —cruzó las manos frente a ella y desterró de su mente los pensamientos sobre Jonathan y su propia melancolía—. Quería asegurarse de que estabas bien. Le hice saber que lo estabas. Ahora, he olvidado que hemos sido invitadas a la finca de Lucien dentro de una semana, y debo empezar a hacer las maletas —hizo un gesto a Gillian para que la acompañara a sus aposentos—. Quiero llevar mis mejores galas. Y tú me acompañarás, no como doncella, sino como dama.

Gillian la miró con horror.

—¿Yo?

Audrey se rio.

—Sí. Debemos trabajar en nuestros esfuerzos de espionaje. En especial, debes mejorar tu habilidad para disfrazarte. Si bajas la mirada o actúas con deferencia cuando no debes hacerlo, puedes hacer que nos maten a las dos.

—Pero...

—Esto no se va a discutir. Hagamos una lista de lo que tenemos que empacar —tenía que hacer todo lo posible para mantenerse a sí misma y a Gillian distraídas. Había muchas posibilidades de que Jonathan no cumpliera su promesa de enseñarle a luchar. Y eso no era algo en lo que ella quería pensar.

CAPÍTULO 6

—Nunca te había visto así.

Jonathan se volvió hacia Godric, sin saber a qué se refería. Cada vez que miraba la cara de su hermano mayor, era como si se mirara en un espejo, excepto por su pelo, que era mucho más claro que el de su hermano mayor. Incluso compartían los mismos ojos verdes. ¿Cómo era posible que ninguno de los dos se hubiera dado cuenta de que eran hermanos durante casi veinticinco años? La respuesta era dolorosamente simple, supuso. Godric era el Duque de Essex. ¿Por qué diablos Jonathan habría considerado siquiera la posibilidad de estar emparentado con un duque? ¿O con alguna casa noble, en realidad?

—¿Cómo? —dijo al fin.

—Con una crisis de melancolía.

Jonathan estaba mirando los jardines a través de la amplia ventana del salón.

—No quiero hablar de ello —se había acostumbrado

a hablar con Godric de casi todo, pero ¿admitir sus fracasos? Ningún hombre querría hablar de ese tema.

—Es Audrey, ¿no? Anoche, Lucien mencionó que estabas indeciso sobre ella.

—No estoy indeciso. Ese es el problema —Suspiró con fuerza. Si Godric no iba a irse sin una respuesta, más le valía admitir la verdad—. La quiero como esposa, pero ella cree que soy frío y arrogante, y me ha dicho sin rodeos que no quiere casarse nunca.

La carcajada de su hermano chirrió en sus oídos. ¿Qué tenía de divertido su desgracia?

—¿No quiere casarse? Estás bromeando. La pequeña no ha hablado de otra cosa desde que cumplió dieciséis años —empezó a hablar con voz aguda—. 'Oh, Cedric, asegúrate de no asustar a mis pretendientes. ¡Me muero por casarme!'. Eso sí, él jamás la escuchó.

Jonathan sonrió a regañadientes. Recordaba demasiado bien a la hermosa joven que se había fijado en él el año pasado.

—Bueno, ella ha cambiado.

—Lo dudo —Godric se rio y se unió a su hermano en la ventana—. Esa mujer ha tenido ojos para ti desde el momento en que te conoció. Ese tipo de deseo no cambia, no tan rápido como podrías pensar. Debe de tener una abeja en su capota. Dios sabe qué, pero no dejes que eso te desanime. Ella te quiere, tú la quieres. Recuérdale eso.

Jonathan no había olvidado cómo había pasado una noche sin descanso en la cama con ella, abrazándola. Había sido demasiado perfecto, una señal de los cielos de que Audrey encajaría perfectamente en su cama y en su vida. Pero no había sido capaz de tocarla ni de intentar despertar las pasiones que esperaba que hubiera en ella. Después de todo, él había hecho una promesa. La partida de Audrey esta mañana había sido un alivio y una decepción. De haber vuelto a la cama para encontrarla allí todavía, no estaba seguro de haber podido mantener su palabra. Ella era una tentación demasiado grande. Pero había encontrado su nota, recordándole que pronto empezarían sus clases.

¿Realmente había pensado que era una buena idea enseñarle a luchar? Podría herirla si no tenía cuidado, y eso era lo último que quería hacer.

He hecho un maldito lío de todo esto. Enseñar a una mujer a defenderse no es romántico. No ayudará a cortejarla. Debería haber pensado en algo más inteligente.

—Jon, no todo está perdido. Todavía puedes conquistarla.

Jonathan tenía miedo de explicarle a su hermano su verdadero temor, que no era lo suficientemente bueno para Audrey. Que aunque compartieran una pasión juntos, sus humildes orígenes siempre se cernirían sobre su cabeza. Había estado en más de un baile en el que hombres y mujeres se habían reído de su transición de lustrar botas finas a llevarlas puestas, sin saber que él podía oírlos. No quería que Audrey fuera el hazmerreír de Londres por su pasado. Aunque fuera el hijo legítimo de un duque, eso no significaba que la sociedad lo viera de esa manera.

Godric apoyó una mano en el hombro de Jonathan.

—No puedes rendirte. Sigue mi consejo como hombre que una vez se negó a confiar en el amor. Casi perdí a Emily por ello. Si no puedes prescindir de Audrey, entonces tienes que luchar hasta el fin del mundo por ella, aunque eso signifique luchar contra las dudas dentro de tu propio corazón.

A Jonathan se le hizo un nudo en la garganta. Abrió la boca para hablar, pero su mayordomo entró en el salón.

—Disculpe, señor, pero Lord Pembroke desea verlo.

Jonathan se aclaró la garganta.

—Hazlo pasar.

—No te rindas, hermano —Godric le dio a Jonathan otra palmada en el hombro antes de que se dieran la vuelta para ver entrar a James Fordyce.

Godric estrechó la mano de James.

—Pembroke, ¿cómo diablos estás?

—Estoy bien, Su Excelencia, ¿y usted? —James dirigió una sonrisa hacia Godric, y luego se puso pálido al ver a Jonathan.

No me sorprende. Debo verme terrible. Tenía un espantoso ojo morado, y aún le dolía visiblemente tener que moverse. Godric le dio un codazo a su hermano en el brazo, con cuidado de no herirle las costillas. Jonathan le había contado todo, por supuesto. Después de que su hermano dejara de reírse, se había apresurado a decirle lo tonto que había sido por no haber solicitado la ayuda de la Liga

—Bien, bien —dijo Godric—. Ofreciéndole a mi hermano un pequeño consejo sobre las mujeres. Todavía es un novato.

—No tan novato —resopló Jonathan.

—Sí, bueno, bueno, eres lo suficientemente joven como para no coger lo que quieres.

—En efecto. Algunas damas se oponen a ser secuestradas —reprendió Jonathan—. Tu esposa, por ejemplo.

—Sí, las esposas se oponen al principio. Pero así es como las haces esposas, cuando se oponen.

Jonathan y James compartieron una mirada.

—¿Qué te parece la lógica enrevesada, eh?

Godric se encogió de hombros.

—A mí me funcionó, y a ti te funcionará. Créeme, conozco demasiado bien a esa pequeña fiera. No se quedará sentada esperando una propuesta. Puedes pedir perdón más tarde.

—No la conoces como yo. No viviré lo suficiente para llegar a la etapa del perdón si me cruzo con ella —suspiró y sacudió la cabeza.

Godric se aclaró la garganta y sonrió.

—Bueno, tengo entendido que vosotros habéis tenido una noche interesante.

—Sí, la tuvimos. Pero no me corresponde decir más al respecto —la discreción de James hacía honor a su carácter. Aunque él y Jonathan llevaban poco tiempo conociéndose, a Jonathan le agradaba mucho el hombre. Y después de la última noche, le alegraba contar con él como amigo.

Aunque Jonathan había entrado en el círculo de amigos de su hermano, todavía se sentía como un extraño a veces. Pero era comprensible. Las experiencias que Godric y los demás habían vivido en la universidad habían forjado un vínculo entre ellos que ningún hombre podría romper, excepto quizás Hugo Waverly. Ese hombre buscaba sangre, y Jonathan sabía con una terrible certeza que el pasado y los secretos de su hermano —los secretos de la Liga—, los alcanzarían a todos algún día.

Godric le sonrió a James.

—Aunque me encantaría quedarme, será mejor que vuelva con mi mujer. Ella insiste mucho en que hablemos de los planes del cuarto del bebé.

La abierta alegría de James era evidente, al igual que su diversión.

—¿Estáis esperando?

—Sí —Godric se puso rojo. Su temible y melancólico hermano mayor se estaba estableciendo como futuro padre, algo que nadie que lo conociera podría haber predicho—. El próximo invierno. El bebé nacerá en enero.

James le dio una palmada en el hombro a Godric.

—¡Mis felicitaciones, entonces! Lady Essex debe estar encantada.

—Los dos lo estamos. Pero, maldita sea, su delicada condición no le ha impedido causar problemas. Dios, Emily tiene un don para eso.

¿Problemas? La esposa de su hermano era ciertamente eso.

—El segundo nombre de Emily es problemas. Casi consigue que me dispares, nada menos que tú, mi propio hermano.

—Porque *tú* intentaste *seducirla*.

—Bueno, yo no sabía que ella estaba enamorada de

ti. No se puede culpar a un hombre por intentarlo cuando él cree que tiene una oportunidad —Jonathan le guiñó un ojo, incapaz de evitar burlarse un poco de su hermano.

Godric se cruzó de brazos.

—Sí, bueno, ahora está felizmente casada conmigo. Y tú tienes que atrapar a tu propia esposa.

—Efectivamente, atrapar —musitó Jonathan. Atrapar a Audrey iba a ser un gran desafío.

—¿Por qué no te unes a nosotros para beber algo en Berkley's esta noche? —sugirió Godric a James.

—Será un placer —respondió James. Los dos asintieron en acuerdo mientras Godric se marchaba, dejando a James y a Jonathan solos.

Los hombros de Jonathan cayeron mientras exhalaba. Dios, estaba agotado después de la batalla de la noche anterior. Lo único que había querido era tener a Audrey en sus brazos esta mañana, pero se le había escapado de las manos una vez más. No le había sorprendido, pero sí le había decepcionado.

—Entonces, anoche —dijo James en voz baja—. ¿Cómo diablos te enteraste de lo del club infernal?

Los labios de Jonathan se crisparon.

—Podría preguntarte lo mismo. Yo vigilo de cerca a la señorita Sheridan. Siempre está metida en problemas —en cierto modo, ella era incluso más problemática que la esposa de Godric. Como Lady Society, Audrey se ponía en peligro cada vez que publicaba un nuevo artículo. Y ahora la cuestión era hasta cuándo podría mantener su anonimato.

—Entonces, sabes que ella… —comenzó James.

—¿Es Lady Society? Sí, lo descubrí una hora antes de que acabáramos en ese club infernal —bueno, la verdad era que solo había tenido vagas sospechas que se confirmaron después de llegar, pero ya se sentía lo suficientemente tonto como para admitir una dosis más de ignorancia—. Fui tras ella, pero cuando vi... —se detuvo. Estuvo a punto de decir Gillian, pero James no podía saber que Gillian era la criada de Audrey.

Al principio, cuando se había enterado del plan de Audrey para reunir a esos dos, se había hecho cómplice de su plan al ocultar la identidad de Gillian como dama de compañía. Como antiguo sirviente, comprendía la vergüenza que a veces conllevaba pertenecer a la clase baja, una vergüenza que no se merecían pero que afrontaban de todos modos. Si ella y James podían encontrar la manera de estar juntos, Jonathan no sería el hombre que arruinara la oportunidad de Gillian de ser feliz. Él solo esperaba que Audrey supiera lo que estaba haciendo al entrometerse en secreto.

Jonathan se recuperó rápidamente.

—Sin embargo, parece que salimos de allí sin grandes daños. Me refiero a nosotros, en todo caso —unas cuantas costillas rotas no estaban tan mal, todo sea dicho.

—Efectivamente... —James todavía parecía vacilante—. ¿Conoces a la señorita Beaumont?

—¿Gillian? Es decir, sí —Jonathan sonrió—. Conozco a la señorita Beaumont.

Los ojos de James se iluminaron.

—¿Qué sabes de ella? Yo he intentado averiguar más,

pero nadie parece conocerla, y la señorita Sheridan no me reveló nada cuando la visité antes de venir aquí.

Ten cuidado, se advirtió a sí mismo.

—Oh, quiero decir que la *conozco,* pero me temo que no de un modo que pueda ayudarte. De todos modos, ¿qué tan bien conoce alguien a cualquier persona?

La mirada de James se intensificó.

—Tú estuviste allí conmigo en ese club. Ella estuvo allí con la señorita Sheridan. Ambas estaban en peligro, y no sé por qué todo el mundo guarda silencio sobre la señorita Beaumont —cerró las manos en puños—. La mujer es un maldito misterio, y preocuparme por ella me está volviendo loco.

Jonathan no pasó por alto la intensidad en el tono del otro hombre.

—Ella te gusta, ¿verdad?

James respondió de inmediato.

—Si pudiera encontrarla, probablemente le pediría que se casara conmigo, pero sigue desapareciendo en cada momento.

Al igual que Audrey. Huyendo para cumplir misiones o Dios sabe qué.

Jonathan se carcajeó. Se acercó a la mesa junto a la pared y cogió el decantador de brandy, sirviendo dos copas y tendiéndole una a James.

—Bueno, eso es algo a lo que tienes que acostumbrarte. Las mujeres como ella rara vez se quedan quietas y, desde luego, no pierden el tiempo esperando a que las rescaten. Lo mejor que podemos hacer es correr para mantenerles el ritmo.

Permanecieron en silencio durante unos momentos mientras bebían. Entonces, James reaccionó.

—¿Vas a ir a la fiesta en Rochester Hall la próxima semana?

—No había pensado hacerlo, pero mi hermano acaba de estar allí y me ha convencido de que debo hacerlo —sonaba como una idea terrible. Se sentía completamente fuera de lugar en las actividades sociales. Estaba mucho más acostumbrado a esconderse en las sombras, lo cual era comprensible dada su crianza, pero eso no era un rasgo deseable dada su situación actual como miembro de la *alta*.

La actitud de James se volvió sombría.

—Bien, podemos sufrir juntos. La señorita Sheridan dijo que yo iba a ser un invitado, pero hace tiempo que no asisto a una fiesta en una casa.

Jonathan había oído rumores sobre la madre de James, la Condesa de Pembroke, de que estaba enferma y que James rara vez salía de Londres por miedo a no estar allí si ella empeoraba. Pasaba la mayor parte de las noches en el Club de los Condes Malvados, dirigido por un tipo llamado Coventry, aunque se decía que allí solo buscaba la soledad. Una fiesta en casa le haría bien; les vendría bien a los dos, si era sincero. Godric seguía recordándole a Jonathan lo mucho que necesitaba practicar el estar en sociedad. Socializar y relacionarse. Como si eso fuera fácil.

La copa de coñac se sintió suave en sus palmas mientras la hacía rodar.

—¿Alguna vez te has sentido como un extraño mirando este mundo desde afuera? ¿Como si tuvieras la cara pegada al cristal? Todo lo que oyes está amortiguado, y lo que ves está borroso. Y lo más irritante de todo es que no puedes acercarte —se sintió como un maldito tonto por confesar tal cosa, pero la respuesta de James fue reconfortante.

—Más de lo que crees.

Los dos estamos perdidos en este mundo.

—Jonathan, cuéntame todo sobre la señorita Beaumont. *Por favor,* necesito saberlo.

Era evidente que Pembroke estaba enamorado. Jonathan lo entendía. Pero había maneras de darle al hombre lo que quería sin revelarlo todo.

—Puedo contarte las pequeñas cosas; su color favorito, la forma en que bebe el té, sus libros preferidos, pero no puedo decirte mucho más que eso. Ella tiene sus razones para conservar sus secretos.

—Eso me han dicho —refunfuñó James—. Cuéntame todo lo que puedas.

Si iban a hablar de mujeres, quería mantenerse ocupado; de lo contrario, se preocuparía demasiado por el trato que había hecho con Audrey y por saber si ella era lo suficientemente valiente como para respetar sus condiciones. Jonathan señaló con la cabeza hacia la puerta.

—Muy bien, ¿qué tal una partida de billar mientras hablamos?

James aceptó y los dos partieron hacia la sala de billar. Jonathan esperaba que el juego le ayudara a olvidar por un tiempo sus propios problemas con la problemática Lady Society.

CAPÍTULO 7

Había pocas cosas más frustrantes que estar sentada en un largo viaje en carruaje con una inquieta dama de compañía. Después de escuchar durante dos horas las preocupaciones de Gillian sobre la fiesta de la casa, Audrey respiró aliviada cuando el carruaje se detuvo por fin en Rochester Hall, la residencia campestre de su hermana. Si tan solo Gillian pudiera tomarse un respiro, Audrey sabía que todo iría bien. Tenía planes para que esta semana fuera perfecta para Gillian y James.

Audrey inclinó la cabeza hacia atrás, admirando la encantadora casa ancestral de su cuñado, el Marqués de Rochester. La arquitectura palladiana de la finca de Lucien era hermosa, con sus anchas columnas y la pálida piedra sillar. La casa parecía haber resistido un siglo con facilidad, y podría soportar varios más. No era la primera vez que Audrey estaba aquí. La había visitado a menudo durante los últimos diez años, pero cada vez que llegaba se sentía como algo nuevo. Había una magia en Rochester Hall que era innegable. Era un lugar donde los sueños y las dinastías chocaban. Y ahora su hermana, Horatia, lo dirigía como una reina benévola, con un poco de ayuda de la madre de Lucien, Jane. Las dos se llevaban muy bien, lo que era una bendición.

—Creo que es una idea terrible —se quejó Gillian mientras bajaba del carruaje detrás de Audrey.

—Tonterías. He tenido que ver cómo te lamentabas durante toda una semana, y ahora me lo debes —le dedicó a su criada una sonrisa empalagosa. Todo se había puesto en marcha por el bien de Gillian, aunque ella nunca lo vería así. Gillian había tenido una vida dura, pero ahora era el momento de ser valiente y luchar por algo mejor, y no iba a dejar que su criada se rindiera.

—Pero actuar como una dama cuando no lo soy...

—Calla. Eres una dama de sangre noble. Tus circunstancias posteriores no te hacen menos dama —levantó la mano y acomodó un rizo de cabello en la capucha de Gillian para asegurarse de que su amiga luciera perfecta. Gillian se sonrojó y tiró de los bordes de la capa.

Aunque fuera la última cosa que Audrey hiciera, iba a convencer a su amiga de que era digna del hombre que había robado su corazón. Todas las piezas estaban en su sitio. Su hermana debía decir a los criados que Gillian se estaba preparando para interpretar a una dama en una próxima actuación en otra fiesta de la casa, y los invitados no debían tener ni idea de su verdadera identidad. Gillian no aprobaba la idea, pero pronto se acostumbraría a ella.

—Horatia sabe que debe instalarte en una habitación

próxima a la mía, y los sirvientes que te conocen han sido puestos al tanto de la situación —su tono era un poco despreocupado, tal vez, pero quería asegurarse de que Gillian sintiera que no había nada de qué preocuparse.

—¿La situación? —siseó Gillian—. ¿Qué le has dicho exactamente?

Audrey suspiró.

—Que estás aprendiendo a actuar como una dama para que podamos ser actrices en una obra que unos amigos de Londres van a montar para una fiesta en casa dentro de unas semanas. Les han dicho que me estás ayudando en la obra y que, por lo tanto, debes hacer el papel de dama en la historia. Horatia sabe que en realidad es porque estamos perfeccionando nuestra actuación para el espionaje. No le gusta que espíe, pero la he convencido de que tú y yo nos quedaríamos cerca de Londres para que crea que esto es bastante seguro.

El dramático jadeo de su criada hizo que Audrey pusiera los ojos en blanco.

—¿Espionaje? Mi señora...

—*Audrey.* Será mejor que te acostumbres a llamarme así. Al resto de los invitados les parecerá demasiado curioso que me llames siempre *mi señora.* Durante los próximos días, tú misma eres una dama. No lo olvides.

Audrey se bajó la capucha cuando llegaron a la puerta de Rochester Hall. Un grupo de lacayos se apresuró a bajar los escalones hacia ellas para recoger su equipaje y sus capas.

—Tú eres la señorita Beaumont —le recordó a Gillian en voz baja—. No lo olvides, pase lo que pase.

—¡Audrey!

Su hermana apareció en la puerta, y fue una imagen muy agradable. Horatia tenía una mano apoyada sobre su estómago, sonriendo. Audrey apenas podía creer que su hermana tendría un hijo en un mes. Su rostro estaba radiante y sus ojos marrones brillaban. El bebé de la Duquesa de Essex nacería en enero, y Cedric, el hermano de Audrey, también esperaba un pequeño por las mismas fechas. Qué alegría convertirse en tía dos veces en tan solo un año. Sin embargo, una punzada de tristeza aguijoneaba su corazón. Parecía que nunca iba a casarse ni a tener hijos. Dos cosas que había anhelado desde su llegada a la mayoría de edad.

—¡Hermana! —Audrey abrazó a Horatia y luchó contra la repentina oleada de lágrimas. Parecía que Horatia llevaba una eternidad ausente en la Casa Sheridan. Desde que podía recordar, ella, Horatia y Cedric habían sobrevivido juntos, los tres solos, unidos por la tragedia de perder a sus padres a una edad muy temprana. Pero luego Horatia se había marchado, y ahora Cedric estaba felizmente casado. Todo en su vida había cambiado. Ya no era a lo que estaba acostumbrada, y aunque había más alegría, había días en los que Audrey se sentía apática y melancólica; aunque pocos, aparte de Gillian, veían ese lado de ella. Resolló y recuperó el control antes de que su hermana se diera cuenta de que algo iba mal.

Horatia soltó suavemente a Audrey y saludó a Gillian.

—Señorita Beaumont. No te preocupes, todo está preparado. Simplemente disfruta y relájate.

—Gracias —respondió Gillian, sonrojada pero manteniendo la cabeza en alto.

Eso es, Gillian. Sé la joven que estás destinada a ser.

Horatia las condujo al vestíbulo.

—Os quedaréis en el ala este, junto con la mayoría de los demás invitados.

—¿De cuántos invitados estamos hablando? —preguntó Gillian.

—Alrededor de treinta. Sobre todo algunas familias locales y algunos otros invitados —Horatia se estremeció repentinamente y se cubrió el vientre con la mano.

Audrey se sintió alarmada.

—¿Horatia? —cogió la mano de su hermana e intercambió una mirada preocupada.

—Es el bebé. Me está dando patadas... Perdón, tengo que hacer uso de las instalaciones —Horatia salió corriendo por el pasillo.

Audrey vio a su hermana alejarse mientras sus faldas se agitaban.

—¿Quieres que te ayudemos?

—No. Estaré bien —les aseguró antes de desaparecer.

Audrey se volvió hacia Gillian.

—¿El bebé estaba dando patadas? ¿Para qué? —sabía muy poco acerca de los bebés, especialmente de los que estaban en el útero. Sus padres habían muerto cuando ella era una niña, y nunca había tenido la oportunidad de aprender mucho sobre esas cosas.

Gillian soltó una risita.

—A veces un bebé puede estar colocado de tal

manera que, cuando se mueve, puede acelerar la necesidad de que su madre haga sus necesidades.

El rostro de Audrey se calentó. Seguía mirando horrorizada hacia el pasillo.

—¡Oh, ya veo! —no podía imaginar tener a una persona en miniatura presionando su vejiga desde dentro, exprimiéndola como si fuera una fruta tropical —. Eso suena bastante horrible.

—Me han dicho que puede ser incómodo.

—¿Cómo sabes tanto de bebés? —preguntó Audrey.

El rostro de su amiga estalló en una rara sonrisa.

—Mi madre estaba dispuesta a compartir esos detalles conmigo. Su madre, mi abuela, había sido partera. Ayudamos a una vecina a dar a luz a un bebé antes de la llegada del médico.

Audrey entrelazó su brazo con el de Gillian mientras los lacayos llevaban sus maletas a la habitación del ala este.

—¿Cómo es que no sabía esto?

—Porque no estoy segura de que deba compartir esto contigo, ya que eres tan aprensiva con estos temas. Es probable que nunca quieras tener un hijo.

—¡No soy aprensiva!

Su criada sonrió con suficiencia.

—Lo eres. ¿Recuerda aquella vez que te pinchaste el dedo con la aguja y la sangre...?

A Audrey se le revolvió el estómago.

—¡Oh, silencio! No me lo recuerdes. Fue tan mortificante. Ha sido difícil olvidar lo tonta que me sentí al despertarme en el suelo. Y delante de Emily y Anne, nada menos —se mordió el labio, frunciendo el ceño ante el recuerdo. Gillian le dio una palmadita en la mano.

—Ojalá Lady Essex y Lady Sheridan estuvieran aquí esta noche —admitió Gillian.

—Lo sé —coincidió Audrey—. Pero se van a Brighton con sus maridos. Algo que ver con la compra de unos caballos sementales. Emily está muy interesada en unirse a Cedric y Anne en la cría de esos nuevos árabes.

—¿Y Ashton y Rosalind? —preguntó Gillian cuando llegaron a la entrada del pasillo que conducía a sus habitaciones.

—En Escocia visitando a los hermanos de Rosalind y a sus familias —Audrey soltó una risita—. Son unos demonios, ya sabes, aunque lo digo con cariño, por supuesto. Ella está intentando convencerlos de que vengan de visita, pero supongo que un castillo en Escocia es mucho más interesante que una aburrida casa de campo en el sur de Inglaterra. ¿No estás de acuerdo? Yo me metería en unos fascinantes líos si tuviera la oportunidad de recorrer un castillo. ¿Crees que podría estar embrujado? Los castillos siempre están embrujados, ¿no?

A Audrey le habría encantado visitar un castillo embrujado e interpretar el papel de una heroína gótica. Correría en camisón blanco con un candelabro, buscando detrás de los tapices a las esposas perdidas de Barba Azul.

Gillian se rio.

—Supongo que hay un fantasma o dos en cualquier casa antigua. Pero deberíamos cambiarnos y ver si tu hermana necesita ayuda con algo.

Audrey miró a su sirvienta de forma mordaz. Ella

estaba intentando volver a su papel de sirvienta y pasar desapercibida.

—Ella tiene una flota de sirvientes, y tú no eres uno de ellos. Ahora ve a ponerte el vestido que te compré, el que tiene la faja blanca en la cintura y las florecillas blancas en las mangas y el dobladillo. Será perfecto para esta noche. Estarás deslumbrante.

Audrey ignoró el suspiro de su criada y caminó hacia su propia habitación. Un lacayo había dejado su maleta sobre la cama y una criada ya estaba sacando su ropa.

—¿Qué vestido, señorita? —preguntó la chica.

—El vestido de paseo color coral con ribetes azules —Audrey se quitó la capa y esperó a que la sirvienta la ayudara a cambiarse. Sabía que el coral acentuaría su piel clara con un toque rosado en las mejillas, y el ribete azul hacía resaltar el tono rosa del coral.

—¿Cómo te llamas? —preguntó mientras la chica la ayudaba a vestirse.

—Sarah.

Audrey sonrió.

—Encantada de conocerte, Sarah.

Una vez que Audrey estuvo lista, ayudó a Sarah a guardar su ropa, pero se detuvo cuando alguien golpeó su puerta.

—¿Sí?

Gillian irrumpió en la habitación, con la cara roja.

—Él está aquí.

—¿Quién? —preguntó Audrey, aunque sospechaba que sabía la respuesta.

La cara de Gillian pasó del rojo al blanco, y parecía a punto de desmayarse.

—Lord Pembroke. Está aquí.

Audrey tuvo que evitar una sonrisa y poner cara de preocupación.

—¿James? ¿De verdad? Oh, querida, tendrás que verlo, ¿no es así? Eso sí que complica las cosas...

Los labios de su sirvienta se separaron como para protestar.

—Tú... nosotras... —Gillian hizo una pausa—. No lo has invitado aquí por mí, ¿verdad?

Audrey se recompuso para parecer lo más inocente posible.

—¿Qué? No, claro que no. Me dijiste que querías olvidar, seguir adelante. Somos amigas, y yo respeto eso —era cierto que respetaba a su amiga, pero ese respeto no se extendía a permitir que Gillian huyera de la felicidad a cada momento. Si se casaba, Audrey temía que fuera con alguien que la tratara como ella creía que debía ser tratada. Y eso no serviría. No tenía intención de alejar a su querida amiga del matrimonio feliz que se merecía. Y si eso requería un poco de engaño, Audrey estaba dispuesta a sufrir las consecuencias.

—Sí —musitó Gillian—. Por supuesto.

—Supongo que tendremos que asegurarnos doblemente de que él crea que eres una dama, ¿no? —juntó las puntas de sus dedos mientras fingía pensar.

Gillian se apoyó en la puerta cerrada, derrotada.

—Quizá debería fingir estar enferma durante el resto de la fiesta.

Esa era una idea terrible.

—¡Tonterías! Deberíamos enfrentarnos a esto de frente. ¿Lo has visto? Tendremos una pequeña reunión y acabaremos con esto. Tú puedes saludar, él puede saludar, y luego podemos volver a la casa.

—No creo…

—Coge tu chal y vámonos —ordenó Audrey. Si había una forma de conseguir que Gillian obedeciera, era adoptar el aire de un general militar y dar órdenes. Además, Audrey no quería enfrentarse sola a una fiesta en casa. Horatia se había puesto en contacto con ella ayer por carta, informándole de que Jonathan no había respondido a su invitación a la fiesta, y Audrey no sabía cómo sentirse al respecto.

Esperó mientras Gillian se apresuraba a ir a su habitación en busca de su chal, y luego salieron a buscarlo.

—¿Dónde lo has visto? —James podía estar en cualquier lugar de la gran casa. Era muy propio de Gillian salir corriendo y esconderse y, sin duda, así lo había visto.

—En los jardines. Creo que ellos estaban jugando al croquet.

—¿Ellos? —preguntó Audrey—. ¿Alguien estaba con James?

—Sí. Él estaba con el señor St. Laurent.

Audrey se detuvo de golpe, con el corazón palpitando. Él no había planeado estar aquí, de lo contrario habría respondido a su invitación. En la última semana no había tenido noticias de Jonathan sobre las lecciones que había prometido darle, y había empezado a temer que hubiera cambiado de opinión. Se sentía decepcionada, pero también aliviada, porque dormir con él, *solo* dormir con él, era bastante peligroso, aunque solo fuera una vez a la semana. La última vez, se había despertado en sus brazos y pensó que sus deseos más queridos se habían hecho realidad, que ella y Jonathan estaban juntos, casados y felices, locamente felices. Darse cuenta de que solo era un sueño la había destrozado. Y ahora él estaba aquí, y ella no estaba en absoluto preparada.

Yo podría hacer el ridículo. Teniendo en cuenta cómo actuaba siempre que él estaba cerca, sabía que solo era cuestión de tiempo para que hiciera algo imprudente, como rogar que la besara de nuevo. En los últimos siete días, había hecho todo lo posible por olvidar los emocionantes acontecimientos del club infernal y lo viva que se había sentido por primera vez en meses después de ello.

Su amiga la miró con preocupación.

—¿No sabías que iba a venir?

—No, me dijeron que *no iba* a venir —respiró lenta y profundamente, rezando para que eso la ayudara a dominar sus nervios—. Muy bien. Afrontaremos juntas la reunión.

—Sí —el rostro de su doncella era ceniciento—. Nos enfrentaremos a ellos y luego correremos de vuelta a la casa con el rabo metido entre las patas.

Eso era cierto, pero Audrey no quería reconocerlo.

—Tonterías. Somos damas de alta estirpe, Gillian. No huimos. Nos alejamos enérgicamente de lo que nos aflige —declaró esto con un aire bastante pomposo y digno, aunque apenas disimulaba el pánico que sentía.

Audrey se concentró en el sendero de los jardines, donde se habían construido algunas casas sucesivas. A Horatia le encantaban las frutas frescas, así que en las casas había muchos melones, uvas, melocotones y sus favoritas, las nectarinas. Al pasar junto a las casas, se encontraron con el gran césped verde que había detrás de ellas. Jonathan y James estaban cerca de un pequeño cobertizo, guardando sus mazos de croquet. Ignorando por completo a Jonathan, Audrey se dirigió a Lord Pembroke.

—¡James!

Jonathan se enderezó de su posición agachada y se golpeó la cabeza contra el cobertizo. Con una maldición, se giró, con el ceño fruncido. El pulso de Audrey se aceleró al ver esos ojos verde jade brillar como el fuego y, por un segundo, se olvidó de respirar.

James ignoró la situación de Jonathan y se limpió el polvo de las palmas de las manos en los pantalones.

—¡Señoritas! Señorita Beaumont, me alegro de verla de nuevo, y con tan buen aspecto.

—Gracias —dijo Gillian, sonrojada. Por un momento, Audrey olvidó que estaba preocupada por encontrarse a Jonathan. Estaba demasiado contenta al ver las cálidas miradas entre Gillian y James. Era el destino. Lo mejor que podía hacer ahora era dejar solos a los dos tortolitos.

—Gillian, voy a ver cómo están las piñas. Horatia me ha preguntado si yo podía hacerlo.

—¿Piñas? —la confusión de su criada ensombreció sus ojos interrogantes. Gillian sabía muy bien que Horatia no había mencionado ninguna piña cuando habían llegado.

—Sí, las *piñas* —Audrey miró fijamente a Gillian, esperando que captara la indirecta y le siguiera el juego. Gillian supondría que Audrey estaba intentando evitar a Jonathan, lo que en parte era cierto. Pero su objetivo principal era que James y Gillian pasaran un tiempo a solas.

—Oh... sí... —Gillian le siguió el juego—. Espero que estén creciendo bien.

—Y eso es precisamente lo que iré a investigar —Audrey se dirigió directamente a las casas sucesivas, aliviada y decepcionada al comprobar que estaba sola. Jonathan no la había seguido.

CAPÍTULO 8

Jonathan observó a Audrey alejarse a zancadas de las casas sucesivas y se debatió entre reír y gruñir de frustración.

Piñas. Qué tontería.

La diablilla lo estaba evitando y había utilizado la artimaña de las frutas para hacerlo. Se sintió tentado de ir tras ella, sobre todo al ver cómo sus caderas se balanceaban de un lado a otro en sus encantadoras faldas de colores. Se había burlado de ella sin cesar por esos vestidos, pero había que admitir que la mujer sabía cómo vestirse... y cómo torturar a un hombre con pensamientos de despojarla de esas ropas.

Una vez que la perdió de vista, dejó a James y a Gillian y volvió a la casa. Necesitaba ayuda, y solo había una persona a la que sentía que podía acudir. Encontró a su previsto consejero leyendo en la biblioteca.

—Charles —Jonathan se quitó el abrigo y se unió a Charles en una mesa. Era mediodía. Él y James habían llegado temprano a la gran finca, pero Charles había viajado un día antes que ellos y, por lo tanto, ya se *había* instalado.

El Conde de Lonsdale levantó la mirada del libro que estaba leyendo y enarcó una ceja en señal de silenciosa invitación.

Jonathan tragó duro, reacio a pedir ayuda. Pero no tenía otra opción.

—Necesito su consejo.

—¿Mi consejo? Dios mío, debe estar desesperado. Soy el último hombre al que alguien debería acudir en busca de consejo —Charles se recostó en su silla, dejando el libro que había estado leyendo—. A no ser que quieras hablar de mujeres, de boxeo o de apuestas —sonrió con suficiencia—. Entonces, ¿en cuál de esas tres cosas puedo ayudarte?

Jonathan cogió el libro que su amigo había estado leyendo y miró el lomo. *Lady Audrina y el Caballero Arrogante*.

—¿Has leído a L. R. Gloucester? —Jonathan se quedó mirando por un segundo la escabrosa novela gótica—. Espera, ¿realmente lees por placer?

Los ojos grises de Charles se iluminaron con un fuego desafiante.

—¿Por qué todo el mundo asume que no leo? *Amo* leer, y sí, Lucien me ha metido en estas novelas góticas. Muy inapropiado —movió las cejas—. Pechos prominentes, seducciones, torres oscuras y cosas así. ¿Cómo no disfrutar de ello, eh? Además, puede ser bastante útil en seducciones más juguetonas, cosa que las damas disfrutan bastante —Charles asintió en dirección al libro

—. Tienes que leer ese. Lady Audrina es un poco como la chica Sheridan.

—Efectivamente —Jonathan le devolvió el libro a Charles.

Charles levantó una mano en señal de rechazo.

—No, insisto. Yo también lo he leído dos veces. Deberías leerlo. El *clímax* te calentará la sangre, ¿eh? —se rio—. Ahora, ¿para qué necesitas el consejo?

—La chica ya mencionada.

—Ah. Sigue dando vueltas en tu cabeza, ¿no?

Jonathan se sentó en una silla frente a Charles.

—Sí.

Charles soltó una profunda carcajada y Jonathan se estremeció. Ya se sentía como un tonto por haber venido, y esto no ayudaba.

—Y todos vosotros os preguntáis por qué no tengo ningún deseo de casarme. Si la dama te ha dejado hecho polvo antes de arrastrarte al altar, solo Dios sabe el nuevo infierno que te hará pasar una vez que estés casado.

La severa opinión de Charles sobre el matrimonio no era sorprendente; siempre había sido un poco salvaje, ciertamente el más salvaje de la Liga. Sabía de mujeres, pero siempre las mantenía a cierta distancia. Pero siempre estaba ahí para sus amigos, o para ayudar con su experiencia en lo que pudiera. A Jonathan le agradaba muchísimo. Charles era el tipo de hombre con el que Jonathan solía reunirse en las tabernas locales en sus días libres. Había una libertad en estar cerca de Charles, una indiferencia por cualquier cosa por la que la mayoría de la gente se preocuparía. Si Charles no se preocupaba por algo, no parecía que mereciera la pena preocuparse.

—Vamos, suéltalo —dijo Charles. Ya no era el novato de la Liga, y tenía a Jonathan bajo sus alas, algo que él había apreciado. A pesar de su creciente cercanía con su hermanastro, siempre había una sensación de distancia debido al pasado que compartían, y eso significaba que no podía preguntarle a su hermano cosas que sí podía preguntarle a Charles.

—Creo que he cometido un error.

Los ojos grises de Charles se volvieron brillantes.

—¿Un error? Eso *sí* que suena interesante. ¿Qué clase de error?

—Tenía la intención de proponerle matrimonio, pero he esperado demasiado.

—¿Cómo es eso?

—Deseaba tener mi casa en marcha y mi posición en la *alta* más asegurada antes de pedirle que fuera mi esposa —Jonathan jugó con el libro en sus manos, observando cómo la luz del sol de la tarde se reflejaba en los bordes dorados del papel. Se preguntó distraídamente cómo hacían eso los fabricantes de libros, cómo hacían brillar los bordes con color. Solía colarse en la biblioteca de Godric para admirar los libros y leerlos cuando tenía tiempo—. No sería bueno abordar un asunto matrimonial sin estar preparado.

El labio de Charles se crispó.

—Eso suena demasiado razonable para ser un error.

Jonathan frunció el ceño. Le agradaba Charles, pero si seguía sonriendo por su aflicción iba a darle un puñetazo en la mandíbula.

—Sí, bueno, en algún momento de estos aplazamientos, ella se llevó una impresión equivocada de mí.

Charles levantó una ceja.

—No estoy seguro de entender.

—Cada vez que estoy a su alrededor, Audrey me hace tan malditamente *consciente* de ella... como mujer. Apenas puedo comportarme, queriendo caer en los viejos hábitos. Así que he seguido huyendo, evitándola. Ahora está convencida de que soy un bastardo desalmado cuyo único interés es jugar con ella.

—Me recuerda a Lucien y Horatia —Charles se rio—. Y todos recordamos cómo acabó *aquello*. Asesinos por ahí, incendios en el jardín, terribles accidentes y ceguera, y no olvidemos el duelo en Navidad. Las cosas no fueron aburridas ni un momento, ¿verdad?

Jonathan se cubrió la cara con las manos y gimió. Luego miró al techo, deseando algún tipo de intervención divina.

—¿Así que lo has estropeado y ahora ella está convencida de que eres un villano? ¿Estoy entendiendo?

Jonathan tiró de su pañuelo. De repente, estaba demasiado apretado alrededor de su garganta.

—Sí. Me he esforzado por hablar con ella, pero parece que ese ha sido mi otro error. Solo he empeorado las cosas.

Los ojos grises de Charles se iluminaron con diversión.

—Vaya, *dos* errores. Puede que necesitemos un poco de alcohol para reunir coraje —se levantó y se dirigió al pequeño armario que había junto a una de las estanterías y sacó una botella de brandy que estaba escondida detrás de unos viejos y polvorientos tomos—. He escondido algunos de estos por ahí para una emergencia como esta, detrás de los libros sobre el pastoreo de ovejas en la Francia del Renacimiento. Nadie lee esos.

—¿Y las copas? —preguntó Jonathan.

—Aquí no, buen hombre. Esto es una biblioteca, no un salón —colocó la botella en manos de Jonathan, quien la descorchó y bebió un largo trago, luego tosió. El brandy ardía como el fuego.

—¿Qué es esto? —se dio cuenta de que la botella no tenía etiqueta y se la devolvió a Charles. Su amigo dio un largo trago seguido de un suspiro celestial, y sus ojos centellearon con picardía.

—Un poco de cerveza casera. El cocinero de Lucien me lo hace a escondidas —señaló el armario con complicidad—. Es bueno para un trago rápido cuando lo necesitas.

Jonathan soltó una risa ronca antes de continuar.

—Mi *tercer* error fue la semana pasada. Seguí tu consejo y decidí jugar el Gambito del Instructor.

—¿El Gambito del Instructor? Bien jugado. Espera... ¿Has dicho que fue un error? —preguntó Charles.

—He llevado tu estrategia un poco más allá. Me he ofrecido a enseñarle a Audrey a defenderse. A cambio de mis lecciones, le hice prometer que dormiría en mi cama conmigo una vez a la semana.

Charles tenía la botella en los labios cuando Jonathan dijo esto, así que escupió una ligera cantidad de brandy casero. Jonathan le arrebató la botella antes de que pudiera derramar más y la colocó a una distancia segura sobre la mesa.

Charles se limpió la boca. Parecía estar a punto de doblarse de la risa.

—¿Enseñarle a defenderse para que se acueste contigo? ¿Cómo es que eso...? —Charles estalló en risas infantiles.

—Ella quiere aprender a luchar. Tuve que rescatarla de ese club infernal la semana pasada, y...

—Todavía estoy furioso con ella por eso. Le dijo a mi muchacho Linley que había cambiado de opinión —el humor de Charles se evaporó al instante.

—Por suerte para nosotros, tu hombre no le creyó.

—Bueno, tal vez algunas lecciones de pugilismo le vendrían bien. Parece que se mete en todo tipo de problemas.

—Estoy de acuerdo —dijo Jonathan—. Aunque creo que estarás de acuerdo en que tendrá que aprender técnicas menos caballerosas que las empleadas por el señor Hughes en su libro *El arte y la práctica del boxeo*. Después de esa experiencia, estar rodeada de esos demonios, creo que se ha llevado un buen susto. Me ha dicho que necesita aprender a pelear, para protegerse. He aceptado enseñarle, pero con la condición de que comparta mi cama una vez a la semana.

Todavía podía imaginársela en el comedor del club, con la luz del fuego iluminándola mientras luchaba como una amazona, llevando un gato bajo un brazo todo el tiempo.

Charles movió los labios.

—¿Estamos hablando sobre dormir? ¿O *sexo*?

—Lo primero. Mis motivaciones no eran del todo egoístas. Necesita aprender a estar cerca de mí para no distraerse mientras le enseño. Sabes tan bien como yo que el sparring hace que los cuerpos se acerquen, especialmente el tipo de lecciones que ella necesitaría aprender para protegerse.

El ceño de Charles adquirió un nivel de seriedad burlona.

—Oh, sí, por supuesto.

Sí, ahora parecía una tontería, pero había estado desesperado por encontrar una manera de estar cerca de ella. Desde que Audrey había dejado claro que lo consideraba un bastardo desalmado, Jonathan tenía que demostrar lo contrario.

Charles se apoyó en el borde de la mesa de lectura.

—Así que, ¿pretendes utilizar estas lecciones de defensa personal como seducción? ¿Cómo puede ser eso un error?

—Bueno, creo que ella podría cambiar de opinión. Pensé que seguramente se acercaría a mí en la última semana desde que hicimos el trato, pero no lo ha hecho. Cuando la vi en el jardín hace un momento, huyó como una cierva en el bosque. Temo que estas lecciones sean mi última oportunidad de conectar con ella, de demostrarle que, de hecho, la quiero. Pero me temo que hablar con ella no hará ninguna diferencia. Se cierra a mí cada vez que empiezo a hablar de asuntos del corazón.

Jonathan no pudo evitar notar la ironía de la situación. Audrey era lo suficientemente feliz como para ayudar a otros a enamorarse, pero ¿qué pasaba con su propio corazón? ¿Acaso ya no quería ser cortejada y amada?

—Es una pena que ella no quiera escuchar. Todo lo

que las mujeres quieren hacer es hablar, pero nunca desean escuchar cuando nosotros somos los que necesitamos hablar de nuestros sentimientos —el tono de Charles era extrañamente reflexivo. Para ser un hombre que parecía decidido a evitar el matrimonio, tenía una extraña manera de entender a las mujeres y los desafíos de cortejarlas.

—¿Cómo sabes tanto sobre las mujeres? —Jonathan no pudo resistirse a preguntar.

—Porque lo he convertido en el trabajo de mi vida. Soy un auténtico Casanova. Nunca he dejado insatisfecha a una amante, y mis seducciones de una sola noche siempre han sido un éxito. Y ellas, por su parte, nunca se quedan esperando más. Cada uno sabe a qué atenerse. Estudio a las mujeres como cualquier buen cazador hace con su presa.

—Dios —dijo Jonathan con una carcajada—. Pareces muy serio al respecto.

Charles ya no sonreía.

—La seducción es un arte, igual que la caza y el boxeo. Requiere concentración, preparación y paciencia. Las mujeres son criaturas infinitamente complejas. Puede que no nos igualen en fuerza física, pero lo compensan con creces en este aspecto —se dio un golpecito en la cabeza—. A pesar de lo que crees, ellas no juegan a tonterías. Son expertas en manipulación. Por ejemplo, tu diablilla. El año pasado intentó seducirme. *¡A mí!* —enfatizó con una risa oscura.

A Jonathan se le cortó la respiración.

—¿Qué?

—No lo consiguió, claro. Adoro a la diablilla, pero no

es mi tipo en absoluto —su mirada se volvió suave y distante por un momento, y luego se aclaró la garganta —. En cualquier caso, una vez que descubrí sus verdaderas intenciones, supe lo que yo tenía que hacer.

—¿Sus verdaderas intenciones? —Jonathan se atragantó con las palabras.

—Sí. Estaba harta de que su hermano espantara constantemente a cualquier hombre que se interesara por ella, y tuvo la loca idea de que, si se veía comprometida, o al menos lo parecía, Cedric aprovecharía la oportunidad para entregársela a un tipo decente. Como tú, por ejemplo —Charles se inclinó, cogió el brandy y bebió otro trago.

—¿Y qué pasó?

—No *hicimos* nada, por supuesto, pero me aseguré de que ella pareciera comprometida. Cedric pasó de rechazar a sus pretendientes a pedirle consejo a Emily sobre cómo conseguir establecerla adecuadamente. Todo lo que él quiere ahora es ver que ella termine con un buen tipo. Que serías tú, por cierto.

Jonathan suspiró, cruzado de brazos, mirando por la ventana. Audrey seguía en el los jardines, revisando sus piñas. Por supuesto, Jonathan sabía que eso era solo un pretexto para permitir que James y Gillian tuvieran un momento a solas.

Al menos estamos de acuerdo en eso. Esos dos deben estar juntos.

—Entonces, ¿cuál es tu consejo, Casanova? —preguntó Jonathan.

Charles dio un último sorbo, luego cogió la botella y

la volvió a guardar detrás del escudo de libros polvorientos.

—No lo dudes. Búscala y dile que las clases empiezan ahora. Lucien tiene una sala de ocio que es perfecta para el sparring —Charles le dio una ligera palmada en el hombro—. Dale las lecciones que *quiera*, y no tengas piedad con las que *necesite*.

Charles le guiñó un ojo y, por primera vez en días, Jonathan tuvo ganas de sonreír.

CAPÍTULO 9

Audrey se quedó mirando una hilera de piñas en la mesa del jardín, pensando. No en la fruta ácida y espinosa, sino en Jonathan. Él estaba aquí, a pesar de que no debería estarlo, y ella no tenía ni idea de qué hacer al respecto. ¿Por qué estaba aquí? Él evitaba las reuniones sociales siempre que podía, excepto las cenas con sus amigos más cercanos. ¿Por qué Jonathan no le había escrito en la última semana? ¿Y por qué tenía que ser tan maravillosamente apuesto y viril? La avalancha de preguntas le provocó un dolor de cabeza.

Aunque la fiesta en la casa era de un tamaño decente, suficiente para que no tuvieran que interactuar demasiado, todavía era posible que se vieran obligados a estar cerca en alguna ocasión. Y Audrey estaría aquí durante una semana. No podía esconderse en todos los rincones ni escabullirse por las puertas de los balcones cuando él se acercara; eso simplemente no era posible.

Mi naturaleza no es huir. Sin embargo, eso era exactamente lo que le apetecía hacer.

Con un suspiro irritado, Audrey se dio la vuelta y chocó con el cuerpo sólido e imponente del mismo hombre que había esperado evitar.

Dio un paso atrás y jadeó, intentando ignorar el dulce aroma que estaba adherido a su ropa. También había un toque de algo más... ¿Él había estado bebiendo? Se le erizó la piel al contemplar su forma alta y esbelta. Recordó la sensación de su piel desnuda bajo su mano cuando había apoyado la mejilla en su pecho aquella noche una semana atrás. La luz del sol que entraba por la puerta de la casa sucesiva iluminaba las puntas de su pelo dorado oscuro, simulando un halo. Pero Jonathan no era un ángel; o si lo era, era uno caído.

—¿Cómo les va? —preguntó con esa voz suave y seductora que a ella le gustaba demasiado.

—¿Cómo les va a quiénes? —preguntó Audrey, ahora centrada en su boca. No debería recordar el breve pero ardiente beso que habían compartido, pero él tenía una forma de borrar todo pensamiento racional de su mente. Era muy desconcertante.

Jonathan señaló con la cabeza la fruta que había detrás de ella.

—Las piñas.

—¡Oh! Por supuesto. Están bien.

—¿Lo están ahora? —Audrey sintió el repentino impulso de levantar su rodilla bruscamente contra su ingle. Entonces, le gustaría verlo sonreír con suficiencia.

—Entonces, ¿por qué no *las* compruebas? —empezó a pasar junto a él, pero Jonathan se deslizó delante de ella. Sus largas piernas eran una ventaja por la que Audrey habría matado. Siendo más bien baja, no había sido bendecida con tales cosas.

—Solo estaba bromeando. Estuviste mirándolas durante mucho tiempo.

¿Él la había estado mirando? ¿Durante cuánto tiempo? ¿Y por qué?

—¡Humph! —Audrey no iba a dejar que su sonrisa juguetona la afectara. Sin duda, era solo más de su juego.

—Bueno —su sonrisa se desvaneció y la miró fijamente—. Pensé que era hora de tu primera lección. Lucien tiene una habitación perfectamente adaptada para entrenar.

Audrey parpadeó hacia él.

—¿Te refieres a... las lecciones de lucha? ¿Aquí?

—Sí. Mis costillas están casi curadas, y creo que puedo *manejar* una cosa tan pequeña como tú.

Su cuerpo se sonrojó por su forma de decir *manejar,* como si él tuviera otras cosas en mente además de pelear. Pero cuando habían compartido su cama, él había sido un perfecto caballero, tal y como había afirmado. Aparte de rodearle la cintura con el brazo —sin duda, una costumbre inconsciente nacida a partir de las muchas otras mujeres que se había llevado a la cama—, Jonathan no había hecho nada para demostrar su interés. No le gustaba admitirlo, pero había esperado que él se aprovechara de la situación y le hiciera el amor. Pero no lo había hecho.

Había una cosa llamada ser *demasiado* honorable.

—He cambiado de opinión. Creo que no necesito lecciones después de todo —empezó a empujar para pasar, pero Jonathan cogió su muñeca. Audrey se detuvo de golpe y se giró hacia él.

—Lección uno —su agarre era lo suficientemente fuerte como para que ella no pudiera liberarse—. Un hombre malo no te dará la oportunidad de irte con tu adorable barbilla en alto. Serán unos bastardos. No solo querrán hacerte daño. Querrán hacerte sentir débil e inútil. Por ejemplo, te cogerán el pelo.

Y así lo hizo, aunque con suavidad. Las rodillas de Audrey se debilitaron mientras su cuerpo se calentaba con una ola de calor.

—Te arrastrarán cerca para que no puedas escapar. Intentarán salirse con la suya. Y se llevarán más que un beso de tus suaves labios —su cabeza bajó hasta situarse a un centímetro de distancia de la de ella, con los labios lo suficientemente cerca como para que su cálido aliento se mezclara con el de Audrey. Eso la hizo temblar violentamente.

—Jonathan... —no estaba del todo segura de lo que él quería que hiciera mientras ella se aferraba a su hombro con la otra mano. ¿Esto era una lección? ¿Tenía que defenderse? Lo único en lo que podía pensar era en ese momento en el Jardín Midnight una semana atrás. Jonathan había utilizado su mano para acariciarla y provocarla hasta que se deshizo en sus brazos. ¿Tenía la intención de volver a hacerlo? ¿Dejarla vislumbrar el cielo?

—Debes aprender a protegerte si quieres seguir jugando a la espía. No puedo estar a tu lado cada minuto —su mirada bajó hasta la boca de Audrey—. Nos vemos en la sala de ocio dentro de media hora. Si no apareces, te localizaré y entrenaremos donde te encuentre.

La soltó y se alejó. Audrey dio un paso, sus rodillas se doblaron mientras luchaba por recuperar el control de sí misma. Por fin entendía por qué Jonathan la quería en su cama. Estando tan cerca de él, incluso cuando intentaba mostrarle el peligro al que se enfrentaba, ella había estado demasiado concentrada en los placeres que él podía darle en vez de las lecciones de lucha.

Debería ver esto de forma más positiva. Evangeline dice que la seducción es parte de mi trabajo como espía, pero eso significa que tendré que ser capaz de controlar mis sentimientos. Aprender a no dejar que Jonathan me afecte será una valiosa lección.

Pero eso también significaba que tendría que dormir en su cama, y cuanto antes mejor. Su corazón dio un vuelco, emocionado.

—¡Madre mía! —maldijo, saliendo de la casa sucesiva y dirigiéndose a la casa principal. No había rastro de Gillian ni de James. Esperaba que estuvieran en algún lugar disfrutando del día, pero, por el momento, la felicidad de ambos tendría que depender totalmente de ellos. Volvió a sus aposentos y llamó a Sarah, quien la ayudó a despojarse de su vestido y a ponerse la ropa que había confeccionado en secreto unos meses atrás.

Los pantalones de color marrón oscuro que había confeccionado eran cómodos y lo suficientemente holgados como para poder moverse con libertad. La camisa blanca de linón era sorprendentemente cómoda. Hizo que su criada le atara los pechos con un paño en lugar de quedarse con el corsé, y luego se colocó un chaleco de color borgoña intenso. Aunque se vestía como un hombre, eso no significaba dejar de verse espléndida. Se recogió el pelo hasta la nuca y lo sujetó con una cinta a juego. Luego se miró en el espejo de cuerpo entero y esbozó una amplia sonrisa. A su lado, la criada se sonrojó.

—¡Cielos, señorita!

—Es escandaloso, sí, pero no voy a tener éxito en aprender a luchar llevando un vestido.

La doncella palideció.

—¿Aprender a *luchar*, señorita?

—Sí —Audrey sonrió—. Estoy recibiendo lecciones —salió de la habitación con la criada aún boquiabierta y se dirigió a la sala de ocio. Eso estaba en el ala opuesta de la casa, y rezó para no encontrarse con ningún invitado en el camino. No se avergonzaba de lo que hacía, pero lo que llevaba *puesto* era otro tema. Si Horatia se enteraba, le haría preguntas que no querría responder. Y teniendo en cuenta que pronto iba a ser madre, Audrey no quería que nada molestara a su hermana.

Por suerte, no se cruzó con nadie, y cuando llegó a la sala de ocio Jonathan ya estaba dentro, de espaldas a ella. Se quitó el abrigo y se puso en cuclillas para sacarse las botas. Audrey lo miró fijamente, queriendo preguntar qué estaba haciendo. Él se enderezó y luego se volvió, aparentemente sin darse cuenta de su presencia.

Ella estaba a punto de anunciar su presencia, deseosa de saber qué pensaba él de su vestuario, pero Jonathan habló de repente.

—Ahora que estás aquí, empecemos... —se giró para

mirarla y luego se congeló. Parpadeó una vez, con la cara roja—. ¿Qué... llevas puesto?

Audrey entró saltando alegremente en la habitación. Esa era la reacción que había estado esperando.

—Esta es mi ropa de combate. Bastante espléndida, ¿no crees? La he hecho yo misma —se giró y lo miró por encima del hombro para que él pudiera ver el conjunto desde todos los ángulos.

—¿Espléndida? ¿Qué... dónde...? —tartamudeó y señaló su pecho con una mano—. ¿Dónde están tus pechos?

El rostro de Audrey se calentó ante el inapropiado comentario, pero se negó a permitir que la dejara sin palabras.

—Están bien atados para que no interfieran.

—¿Y vas a llevar este mismo traje en tus misiones?

—Pues no.

Jonathan se llevó la mano a la cabeza y gimió.

—Tienes que aprender a protegerte con el obstáculo natural de tu ropa, tu ropa *habitual*.

Audrey frunció el ceño.

—En algún momento, sí, pero para estudiar con eficacia, creo que primero es mejor así. Es muy posible que tenga que vestirme de chico para una misión o para evitar ser capturada.

Jonathan suspiró.

—Dios, tienes un argumento para todo, ¿no? —ella sabía que él no esperaba una respuesta, pero le resultaba extrañamente satisfactorio provocarlo.

—Por supuesto que los tengo. Ahora, enséñame. ¿Por dónde empezamos? —se dirigió al centro de la habitación, preguntándose si él intentaría cogerla de nuevo. Tendría más posibilidades de escapar de él sin que sus molestas faldas se interpusieran. Audrey se quedó mirando sus pies solamente con calcetas—. ¿Puedo preguntar por qué te has quitado los zapatos?

—No quiero pisar tus pequeños pies. Lo último que quiero es hacerte daño.

Una parte de Audrey quería decir que él ya le había hecho mucho daño, con su carácter frío y distante; burlándose de ella solo para retroceder, como un gato que había perdido el interés en un nuevo juguete. Pero Audrey no pudo evitar devolverle su propio argumento.

—¿Y mis atacantes serán tan considerados en mis misiones?

Jonathan ladeó la cabeza.

—Difícilmente podrás aprender si cojeas con los dedos de los pies fracturados. Ahora, si podemos terminar con el sparring verbal, tal vez podamos empezar con algo más físico. Creo que primero debería enseñarte un poco de boxeo, empezar por cómo mover los pies y proteger la cara —dijo Jonathan—. De esta manera, nuestras lecciones posteriores aprovecharán tus nuevas habilidades. No tiene sentido enseñarte a escapar de un agarre a menos que puedas defenderte una vez que estés libre.

El corazón de Audrey latió un poco más rápido. Esto estaba ocurriendo de verdad.

—Creo que te estoy siguiendo.

—Pues acércate e imita mi postura —Jonathan señaló un punto en el suelo a su lado.

Él tenía una pierna, la izquierda, ligeramente hacia

adelante y la derecha por detrás. Sus manos estaban cerradas en puños cerca de su cara. Tenía un aspecto feroz. Audrey hizo lo mismo, sintiéndose incómoda por tener las piernas muy separadas. Las faldas eran demasiado estrechas. Apenas se podía correr con ellas, y mucho menos estar de pie con las piernas separadas. Sin embargo, no podía negar el poder y la estabilidad que sentía ahora. Si así se sentían los hombres todo el tiempo, estaba celosa. Una punzada de decepción la recorrió. Adoraba los vestidos, pero esta libertad era irresistible, y la idea de volver a ponerse las faldas ya no era atractiva.

—No está mal —Jonathan dejó su posición y ahora estaba de pie al otro lado, examinando su cuerpo.

Sin previo aviso, empujó su hombro derecho. Audrey estuvo a punto de caer, pero mantuvo el equilibrio.

—¿Por qué ha sido eso? —jadeó ella.

Jonathan ignoró la pregunta.

—Bien. Sigues manteniendo el equilibrio. El equilibrio es vital —siguió examinándola y ella lo miró con el ceño fruncido—. Ahora, las manos —le abrió los puños y le liberó los pulgares. Luego volvió a colocar los dedos de regreso a su sitio—. Nunca metas los pulgares dentro de los dedos.

—¿Por qué no?

—Si das un puñetazo lo suficientemente fuerte, tus dedos presionarán contra tus pulgares y los fracturarán. No vas a dar mucha guerra con los pulgares rotos. Te aseguro que el dolor es insoportable.

El rostro de Jonathan se contrajo al decir esto, y

Audrey se preguntó si lo había experimentado personalmente.

—¿Alguna vez...?

—No por pelear, no. Pero cuando tenía doce años, mi pulgar quedó atrapado en un cajón que cerré con demasiado vigor. Hubo que arreglarlo y lloré como un bebé.

—Pero, ¿por qué sucedió?

—No es algo de lo que esté orgulloso. Un momento de ira y frustración juvenil. Simplemente no estaba prestando atención.

—Oh, eso es horrible, yo... —Audrey comenzó a moverse de su posición, pero Jonathan le azotó fuertemente el trasero, haciéndola chillar.

—Quédate en tu posición —ella se volvió hacia él con rabia, dispuesta a arremeter, pero, antes de que se diera cuenta, él le había vuelto a dar un golpe en el trasero—. Esa es otra lección que debes aprender. Puedes pensar que la ira te dará fuerza en una pelea, pero la realidad es que la ira te ciega, y eso te hace vulnerable.

Audrey se estremeció. El trasero le ardía. Las faldas, por muy irritantes que fueran, al menos proporcionaban un mejor amortiguador. Por supuesto, ella no había pensado que los azotes formarían parte de sus lecciones. Lo fulminó con la mirada, pero vio humor en sus ojos verdes, no ira.

—Ahora, cuando tengas los puños en alto, debes mantener tu cara protegida. Usa tu mano izquierda para bloquear tu cara, y mantén tu mano derecha más cerca de ti. ¿Adivinas por qué? —para sorpresa de Audrey, su tono explicativo no era condescendiente.

Ella pensó en lo que estaba intentando golpear.

—¿Si está más cerca de mi cuerpo, podré golpear con más fuerza?

—Exactamente —la sonrisa de Jonathan hizo que se le revolviera el estómago, e intentó concentrarse—. La mano izquierda te protege, y tu mano dominante, la derecha, es tu arma.

—Ya veo —dijo ella, casi brincando de emoción. Ya se sentía más segura—. ¿Cómo golpeo?

Su risita era tan simple como encantadora.

—Muy sanguinaria —nuevamente, fue sorprendida por su comportamiento juguetón, no frío y distante.

Este era el hombre con el que yo quería estar.

—Hablaremos de golpear en un momento. Pero primero debo enseñarte a bloquear. Tu primer instinto será intentar responder a mi ataque con uno propio. Eso te dejará expuesta. Tu objetivo debe ser redirigir el brazo que viene hacia ti, no detenerlo.

—No estoy segura de entender.

Jonathan la enfrentó y levantó los puños.

—Extiende lentamente tu mano, como si fueras a golpearme —ella obedeció. Cuando el puño de Audrey se acercó a su cara, Jonathan levantó su propio brazo entre el puño de ella y su cara y luego le apartó la mano usando su fuerte antebrazo—. Así se bloquea. Si yo simplemente hubiera atrapado tu puño, me habría hecho caer de espaldas, hiriéndome y dándote aún la ventaja. ¿Tiene sentido?

—¡Sí! —no pudo contener su emoción ante esta revelación. Si le hubieran enseñado esto en lugar de lecciones de baile antes de su debut el año pasado, habría tenido una primera experiencia de baile muy diferente.

Jonathan se paró delante de ella y alcanzó su mano derecha.

—Ahora, para golpear tienes varias opciones —él cogió su muñeca y se la llevó lentamente a la nariz—. La nariz es lo mejor. Puedes romperla y sangrará. Nunca te preocupes por la sangre...

Pensar en la sangre la mareó súbitamente.

—Audrey, ¿estás bien? Te has puesto pálida —él la cogió por las caderas, estabilizándola. Ella solo lo usó como apoyo el tiempo necesario antes de poder volver a ponerse de pie.

—Lo siento. Soy un poco aprensiva con la sangre.

—Y, al parecer, solo de pensarlo también —Jonathan soltó una risita, aunque no parecía reírse de ella—. Entonces, no usemos esa palabra. Golpear la nariz también puede producir lagrimeo, lo que cegará efectivamente a un hombre durante una pelea, así que piensa en esa opción. Ahora, brazos arriba... —la soltó. Audrey levantó los puños una vez más y Jonathan volvió a cogerla de la muñeca, guiando su mano—. Después de la nariz, puedes golpear en cualquier lugar, pero los más efectivos son la barbilla, la garganta y las orejas.

—¿Por qué esos? —Audrey estudió su rostro; por primera vez, no como una serie de rasgos distractores, sino como objetos a golpear.

—Son vulnerables. La barbilla y la mandíbula pueden fracturarse si se ejerce la suficiente fuerza. La garganta puede impedirles respirar, y las orejas... bueno, si nunca te han golpeado las orejas, no puedes imaginar el dolor. Si alguna vez tienes la oportunidad de golpear la oreja de un hombre, hazlo.

Audrey no podía creer que estuviera aprendiendo una información tan útil por primera vez en su vida. Jonathan la hacía sentir inexperta, sí, pero no inferior. Él se estaba tomando estas lecciones en serio, y eso la hacía sentir... ¿Cómo la hacía sentir?

¿Importante? ¿Relevante? ¿Alguien con los mismos derechos que los hombres?

En su tiempo como Lady Society, se había expuesto cada vez más a las injusticias sociales de su mundo, desde las casuales hasta las criminales. Y cuanto más lo hacía, una parte de ella deseaba huir de todo ello. Esconderse en casa y dejar que su hermano la asfixiara con su sobreprotección, solo para evitar esas realidades. Pero había seguido luchando. Y ahora, con Jonathan, tenía la sensación de que esa voluntad de lucha no era irrelevante ni inútil.

—Sabes, si yo hubiera tenido estas lecciones en mi primera temporada, podría haber sido más eficaz a la hora de detener las manos traviesas. Tuve que patear a Lord Willoughby entre las piernas, lo cual no recomiendo. Las faldas dificultan mucho las patadas.

Los ojos de Jonathan brillaron.

—¿El vizconde Willoughby?

—Sí. Me llevó a una veranda en mi primer baile. No entendía los riesgos de dejar que un caballero me acompañara al exterior. Cedric nunca fue bueno para aconsejarnos, poniendo el peso de nuestra protección enteramente sobre sus propios hombros. Horatia y yo no estábamos preparadas para nuestros debuts —la pérdida de sus padres cuando era niña había implicado que su vida de joven fuera menos convencional que la de la mayoría. Cedric y sus amigos siempre habían estado ahí para ella, pero los hermanos mayores no sustituían a las madres y los padres.

—¿Y qué pasó? ¿Con Willoughby?

—Intentó llevarme a una zona apartada de la alcoba, justo a la salida de la veranda. Me presionó contra un seto bastante desagradable y espinoso mientras hacía lo posible por besarme. El patán consiguió meter una mano en mis faldas, a medio camino de mis piernas. Por supuesto, entonces quedé libre para darle una buena patada en...

—Sí, ya veo —interrumpió Jonathan. Audrey soltó una risita cuando se dio cuenta de que había inclinado su cuerpo en dirección contraria a la de ella, como para proteger su ingle de una demostración sorpresa—. ¿Qué tal si te enseño una opción distinta a la de patear a un hombre en las pelotas? Si quieres variar un poco en tus defensas.

Ella asintió rápidamente, ansiosa por recibir más lecciones.

—Muy bien. Te demostraré una acción defensiva y luego tendrás la oportunidad de usarla —le hizo un gesto para que le diera la mano. Cuando Audrey la extendió, Jonathan la sujetó con sus dos manos y comenzó a doblar suavemente la palma hacia atrás. Ella se estremeció, pero él se detuvo justo antes de que empezara a doler de verdad—. Esto es algo que me he enseñado a mí mismo. Si lo haces con rapidez, puedes fracturar la muñeca de un hombre, o puedes mantenerla al borde del dolor y amenazar con romperla. De modo que, para cualquier mano traviesa, este es un movimiento a emplear.

—¿Y ahora podemos dramatizar una situación?

Jonathan asintió.

—Acércate a la pared de aquí y pon la espalda contra ella. Actuaremos como si fuera un seto de jardín.

Audrey se puso contra la pared y se giró hacia él. Él se acercó lentamente a ella, con un brillo depredador en los ojos que aceleró su corazón a un ritmo loco de excitación.

—Voy a fingir que soy Willoughby, y tú utilizarás el movimiento que te he enseñado.

Audrey tragó con fuerza.

—De acuerdo —Jonathan iba a tocarla íntimamente, o al menos a intentarlo, y una parte de ella no quería detenerlo.

—¿Dónde estaba su otra mano? ¿La que no estaba bajo tus faldas? —le preguntó mientras se situaba a unos centímetros de ella, mirándola.

Sinceramente, Audrey no lo recordaba.

—Detrás de mi cuello, creo.

La mano de Jonathan le cogió la nuca.

—¿Así? —su mirada se detuvo en los labios de Audrey, y su cuerpo ardió ante su contacto. ¿Por qué tenían que estar entrenando cuando podían estar besándose?

—Sí...

—Voy a fingir que llevas faldas, ¿de acuerdo? Intenta parar mi mano —susurró esto justo antes de inclinarse y besarla.

Audrey se olvidó de todo lo relacionado con sus lecciones. Dios, había olvidado lo bien que se sentían los labios de Jonathan y la sensación de vértigo que experimentaba cuando se veía atrapada entre él y una superficie dura. Ella estaba bajo su poder, y le gustaba porque él solo le proporcionaba placer. La mano de Jonathan le tocó la cadera y se movió para coger su trasero, y Audrey jadeó contra sus labios. ¡Lord Willoughby no había hecho eso!

La mano de Jonathan bajó por la parte posterior de su muslo, levantándole la pierna para que ella pudiera rodear sus caderas. Se apretó más contra ella y sus caderas se encontraron mientras la levantaba del suelo, inmovilizándola contra la pared, sin dejar de besarla. Entonces, deslizó su mano entre sus cuerpos y la tocó entre sus piernas. Las rodillas de Audrey se doblaron cuando las olas de placer la golpearon con fuerza. Se aferró a sus hombros, intentando devolverle el beso. Se sentía paralizada, frenética. Su anhelo de sentir ese éxtasis provocado por las manos de Jonathan era abrumador.

Él frotó su mano contra ella. Audrey gimió, intentando montar su palma. ¿Cómo sabía este hombre encender su sangre de esa manera? Su boca se separó de la de ella.

—No... lo estás intentando —gruñó suavemente.

—Sí, lo estoy —insistió Audrey, arqueando la espalda para acercarse a él.

—Estás intentando llevarme a la cama, no intentando luchar contra mí. ¿No te estás tomando esto en serio? —su tono frustrado fue como un balde de agua helada sobre su cabeza. Se enfureció. Audrey dejó de sujetar sus hombros y le cogió bruscamente la muñeca, tirando de su mano hacia la posición que él le había mostrado.

Jonathan se apartó de ella de un salto, liberándose, y los pies de Audrey aterrizaron en el suelo.

—¡Maldita sea! —Jonathan se frotó la mano, frunciendo el ceño, pero su enfado pronto se disipó—. Eso... Eso ha estado bien, aunque te has tardado un poco. Pero tendrás que ser capaz de mantener tu agarre también si deseas someterlo. Una vez que yo esté libre, regresarás y te verás atrapada en el punto de partida.

Audrey deseó haberle dado un puñetazo en la nariz. Esto era exactamente lo que ella odiaba. Su fría y displicente distancia. ¿Él no había sentido nada entre ellos?

—Creo que he terminado con mis lecciones por hoy —dijo ella. Si había algo que odiaba era que un hombre le diera ganas de llorar.

—Muy bien. Tendremos otra lección mañana —Jonathan se dio la vuelta y cogió sus botas, poniéndoselas—. Y esta noche dormirás en mi habitación. O iré a la tuya.

—¿Qué? No. Jonathan, no debemos. No aquí.

—Una vez a la semana, ese fue el acuerdo —se enfrentó a ella, con una mirada demasiado seria—. Tus reacciones de hoy solo demuestran mi punto. Si te distraes con los besos de un hombre, él puede aprovecharse de ti como yo lo he hecho, y tú no quieres eso.

Audrey levantó los brazos sobre su pecho.

—Ciertamente, tienes razón. *No* quiero eso —su temperamento estaba hirviendo ahora.

—Y menos conmigo —añadió, y una sonrisa perversa acarició repentinamente sus labios.

—No, tú... tú eres... —balbuceó.

—¿Sí? ¿Qué soy? —preguntó Jonathan, acercándose de nuevo. Ella solo podía pensar en él, en su calor, en su beso, en cómo había adorado los movimientos de sus manos.

—Eres exasperante.

—Y te gusta que te irrite.

—¡No me gusta!

—Por supuesto que sí. Te mantengo de puntillas, esperando más besos, aunque actúes como si me despreciaras.

Su sonrisa petulante fue lo que la provocó. Audrey balanceó el brazo hacia atrás para abofetearlo, pero Jonathan le cogió el brazo con facilidad en pleno vuelo.

Él se inclinó un poco hacia abajo, con la mirada puesta en sus labios.

—Nunca abofetees cuando puedas golpear.

Audrey se quedó muy quieta, con la mano derecha bloqueada mientras sus ojos permanecían fijos el uno en el otro. Ella cerró el puño izquierdo tal y como él le había enseñado, y le dio un puñetazo en la mandíbula.

Jonathan siseó de dolor mientras la soltaba. Audrey dio un paso atrás para darle tiempo de recuperarse y evitar cualquier represalia que él pudiera tener en mente. Su sonrisa orgullosa la sorprendió.

—Ahora, *eso* ha sido una excelente demostración de lo que has aprendido hoy. Bien hecho, diablilla, muy bien hecho.

Audrey estaba tan confundida que se dio la vuelta y salió corriendo del salón. No se detuvo hasta llegar a su habitación. Se derrumbó en su cama, temblando de pies a cabeza, totalmente confundida. Como siempre,

Jonathan la había aturdido y la había dejado completamente desconcertada.

Excepto que eso no era cierto. Jonathan había estado orgulloso de ella. Un hombre desinteresado no mostraría orgullo, ¿verdad? Levantó su mano izquierda. Estaba roja y los dedos le dolían, pero, de repente, tuvo ganas de reír. Había aprendido a devolver el golpe, había improvisado también, y él se había alegrado.

Se tumbó de espaldas en la cama y extendió los brazos, esbozando una amplia sonrisa. Iba a quedarse aquí un rato, a disfrutar de unas cuantas horas más en pantalones bombachos antes de tener que volver a encerrarse en un vestido para la cena. Por suerte, no la echarían de menos en ese tiempo. Una gran fiesta en casa tenía muchas ventajas, la mejor de ellas era que los invitados tenían tiempo para escabullirse y descansar, o realizar actividades en solitario.

Mientras estaba tumbada, se preguntó qué estaría haciendo Gillian. ¿Cómo habían afrontado ella y James el hecho de quedarse solos? Sinceramente, Audrey esperaba que hubieran hecho algo agradable como montar a caballo o pasear por los jardines.

Gillian está aprendiendo a ser cortejada, y yo a luchar. No podía dejar de reírse. Menudo día.

CAPÍTULO 10

—¿Qué te ha pasado? —Lucien se enderezó en su silla, con una mirada alarmada. Jonathan acababa de entrar en el estudio de Lucien, y se tocó la mandíbula con cautela. Entonces, supo que pronto tendría un moretón.

—Puede que haya tenido un altercado con un invitado.

—¿Oh?

—Nada grave —dijo Jonathan con una sonrisa irónica.

—¿Nada grave? Te estás poniendo azul en la barbilla.

—Puede que haya estado enseñando a cierta diablilla a defenderse. Puede que ella haya sacado lo mejor de mí.

Lucien se rio casi con el mismo entusiasmo que Charles.

—No te lo he dicho para que te diviertas a mi costa —refunfuñó Jonathan.

—Estoy seguro de que no lo has hecho con esa intención, pero maldita sea, hombre, no puedes negar que es divertido —Lucien se recostó en su silla y apoyó las botas en el borde de su escritorio—. De todos modos, espero que no hayas venido a buscar consejos para seducir a las mujeres Sheridan. Audrey es muy diferente a Horatia. *Mucho*. Mi amor es dulce, tímida y gentil.

—Y Audrey no es nada de eso —bueno, eso no era cierto; ella ciertamente tenía sus momentos dulces. Solo que no con él.

—Entonces, ¿tu gran plan para cortejarla son lecciones de defensa personal?

—Sí, era algo que ella quería.

—Admito que es un plan original, pero no estoy seguro de que lo hayas pensado bien.

Jonathan abrió y cerró la boca, examinando su dolorida mandíbula.

—Una parte de mí ciertamente lo lamenta. Ella posee un gancho de izquierda malditamente bueno.

Lucien volvió a soltar una carcajada, pero el sonido del gong de la cena lo cambió por un gemido.

—Dios, echo de menos nuestras cenas íntimas con la Liga. Esta tontería de la fiesta en casa no es en absoluto mi forma preferida de pasar la noche. Y mucho menos por una semana —la mirada abatida de Lucien casi hizo reír a Jonathan.

Antes de que cualquiera de ellos pudiera decir más, Charles irrumpió en el estudio, con el rostro tenso.

—Me alegro de encontraros a los dos aquí —levantó un periódico mientras se acercaba a ellos—. Esto fue entregado hace una hora. Linley vio algo bastante importante cuando lo estaba preparando para mí —dejó el periódico sobre el escritorio.

Jonathan y Lucien se inclinaron para ver el artículo que Charles estaba señalando. La sección de sociedad del *Morning Post* solía publicar sobre nacimientos, matrimonios y muertes. Un nombre entre ellos destacaba.

—El señor Gerald Langley ha sido encontrado muerto en una residencia cercana al salón de té Twinnings —leyó Lucien en voz alta—. Se cree que se ha quitado la vida por una cuestión de honor, dejando una carta a su familia. Durante los últimos meses, ha habido rumores desconcertantes en relación con el señor Langley, los cuales podrían haber contribuido a su acción. La hermana del señor Langley está viva, Hillary Clifford... ¿Langley ha muerto? ¿No es el hombre al que Lady Society ha humillado completamente en su columna?

—Sí, ese hombre —dijo Charles—. Jonathan, creo que deberías contarle a Lucien lo de Audrey y el club infernal.

La voz de Lucien se volvió dura, y Jonathan sintió el peso de su mirada sobre él.

—¿Contarme qué? ¿En qué la has metido?

Jonathan se enfureció.

—¡Yo no he hecho nada! Fue ella la que... —sus palabras se disolvieron en un gruñido frustrado. Comprendía el miedo de Lucien. Horatia ya había sido blanco de un enemigo de la Liga, y tenía todo el derecho a preocuparse de que Audrey pudiera estar en una situación similar.

—Te juro, Jonathan, que si...

—Lucien, tranquilo, hombre —dijo Charles—. Deja que responda.

Lucien se cruzó de brazos, frunciendo el ceño pero permaneciendo callado.

Jonathan respiró profundamente.

—Lo primero que debes saber es que Audrey es Lady Society.

Los ojos de Lucien se abrieron de par en par. Luego parpadeó, como si hubiera tardado unos momentos en asimilar la información.

—¿Ella...? ¿Lady Society? ¿La mujer cuya pluma nos ha aguijoneado, incitado y castigado a todos nosotros en un momento u otro?

—Y ha encontrado esposas para al menos la mitad de vosotros —añadió Charles con una sonrisa irónica.

Lucien miró a Jonathan.

—¿La que se burló de ti hace solo una semana?

—Sí —confirmó Jonathan.

Lucien sacudió la cabeza.

—Estaría tentado de reírme si no hubieras mencionado a un hombre muerto y un club infernal. Dios mío, ¿cómo acabaron las cosas así?

Jonathan intentó explicar.

—Por lo que tengo entendido, todo empezó cuando Audrey aceptó el caso de defender a la hija del conde de Rockford.

Lucien asintió.

—Recuerdo el incidente. Eso fue lo que provocó que las actividades de Langley fueran expuestas en la columna de Lady Society.

—Entonces ella descubrió de alguna manera, Dios

sabe cómo, que Langley era el líder de algún tonto club infernal en el distrito de Temple Bar, y deseaba exponerlos antes de que hicieran más daño.

—Ella acudió a mí —interrumpió Charles—, buscando una escolta para el club.

—¿Y no pensaste en decírselo a Cedric? ¿O a mí? ¿No pensaste que su hermano o su cuñado deberían haber sido informados? —gruñó Lucien—. ¿Gente que podría haberla protegido?

Charles no se inmutó.

—¿Oh? ¿Y qué habrías hecho tú? ¿Encerrarla en una torre? Una vez que esa dama se empeña en algo, especialmente en algo problemático, se las arregla para encontrar su camino en el centro de la cuestión con o sin nuestra intervención. Mi intención era protegerla, ya que ella habría llegado allí de una forma u otra.

—¿Así que la llevaste al club de Langley?

La cara de Charles enrojeció.

—Eh... No. Ella envió a Linley una nota informándome de que había cambiado de opinión y no iba a ir.

Jonathan decidió hacerse cargo ahora.

—Sin embargo, Linley no se lo creyó. Me encontró al salir de Berkley's y me contó su preocupación. Así que yo fui tras ella. Tuvo mucha suerte de que yo lo hiciera. Todo el asunto había sido una trampa.

Lucien permaneció en silencio, todavía observando a Jonathan, todavía pensativo.

—Luché contra Langley y el resto de su club. Pudimos escapar por una ventana y llevé a Audrey sana y salva a su casa, pero temía que Langley hubiera visto su cara. Él probablemente conocía su identidad".

Charles miró a Jonathan con horror.

—Tú no... —simuló disparar una pistola invisible con la mano.

—¡No, claro que no! —lo tranquilizó Jonathan—. La última vez que vi a Langley, él había ido a por Pembroke y la criada de Audrey, Gillian.

—¿*Pembroke* estaba allí? —gritó Lucien—. ¡Cómo diablos acabó con esos... demonios!

—Muy parecido a mí. Está enamorado de Gillian y acudió a rescatarla.

Las cejas de Lucien se alzaron.

—¿Está enamorado de una dama de compañía?

—Cosas más extrañas han sucedido —le recordó Jonathan—. Y creo que sabemos que es mejor no juzgar a la gente con dureza en asuntos del corazón —después de todo, Jonathan no había estado en mejor posición que Gillian hasta el año pasado—. Por cierto, Pembroke no sabe que Gilly es una criada, así que yo en tu lugar no lo mencionaría.

—¿Otro de los planes de Audrey? —preguntó Charles, sonriendo.

—¿Qué más?

Lucien frunció el ceño.

—¿Pero eso no perjudica a Pembroke? El hombre merece saberlo.

—Creo que Audrey tiene un plan —dijo Jonathan—. Yo confiaría en ella en esto.

—Parece que ella está jugando con él, si me preguntas.

—Las circunstancias de Gillian no son tan simples como parecen a primera vista —al defender a Gillian,

Jonathan sintió que estaba defendiendo su propia posición dentro del grupo—. Audrey cree que ellos deben estar juntos, o al menos tener la oportunidad de estarlo. Y al final lo que debería importar son los sentimientos entre ellos, no lo que la sociedad considere una pareja adecuada.

—¡Eso, eso! —exclamó Charles—. Que el amor fluya libremente, para aquellos que se preocupan por esas cosas.

Lucien suspiró cansado.

—Supongo que eso explica por qué Horatia me dijo que la llamara señorita Beaumont y que no me sorprendiera que se uniera a nosotros en las comidas como los demás invitados. Dijeron algo sobre una obra de teatro, pero, para ser sincero, dejé de hacer preguntas después de cierto punto —hizo una pausa y luego se puso serio—. ¿Creéis que Pembroke ha asesinado a Langley?

—No —dijo Charles—. Ese hombre es el mejor de los hombres, mejor que cualquiera de nosotros. No es un asesino. Habría golpeado a Langley, ciertamente, lo habría atado para las autoridades si hubiera podido, pero no lo habría matado.

—¿Realmente creemos que Langley se ha suicidado? —Lucien se acarició la barbilla—. No sé mucho sobre el hombre.

Charles miró el papel.

—Ciertamente no le importaba su reputación, pero llega un punto en el que cualquier hombre no ve salvación a su situación y ve el infierno como una mejora respecto al tiempo que le queda en la tierra.

—Eso es cierto —Jonathan recordó el fuego en los

ojos de Langley. Ese fuego negro y frío no pertenecía a un hombre que entendiera la vergüenza, pero podía reconocer una situación imposible de ganar. El hombre estaba a punto de ser expuesto por dirigir un club infernal. Cualquiera de las indignidades y dificultades que había sufrido por la exposición inicial de Lady Society no sería nada comparado con eso. Solo eso podría haber llevado incluso al peor de los hombres a acabar con su vida.

Los tres guardaron un largo silencio.

—Aun así, también es posible que alguien lo ayudara a tirar del gatillo —dijo por fin Charles.

—Tal vez —dijo Lucien—. Pero, ¿quién lo mataría y con qué fin?

Jonathan no podía deshacerse de una mala sensación en el estómago, como si hubiera dejado algo sin hacer, o lo hubiera olvidado. Algo importante.

—Quizás él tenía otros fines —sugirió Charles—. Y esos fines habían llegado a su fin. O tal vez, una vez que Audrey lo expusiera, a él le comenzaría a quedar poco tiempo. Un hombre así podría tener hombres en toda Inglaterra esperando para lidiar con él.

—Entonces, alguien nos ha hecho un favor —reflexionó Lucien—. Pero eso rara vez ocurre. Creo que esto merece ser analizado. Jonathan, parece que tu inusual técnica de cortejo servirá para un propósito mayor. Quiero que seas la sombra de Audrey, día y noche. Todos recordamos lo que le pasó a Horatia en esta misma casa, secuestrada en su habitación y... —dejó el resto implícito.

Y casi asesinada. Jonathan sabía que ese día perseguiría

a Lucien para siempre. Las amistades se habían fracturado y las lealtades se habían debilitado. Aunque los implicados habían hecho las paces, una fisura seguía oculta en lo más profundo de los lazos que habían formado.

—¿Serás su sombra, Jon? —preguntó Lucien.

—Por supuesto. Aunque ella me odiará aún más por ello.

Charles dio una palmada en el hombro de Jonathan.

—Ahí es cuando sabes que estás haciendo lo correcto.

Jonathan supuso que su amigo pretendía consolarlo, pero las palabras tuvieron el efecto contrario. Si tenía que ser la sombra de Audrey, él se iba a encontrar en una situación imposible.

—Me encargaré de que os sentéis uno al lado del otro en la cena —prometió Lucien.

—Será mejor que nos vayamos. El gong sonó hace varios minutos —les recordó Charles.

—Es cierto. No podemos preocupar a Horatia. No en su estado.

Jonathan los siguió hasta el pasillo. Un destello de movimiento al final del pasillo llamó su atención, y los vellos de la nuca se le erizaron. ¿Alguien había estado escuchando en la puerta? Quizá Lucien tenía razón.

A partir de esta noche, Audrey lo tendría a él como su sombra, le gustara o no.

CAPÍTULO 11

Tom Linley tenía la oreja pegada al ojo de la cerradura del estudio de lord Rochester, con el corazón palpitando.

—¿Serás su sombra, Jon? —las palabras de Rochester eran apenas audibles, pero Linley las oyó, así como el acuerdo del señor St. Laurent. Había escuchado todo lo que necesitaba. Se apresuró a entrar en la habitación más cercana, al final del pasillo, antes de que el trío de caballeros saliera del estudio de Rochester. Pronto se irían a cenar.

—¿Señor Linley? —Linley miró a su alrededor. Audrey estaba sentada en una silla junto al fuego, pareciendo cómoda mientras leía un libro. Estaban en un pequeño salón, uno privado solo para los miembros de la familia, pero él había pensado que estaba vacío cuando lo había explorado antes.

—Mis disculpas, señorita Sheridan —se irguió y se preparó para salir, como si nada hubiera pasado.

—Oh no, por favor. Ya me iba. La cena estará lista —Audrey se puso en pie, con su vestido verde oscuro, una atrevida creación de satén adornada con encaje belga. Sin duda, el conde y sus amigos iban vestidos con el mismo nivel de elegancia. Ropa fina y veladas agradables con amigos que se preocupaban los unos por los otros... Un destello de envidia revoloteó en el interior de Linley, pero lo reprimió, como hacía con todas las emociones. Él nunca podría tener ese tipo de vida.

Estaba aquí para traicionar a la Liga y a sus familias. No importaba que el Conde de Lonsdale —Charles—, los hubiera acogido a él y a su hermanita, Katherine, en su casa. No importaba que le agradaran tanto sus amigos como sus familias, especialmente Audrey. Si no hacía su trabajo, le quitarían a Katherine, y con ella lo último de su espíritu.

Audrey se detuvo en el umbral de la puerta y sus ojos lo recorrieron en un juego críptico. Se inclinó para susurrar:

—Conozco tu secreto, Tom.

El terror lo atravesó, tensando todos sus músculos. Una parte de él gritó para silenciarla, y conocía media docena de maneras de hacerlo, pero se contuvo. No debía hacer daño a nadie a menos que se lo ordenaran. Tom no era más que un engranaje de una máquina más grande y peligrosa que cada día se acercaba más a la Liga; y, sin embargo, ninguno de ellos se daba cuenta.

—No tienes te preocupes. No se lo diré a nadie. Pero algún día, espero que seas lo suficientemente valiente como para discutirlo conmigo. Todos tenemos nuestros secretos —ella le palmeó la mejilla, y el corazón de Tom se llenó de afecto, pero luego ardió al ser consciente de su inevitable traición.

Audrey no conocía sus secretos. Al menos, ninguno importante. Si los conociera, esta conversación no habría terminado de forma tan amistosa. Quizás sí sospechaba que él era un espía, pero de un tipo menos siniestro, al servicio de un lord rival que vigilaba a su competencia.

Normalmente, él lo reportaría de inmediato. Incluso la insinuación de que su posición estaba comprometida sería motivo para retirarlo de su puesto. Pero pronto Audrey se pondría en un camino que la alejaría de la seguridad de sus amigos y su familia, incluso de su país, y hacia una muerte casi segura. Por mucho que él no quisiera pensar en ello, el problema se solucionaría pronto.

Pobre tonta ingenua. Crees que el espionaje es un juego. Si supieras la verdad. Nada es un juego cuando el objetivo es la supervivencia.

Una vez que Audrey se fue y él se quedó solo, se hundió en un rincón de la habitación, deseando poder desaparecer. Nunca haber existido. Tom cerró los ojos y se abrazó al frío de la pared.

No tengo elección. Por el bien de Katherine, no tengo elección.

Lo único peor que tener una deuda con el diablo era llevarla a cabo.

❧

Era terrible asistir a una cena con un aspecto espléndido por fuera y sentirse completamente desdichada por dentro. Audrey sabía que estaba magnífica con su vestido de raso verde. El escote era bajo, y las mangas eran cortas y estaban adornadas con encaje. Mostraba su figura en todo su esplendor, pero esta noche no sentía la magia del vestido como solía hacerlo.

Entró en el vestíbulo donde se habían reunido los invitados, y lo único en lo que podía pensar era en encontrarse de nuevo en la sala de ocio con los pantalones puestos y... besando a Jonathan.

Disfrutó de la mirada de Jonathan cuando él entró en el salón. Se dio cuenta de que tenía un moretón oscuro en la barbilla donde ella lo había golpeado antes. Su corazón se hundió. Se había sentido ganadora cuando se había defendido, pero le había hecho daño. Hizo lo posible por ocultar su consternación mientras Horatia acompañaba a Jonathan hasta ella.

—Vosotros dos estaréis emparejados esta noche. ¿Confío en que no hay problema? —los ojos de su hermana mayor brillaron con picardía. Audrey estaba a punto de protestar porque su hermana le había tendido una clara trampa, pero Horatia palideció repentinamente y colocó una mano sobre su vientre.

Audrey la rodeó con un brazo al mismo tiempo que Jonathan se inclinaba hacia ella, preguntando si podía ayudar de alguna manera.

—Horatia, no deberías estar aquí abajo, sino descansar si el bebé está dando guerra.

—Estoy de acuerdo —dijo Jonathan—. ¿Seguramente podemos continuar mientras tú descansas?

Por un momento, los dos estuvieron unidos en su deseo de ayudar a Horatia, y ella no pudo evitar ofrecerle a Jonathan una sonrisa de alivio. Él se la devolvió con una expresión dulce que hizo que su corazón se agitara.

Su hermana suspiró.

—Lo sé. Pero no soporto la idea del encierro. Le dije a Lucien que no me quedaría encerrada en un cuarto oscuro hasta que el niño naciera.

—¿Él quería hacer eso? —preguntó Jonathan, confundido.

—No con tantas palabras —corrigió Horatia—. Pero es lo que la mayoría de los hombres exigen a sus esposas. La idea de estar atrapada, aunque sea por unos días, me hace delirar. Tú lo entiendes.

—Lo entiendo —le aseguró Jonathan—. ¿Quieres que te ayude a sentarte en el comedor?

Horatia lo mantuvo alejado con un gesto de mano.

—No, gracias. Lucien se encargará de ello —esperó a que Lucien se uniera a ellos, quien les agradeció con un gesto de cabeza por haber estado pendiente de su esposa. Acompañó a Horatia al comedor, y las demás parejas se juntaron y procedieron tras ellos. Audrey vio a Gillian y a Lord Pembroke. Ambos estaban con sus respectivas parejas, pero no podían dejar de mirarse el uno al otro. Audrey sonrió. Sus esfuerzos de emparejamiento estaban en marcha.

Jonathan se inclinó para susurrarle al oído.

—Has vuelto a tramar algo, ¿verdad?

—Si te refieres a Lord Pembroke y Gillian, entonces sí. Nada ha cambiado en ese sentido.

—Así que no ves ningún problema en que ella sea... —hizo una pausa, sus ojos verdes se oscurecieron con repentinas sombras—. ¿Sea vista como *menos* debido a su posición?

—Cielos, no. La posición de una persona tiene poco que ver con lo que realmente es. Creí que tú más que nadie lo entendería —a Audrey le sorprendió que él asumiera que ella pensaría así. ¿Acaso no la conocía en absoluto?

Las cejas de Jonathan se alzaron.

—¿Porque yo era un sirviente?

—Exactamente. Y ahora eres todo un caballero.

Su tono adquirió un tono oscuro.

—¿Así que el dinero y un puesto más alto me han mejorado?

—¿Qué? —siseó ella—. Eso no es en absoluto lo que quería decir. Eras bastante perfecto antes de descubrir tu conexión con Godric.

—¿Y cómo lo sabes? Nos conocimos el pasado septiembre.

Ella se enfureció.

—Porque pregunté por ti después de conocernos. Me informo de estas cosas, ya sabes. Todo el mundo hablaba muy bien de ti. Lo peor que se podía decir era que tenías fama de perseguir mujeres, pero parece que dejaste de hacerlo en cuanto supiste que tú y Godric erais hermanos.

Así que ella también había preguntado sobre eso. Le parecía bien dejar que un pícaro la cortejara, siempre y cuando tuviera la certeza de que podría reformarse. Y, para ser sincero, Jonathan había dejado de perseguir a las mujeres en cuanto se enteró de la legitimidad de su nacimiento. Audrey se preguntó si tal vez eso se debía a que él ahora se veía atrapado entre el mundo que había tenido y en el que se encontraba.

—¿Por qué *has* dejado de perseguir mujeres? —le preguntó cuando llegaron a la silla de Audrey en el comedor.

Jonathan parpadeó dos veces, sorprendido por la pregunta, pero pronto se recuperó.

—La respuesta es privada. Sigue siendo prometedora en tus clases y puede que te lo diga.

Esa no era la respuesta que ella esperaba. En absoluto. Él apartó su silla y ella se levantó la falda para sentarse. Mientras Jonathan acercaba con cuidado la silla de Audrey a la mesa, las puntas de sus dedos rozaron la piel desnuda de sus hombros antes de bajar las manos y sentarse a su lado. A su otro lado estaba Gillian, que parecía estar conversando con el caballero de su izquierda, un tranquilo pero dulce vicario que vivía cerca.

—Sobre nuestra lección de hoy, siento haberte hecho daño —le susurró a Jonathan. Sus sillas estaban muy juntas debido al número de invitados, y sus rodillas coincidían bajo la mesa. El cuerpo de Audrey se encendió cuando la bota de Jonathan le rozó ligeramente el tobillo.

—No te disculpes —sin embargo, su respuesta brusca no la alivió de su sentimiento de culpa—. El objetivo es enseñar, y lo que tú has hecho ha sido un excelente ejemplo de aplicación de tus lecciones —su tono se volvió más cálido y su rostro más abierto. Aprovechó la oportunidad para burlarse de él.

—¿Debería aplicar para una membresía en el Jackson's Saloon?

Los labios de Jonathan se crisparon mientras cogía su copa de vino.

—Creo que a Gentleman Jackson le aterraría enfrentarse a ti en el ring.

—¿De verdad? Tendré que pasarme por allí. Demostrarle mis habilidades pugilísticas.

Los sirvientes aparecieron con tazones de sopa de puerros y una variedad de preparaciones con carne y pescado. Los invitados entablaron animadas conversaciones sobre las últimas carreras de caballos o los escándalos que actualmente sacudían a la *alta*. Audrey solo escuchaba a medias, pero cuando un caballero llamado Alfred Taylor habló de alguien que se había pegado un tiro en el barrio de Temple Bar, su atención se centró en él.

—Señor Taylor, ¿a quién ha dicho que han encontrado? ¿Ha dicho que se había disparado a sí mismo?

El señor Taylor era un hombre mayor, de unos cincuenta años, muy conocido por su acceso a los cotilleos, y tenía una gran habilidad para ignorar aquellas historias que eran totalmente falsas. Algunas de las mejores pistas de Lady Society habían llegado a través de él, aunque el hombre no tenía ni idea de ese hecho. Audrey sabía que a él le encantaba tener un buen público cautivo, y él no tardó en volver a ese papel.

—Bueno, el asunto ya se ha anunciado en los diarios, pero hay cierto desacuerdo, o eso he oído, en cuanto a si fue un asunto de suicidio o de asesinato. Su hermana insiste en que él no se habría quitado la vida, pero dada la caída de la reputación del hombre, eso me parece muy posible, aunque quizá no del todo exento de estímulo.

Fue encontrado en una casa de ciudad famosa por albergar reuniones infernal.

El corazón se le subió a la garganta. Audrey no creía en las coincidencias. ¿Cuántos clubes infernales se reunían en el distrito de Temple Bar?

—Señor Taylor, ¿quién era el caballero que encontraron? —Jonathan permanecía inmóvil a su lado, con la mano medio extendida hacia una sopera de salsa espesa.

—Gerald Langley. No lo conocía, ¿verdad?

¿Gerald Langley estaba muerto?

—No... pero el nombre me es familiar —se encontró diciendo con voz suave.

—Es todo muy escandaloso —el señor Taylor se pavoneó al tener ahora toda su atención—. Hay que preguntarse, si se trata de un asesinato o, como sospecho, si el suicidio fue forzado, ¿a quién pudo tener Langley por enemigo?

—¿Cuándo lo encontraron?

—Creo que fue hace una semana.

Eso podría haber sido la noche de la reunión del club infernal. Si de algo estaba segura, era de que él era el tipo de hombre que perseguía a los que creía que le habían hecho daño y los hacía caer con él antes que quitarse la vida.

La temperatura de la habitación pareció subir, y ella no podía respirar. Audrey empujó su silla hacia atrás y salió corriendo del comedor sin excusarse. Al llegar al vestíbulo principal, sujetó la barandilla de la escalera y la utilizó como apoyo.

Dios, el hombre estaba muerto. Posiblemente víctima de un asesinato. El hombre que Audrey se había centrado en arruinar. No era que se sintiera culpable. La mayor parte de ella se sentía aliviada. Langley era un hombre desgraciado, pero su muerte no podía ser una coincidencia. Tal vez no había visto la manera de salir de su espiral descendente después del escape de Audrey. Pero, ¿y si las insinuaciones del señor Taylor de que había otra fuerza en juego eran ciertas?

—¿Audrey? —de pronto, Jonathan llegó a su lado, sujetándola con un brazo alrededor de su cintura para mantenerla de pie. Ella lo agradeció. Ahora se daba cuenta de que había estado al borde del colapso.

Respiró con pánico y las piernas se le doblaron.

—No puedo...

—Siéntate —él la instó a sentarse en los escalones y se inclinó sobre ella, cogiendo su cara con las manos—. Concéntrate en mí, en mis ojos. Respira conmigo —simuló coger aire y soltarlo, y ella hizo lo posible por imitarlo. Necesitó varias respiraciones de este tipo antes de sentirse de nuevo en control.

—Lo siento mucho —susurró—. No sé qué me ha pasado.

—No hace falta que te disculpes. Experimentaste un shock. Son cosas que pasan.

Audrey cerró los ojos, respiró lentamente un par de veces más y luego los abrió.

—Está muerto. Langley está muerto.

—Sí, lo he oído.

—No creo que se haya quitado la vida. No a menos que no se le hubiera dado otra opción.

¿Había sido uno de los otros lores del club? Se estremeció de nuevo, pensando en cómo ella, Gillian,

Jonathan y James habían estado cerca de un hombre al que el destino había marcado con la muerte.

—Es posible. Era un hombre que solo actuaba por interés propio —Jonathan le pasó los pulgares por las mejillas, y el toque reconfortante la calmó. Audrey lo miró fijamente, concentrándose en su ropa. Sus botas brillaban, y su abrigo color burdeos estaba bien confeccionado, mostrando sus músculos de la mejor manera posible. La mayoría de los hombres de la mesa llevaban prendas azules, lo que era habitual en veladas como esta, pero Jonathan, al igual que Charles y Lucien, estaba decidido a distinguirse de la multitud. Pícaros, incluso cuando se trataba de su atuendo.

La idea la hizo sonreír. Jonathan le devolvió la sonrisa.

—Ahí está la Audrey que conozco. ¿Qué es lo que te divierte?

—Tu abrigo. No es un color apropiado para la cena —la sonrisa de Jonathan se transformó en un ceño fruncido, pero ella continuó—. Pero me gusta bastante. El azul habría realzado tus ojos, pero este color burdeos funciona maravillosamente con tu pelo —le tocó el pelo sin pensarlo, pasando los dedos por los mechones de oro bruñido. Él se acomodó en el escalón junto a ella.

Jonathan sacudió la cabeza.

—Solo tú pensarías en el color de mi ropa en un momento como éste.

—¿Y en qué pensarías tú?

Dios, este hombre podía provocarle más espinas que las piñas de su hermana.

—En esto —bajó la cabeza y rozó sus labios con los

de ella. El suave beso se sintió como las alas de una mariposa rozando su piel. Una neblina de ensueño la invadió y se acercó a él, rodeando su cuerpo con los brazos, aferrándose a él mientras se inclinaba. Jonathan la besó lentamente, como un hombre deleitándose con su sabor —. Dios, eres dulce, como un melocotón maduro.

—¿No es agrio como una piña? —Audrey soltó una risita y fue recompensada con otra de sus risas profundas e intensas. Había algo encantador en compartir su aliento con este hombre entre besos. Era la forma en que ella siempre anhelaba la pasión, la forma en que esperaba que sucediera para ella y el hombre con el que algún día se casaría.

Pero Jonathan no es ese hombre. No te quiere de verdad. Sólo para jugar contigo como un gato con su juguete.

El pensamiento melancólico interrumpió la alegría que había estado creciendo en su interior.

—Quédate conmigo. Sean cuales sean las sombras que vea en tus ojos, no dejes que te alejen de mí —la besó de nuevo, como si intentara inyectarle vida.

—¿Por qué quieres que me quede?

—Porque... —alguien dejó caer una fuente en el comedor y el estruendo los sobresaltó. Jonathan la soltó y se puso en pie, poniendo distancia entre ellos. El momento pasó y él recuperó la compostura—. Deberíamos volver a la cena, o la gente empezará a hablar.

—¿De nosotros? —preguntó ella. Por supuesto, él no quería que nadie pensara que estaban juntos. Ese era el Jonathan que ella conocía, el que le había dado la espalda.

—Sí.

—Y tú simplemente *odiarías* eso, ¿verdad? —Audrey nunca había creído que una persona pudiera hacerla sentir tan vacía, pero Jonathan lo hacía. La sensación era insoportable y amenazaba con ahogarla.

—Lo haría —dijo él con frialdad—. No quiero que haya nunca ningún cotilleo sobre nosotros. Nunca —su vehemencia era tan fuerte que la repugnaba.

—Entonces, puedes volver a la cena. Yo no lo haré —se levantó y se dirigió hacia la biblioteca. Jonathan no la siguió.

CAPÍTULO 12

Audrey se reunió con las damas en el salón después de la cena. Tuvo que asegurarles a todas, especialmente a Horatia, que solo se había conmocionado con las noticias que había escuchado. Estaba sentada en el sofá, observando cómo las damas se ponían al día con sus cotilleos. Por lo general, disfrutaba estando en medio de esos círculos. A menudo, depositaban la semilla de lo que acabaría convirtiéndose en historias para su columna de Lady Society. Pero, en cambio, estaba, a falta de una palabra mejor, deprimida.

Era una tonta por dejar que su corazón anhelara a un hombre que seguía alejándose de ella. Y no podía dejar de pensar en lo que pasaría esta noche. ¿Él iría a su habitación si ella no iba a la suya? Tal vez.

Su hermana se acomodó en el asiento de al lado, recostándose con cuidado para poder descansar.

—Audrey.

—¿Sí?

—¿Todo va bien? Estoy preocupada por ti —su hermana cubrió una de sus manos y la estrujó con delicadeza.

—¿Preocupada por mí?

—Sí. Pensé que tú y Jonathan harían, bueno, un anuncio pronto. He estado haciendo todo lo posible para ayudaros a los dos.

Audrey se rio amargamente.

—Me he dado cuenta. Pero, ¿él y yo juntos? Eso nunca ocurrirá.

Los ojos de Horatia se abrieron de par en par.

—¿Por qué no? Yo sabía que él te atraía, y Lucien dice que está bastante encaprichado contigo.

—Lucien se equivoca. Jonathan solo me considera un fastidio infantil e ingenuo.

De pronto, su hermana sonrió.

—Te aseguro que él no piensa eso.

Audrey no podía creer que estuviera teniendo esta conversación. Había ayudado a su hermana y a Lucien a enamorarse, al igual que a muchos otros; no necesitaba que le dijeran si un hombre estaba interesado en ella o no.

Horatia levantó la mano y apartó un mechón de pelo de Audrey de su mejilla. En ese momento, Horatia le recordó mucho a su madre. Era una niña cuando quedaron huérfanas y la mayoría de sus recuerdos se habían desvanecido, pero nunca había podido olvidar los ojos amables de su madre.

—Los hombres son criaturas complejas —dijo Horatia—. A veces luchan contra sus deseos por las razones más tontas. Lucien creía que no me merecía, y estaba muy preocupado por Cedric —Horatia hizo una pausa, frunciendo el ceño—. Bueno, supongo que tenía razón en estar preocupado por nuestro hermano. Pero lo que quiero decir es que si Jonathan te trata de cierta manera, puede ser porque se siente indigno o tiene miedo de ser amado. No debes rendirte —Horatia la abrazó como pudo, dado su vientre crecido. Audrey le devolvió el abrazo, sabiendo que su hermana estaba intentando ser útil, pero no le creía.

—Soy afortunada de tenerte como hermana —al ser tan joven, a menudo había mirado a Horatia como una madre, aunque Horatia solo tenía catorce años y Audrey doce. Cedric se había convertido esencialmente en su padre. Y ahora sus dos hermanos estaban casados, con hijos propios en camino.

—¡No debes decir esas cosas! —Horatia se secó los ojos vidriosos—. Desde que estoy embarazada, lloro por cualquier cosa.

Audrey soltó una risita.

—¡Lo siento!

De repente, Horatia dio un respingo y se llevó las manos al estómago.

—Audrey, tienes que ir a buscar a Lucien. Creo que... oh, cielos... —bajó la mirada y se puso roja como una fresa madura—. ¡Trae a Lucien ahora! —gritó. El miedo, crudo y vívido, brilló en los ojos de Horatia.

El terror se apoderó de Audrey. Algo iba mal, algo le pasaba al bebé.

Oh, no, por favor, no. ¡Es demasiado prontooo!

—No te voy a dejar. ¡Gillian! —Audrey hizo un gesto

a su amiga para que se acercara, y la criada llegó hasta ellas, con el rostro pálido.

—El bebé ya viene, ¿no es así? —preguntó Gillian.

Horatia gimió.

—Sí. Llevo todo el día con dolores... Pero ahora creo que roto fuente.

—¿Fuente? —preguntó Audrey, sin entender.

—Quédate con ella —ordenó Gillian—. Buscaré a Lord Rochester.

—Necesito subir y acostarme —Horatia se levantó del sofá y Audrey la apoyó. Todas las mujeres de la sala observaron a Horatia con preocupación, y muchas se ofrecieron a ayudarla a subir. Mientras avanzaban por el pasillo, Audrey seguía hablándole, tratando de mantenerla tranquila.

—No te preocupes. El médico llegará antes de que te des cuenta. Todo el mundo estará encantado de conocer al bebé. ¡Qué manera más divertida de empezar una fiesta en casa! —esperaba que su hermana no oyera la falsa nota de alegría en su tono.

—Pero el bebé está llegando pronto —susurró Horatia—. Demasiado pronto.

—Sí, pero él estará bien, estoy segura —Audrey movió su brazo hacia la cintura de su hermana cuando llegaron al final de la escalera, y luego avanzaron hasta la puerta de su habitación—. ¿Deberías acostarte?

—No sé... —como si estuviera impulsada por el instinto, Horatia se lanzó hacia su cama—. Sí, sí, necesito acostarme por ahora —gimió mientras experimentaba otro dolor. Una vez que la tuvieron tumbada en la cama, consiguió relajarse, pero cada vez que experimentaba un nuevo dolor se retorcía, se inclinaba hacia delante y expulsaba aire antes de llorar y volver a caer en las almohadas. Audrey se arrodilló a un lado de la cama. Cogió la mano de su hermana; todavía estaba aterrada, pero su hermana no pareció darse cuenta.

Gillian las encontró un minuto después con un par de criadas siguiéndole los pasos. Las sirvientas trabajaron rápidamente para ayudar a Horatia a quitarse el vestido y el corsé.

Horatia jadeó con gran alivio.

—Puedo respirar... por fin.

—Jonathan ha ido a buscar al médico. Lord Rochester está afuera.

—¡Hazlo pasar! —Horatia jadeó—. No creo que pueda enfrentarme a esto sin él.

Audrey cogió la mano de Horatia, sujetándola. Lucien entró corriendo con Charles detrás. ¿Qué hacía Charles aquí?

—James está trayendo agua caliente, paños limpios y una cuchilla —anunció Gillian.

—Creo que tengo que levantarme —Horatia se deslizó lentamente de la cama, se agachó y gimió. Lucien cogió una de sus manos y colocó el otro brazo en la parte baja de su espalda. Ella jadeó y jadeó antes de relajarse. Audrey se quedó cerca de ella, retorciéndose las manos. Deseaba saber qué hacer para ayudarla.

—¿Te duele mucho? —preguntó Audrey. Sabía que la respuesta tenía que ser positiva, pero intentaba que su hermana hablara y pensara en otra cosa que no fuera el parto.

—*¡Ah!* —Horatia estrujó la mano de Lucien.

Lucien hizo una mueca de dolor.

—¡Por Dios! ¿De dónde saca una mujer tanta fuerza?

—Creo que se puede decir que duele mucho —dijo Charles a Audrey—. ¿Por qué no ves si podemos conseguir algunos trozos de hielo o paños fríos empapados en agua?

—De acuerdo —Audrey miró a Gillian—. ¿Has oído eso?

—Sí, mi señora, puedo traerlos —abrazó a su amiga; sirvienta o no, Audrey no sabía qué haría sin Gillian a su lado.

—Gracias.

—Creo que necesito tumbarme —jadeó Horatia—. Recuperar el aliento.

Lucien la ayudó a tumbarse de lado. Luego gimió y rodó sobre su espalda, separando las piernas. Una criada se apresuró a cubrirle las piernas con una manta. Charles se acercó a Horatia en la cama.

—Lucien, ¿has preparado una silla de parto? —preguntó Charles.

—No, no estábamos preparados —la cara pálida de Lucien asustó a Audrey. ¿Qué demonios era una silla de parto? Parecía un instrumento de tortura medieval.

—No pasa nada —Charles miró a Horatia—. Puedes tumbarte de lado para el parto, si quieres. Si sientes la necesidad de pujar, puja —le indicó—. Si necesitas volver a levantarte y moverte, te ayudaremos —Audrey no pudo evitar sorprenderse de la ternura de Charles. Siempre había sido el más pícaro de la Liga, el que tenía los secretos más oscuros. Sin embargo, aquí estaba, abierto y amable con Horatia, haciendo todo lo posible para mantenerla tranquila.

Lucien se sentó junto a su esposa, le apartó el pelo de la cara y le cogió la mano. Le susurró palabras de apoyo, y Charles se situó al otro lado de Horatia, sujetando su reloj de bolsillo con una mano y la muñeca de Horatia con la otra.

Gillian regresó y se dirigió a Charles.

—James y algunas criadas subirán lo que necesitamos.

Charles suspiró cansado.

—Bien. Porque el bebé viene rápido. Puede que el médico no llegue a tiempo y tendremos que estar preparados para traer al niño al mundo sin él.

Audrey miró fijamente a Charles.

—¿Todos nosotros? —no había forma de que ella pudiera ayudar. Se desmayaba al ver sangre.

Sé fuerte. Tienes que ayudar a Horatia a superar esto.

—Audrey, *debes* quedarte —suplicó Horatia, y luego se tensó con un nuevo dolor.

—Claro que me quedaré —prometió ella, y tragó con fuerza. Al diablo con la sangre, no iba a desmayarse.

Charles se guardó el reloj y luego miró a Gillian y Lucien.

—Hay muy poco tiempo entre sus dolores —tocó la cara y la frente de Horatia—. Horatia, ¿has sentido dolores todo el día?

Horatia se mordió el labio y asintió.

—Sí, solo pensé que el bebé estaba inquieto y lanzando patadas. Yo no sabía que venía, hasta justo después de la cena.

—No pasa nada. Los bebés a veces vienen sin avisar. ¿Cómo te sientes?

Horatia lo miró.

—Como si necesitara pujar... —gimió. Su cuerpo se inclinó levemente hacia adelante, luego se relajó y miró a Lucien, jadeando—. El cuarto del bebé, ¿has terminado la cuna? ¿La ropa está preparada?

—Sí —prometió Lucien y besó su mano—. Yo debería haber sabido que estabas preparada para tener pronto a nuestro hijo. ¿Cómo no lo vi?

Inclinó la cabeza.

—¿Saberlo? ¿Cómo podía saberlo? —preguntó Audrey a Gillian en voz baja.

—Algunas mujeres saben intuitivamente que el bebé va a nacer e intentan tenerlo todo preparado. Es un poco como los pájaros cuando empiezan a construir sus nidos en primavera.

—Oh —Audrey miró fijamente a su hermana. ¿Ella había presentido que el bebé iba a nacer? ¿Por qué no había descansado? ¿O le había dicho a Lucien que mandara llamar al médico por si venía el bebé?

Gillian le tocó el brazo, con la esperanza de reconfortar a su hermana.

—Todo irá bien.

—Horatia, si sientes la necesidad de pujar, entonces puja —dijo Charles—. Gillian, te necesito aquí.

Audrey dio un paso atrás, observando y preguntándose qué podía hacer para ayudar.

Charles señaló las piernas de Horatia.

—Baja la manta y vigílala por mí. Mantén las piernas abiertas y te diré lo que debes buscar. Normalmente, una mujer da a luz de lado, pero creo que Horatia está más cómoda sobre su espalda.

—Sí, milord —Gillian se arrodilló frente a las piernas de Horatia y retiró las mantas.

Audrey no podía moverse; su corazón latía tan fuerte que parecía silenciar todos los demás sonidos de la habitación. No podía perder a Horatia, no así. No podía. Las lágrimas quemaban sus ojos mientras luchaba por mantener la concentración.

—Tengo miedo —Horatia intentó cerrar las rodillas, pero Gillian las mantuvo abiertas. Entonces, Gillian miró a Lucien.

—Distráigala, milord. Eso podría ayudar —Gillian sonaba muy tranquila. ¿Cómo podía estar tranquila en un momento así?

—¿Distraerla...? —musitó Lucien, y acarició el rostro de Horatia—. ¿Recuerdas aquella noche en el Jardín Midnight cuando hablamos de las estrellas?

Horatia se rio, aunque el sonido era tenso.

—Sí. Recuerdo que me sentía muy segura contigo.

Lucien se rio.

—Estabas segura, muy segura. Sabes que yo haría cualquier cosa para protegerte.

Horatia siseó con nuevo dolor y fulminó con la mirada a Lucien.

—¡*Tú* me has hecho esto! ¡Oh! —sujetó su estómago, gimiendo, y luego se relajó.

Audrey observó a su hermana y a Lucien con el corazón desbordado de amor y preocupación. Horatia jadeó y miró a Lucien.

—Lo siento, no era mi intención... Sé que solo quieres ayudar. Yo haría lo mismo por ti.

—Lo sé, amor, lo sé. Y estás muy segura ahora mismo. Charles sabe qué hacer, y también Gillian.

—Cuéntame una buena historia —le rogó ella a Lucien.

Lucien esbozó una sonrisa.

—¿Te he contado alguna vez cuando Cedric y yo fuimos pillados una noche mientras volvíamos a nuestras residencias en Cambridge? Apenas podíamos caminar por la juerga de la noche, y arrastrábamos una estatua de Sir Isaac Newton que habíamos robado de otra universidad...

Audrey observó a su hermana y a Lucien, con el corazón dividido entre el amor que sentía por ambos y el dolor de que ella misma nunca conocería esa clase de amor. *Al menos mi hermana lo tiene, y eso me alegra.*

Horatia se relajó y todos los presentes respiraron profundamente. Cuando Horatia volvió a doblarse de dolor, Gillian buscó al bebé.

—¡Ya lo veo! ¡Al bebé! —chilló Gillian. El alivio inundó a Audrey y cogió una bocanada de aire. El dolor ardiente en sus pulmones cesó. Esto estaba por terminar. Tenía que ser así.

—Bien —Charles se acuclilló en la cama junto a Horatia, sujetando su otra mano.

—Lucien, sostén su mano. No la sueltes.

—No lo haré.

Charles usó su otra mano para rozar la frente de Horatia con sus nudillos.

—Ahora, Horatia, puja cuando puedas, y puja con

fuerza. El tiempo importa ahora. Llevas demasiado tiempo de parto y no queremos que el niño se atasque y pueda asfixiarse.

—¿Asfixiarse? —Horatia y Lucien sisearon alarmados.

—Sí, ¡así que será mejor que pujes de una maldita vez! —gruñó Charles.

Horatia arrugó la cara y chilló mientras empujaba.

Audrey se presionó contra la pared junto a la puerta. Hubo un golpe, y agradeció tener algo para hacer además de mirar. Abrió la puerta de un tirón y encontró a James de pie con toallas, una jarra de agua y una cuchilla. Audrey le hizo un gesto para que entrara. Él palideció.

—No creo que yo deba...

—A mi hermana no le importa —dijo, interrumpiéndolo. Entró, con los ojos mirando al suelo en señal de recato.

Charles cogió el cuchillo de James.

—Prepárate para coger al bebé, Gillian —Audrey volvió a acercarse a la pared y James se unió a ella. Se sentía tan fuera de lugar como ella. Finalmente, Gillian sacó al bebé por debajo de la manta sobre las piernas de Horatia. Era una cosita diminuta, inmóvil y con un poco de sangre. Las piernas de Audrey empezaron a doblarse.

Gillian miró a su alrededor.

—Necesito una toalla.

James se movió, entregándole a Gillian una de las toallas que había traído. Charles cogió el cuchillo y cortó el cordón carnoso mientras Gillian lo ayudaba. La visión de Audrey se oscureció mientras se desplomaba contra la pared.

—¿Él bebé está bien? —preguntó Horatia, con voz débil—. No llora...

Charles cogió al bebé de los brazos de Gillian. La habitación estaba en silencio, y se oían los suaves sonidos del bebé, pequeños esfuerzos por respirar. James se inclinó sobre el bebé, junto a Charles.

—Vamos, pequeño, respira. *Lucha.*

El corazón de Audrey se rompió cuando su hermana empezó a llorar. La cara de Lucien no dejaba de girar entre su mujer y su hijo. Audrey se mordió el labio con la fuerza suficiente para saborear la sangre.

Por favor, que el bebé esté bien, rezó Audrey.

—Vamos —gruñó Charles, mirando al bebé—. Vamos, *respira.*

De repente, el bebé se pellizcó la cara y soltó un llanto ensordecedor. Audrey ahogó un sollozo de alivio.

—Si él es capaz de gritar así, yo diría que tiene una oportunidad de luchar —Charles sonrió mientras se acercaba a la cama y se apoyaba en el poste, llevando aún al niño en brazos. Luego, cuando consideró que estaban preparados, entregó el bebé a los ansiosos padres.

Las piernas de Audrey temblaban con fuerza mientras se limpiaba las lágrimas. Se desplomó contra la pared, con la cabeza repentinamente despejada.

—¿Él? —preguntó Lucien.

—Sí, el niño es un varón. Eres padre —Charles sonrió—. Y acabo de ganarle diez libras a Jonathan.

¿Jonathan había apostado por el sexo del hijo de su hermana? Cuando ella se recuperara, iba a hablar con ese hombre... ¡después de estrangularlo!

—Maldita sea, eso significa que le debo a Godric al

menos treinta —refunfuñó Lucien—. Estaba seguro de que era una niña. Solo las mujeres causan tantos problemas.

Su hermana volvió a dejar caer la cabeza sobre la almohada.

—¿Vosotros, estúpidos, estabais apostando por mi hijo? ¿Creéis que esto fue por *diversión*?

La expresión de los dos pícaros se volvió tímida.

—Bueno, había sido bastante divertido, hasta este momento —admitió Lucien.

—Esperad a que recupere mis fuerzas —siseó Horatia—. ¡Os merecéis una buena patada en el culo!

—Lenguaje, mi amor, lenguaje. No puedes herir el delicado oído de nuestro nuevo bebé.

Charles resopló.

—Dios, él no tiene ninguna oportunidad con la Liga como sus tíos. ¡Solo hay que esperar a que los demás lo vean! ¡Será un muchacho muy fuerte! —el gran orgullo que Charles sentía por el nuevo bebé Russell hizo que Audrey se precipitara a su lado y lo abrazara.

—Gracias —susurró para que solo él pudiera oírlo. Él no tenía ni idea del milagro que había obrado, y ella nunca sería capaz de recompensarlo.

—Por supuesto. Cualquier cosa por las hermanas Sheridan —él le dio unas suaves palmaditas, pero Audrey no pasó por alto su mirada de anhelo cuando Charles observó a la nueva familia.

Lucien miró a su hijo con asombro.

—Será el más fuerte de todos. ¿Verdad, mi querido niño? —besó la cara y la frente del bebé antes de ponerlo en brazos de Horatia. Ella parecía agotada, pero sonrió abiertamente.

—Gracias, gracias a todos. Lo habéis salvado, nos habéis salvado a los dos. No sé qué habría pasado si...

Los ojos de Audrey se empañaron con lágrimas. James y Gillian se escabulleron de la habitación mientras la criada entraba con un bol de hielo picado. Audrey dio las gracias a la chica y se lo llevó a su hermana.

—Dios, ¿quién iba a pensar que el hielo sería un gran alivio? —Horatia suspiró.

—Descansa, hermana. Esperaré al médico —Audrey empezó a irse, pero Horatia la cogió del brazo.

—Gracias por quedarte. Sé que no ha sido fácil para ti. Seguramente estuviste a punto de desmayarte.

La mirada de Audrey bajó al suelo. La vergüenza empañó la mayor parte de su alegría. Odiaba sus aprensiones con la sangre y la debilidad que sentía por tenerlos. Era una cosa muy tonta de temer, y la había hecho casi inútil esta noche.

—Te quiero, Horatia. Haría cualquier cosa por ti. ¿Has pensado en los nombres? —Audrey acarició la mejilla del bebé con el dorso de un dedo.

Horatia soltó una risita.

—No estaba preparada para un niño. Solo esperábamos una niña.

—Pensaremos en algo bueno.

—Estoy tentada de llamarlo Evander, como el padre de Lucien —dijo Horatia. Lucien se paralizó, con los ojos demasiado brillantes.

—¿Evander, de verdad? ¿Y qué hay de tu padre, Ambrosio?

—Evander Ambrosio Russell, el futuro Marqués de Rochester —Horatia ensayó el nombre—. Creo que suena perfecto. ¿Qué te parece?

Lucien tragó con fuerza.

—Creo... creo que te amo incluso más que ayer. ¿Es eso posible? —Lucien acarició la mano de Horatia y Audrey sonrió, alejándose en silencio. Los dos necesitaban un tiempo a solas.

Al salir al pasillo, se apoyó en la pared y suspiró aliviada. En la base de la escalera vio a Jonathan subiendo a toda prisa con un médico detrás. Cuando la vio, su rostro palideció.

—Audrey, ¿está todo bien?

Ella consiguió esbozar una sonrisa de agotamiento.

—Sí, creo que sí —miró hacia el médico, quien parecía tan cansado como ella. Sin duda, Jonathan lo había sacado de su cena.

—Doctor, el bebé nació hace poco menos de un cuarto de hora. Le agradecemos mucho que haya venido a cuidar de mi hermana y del bebé.

El doctor asintió.

—Es un placer, señorita Sheridan. ¿Puedo entrar?

—Sí, por favor —se volvió hacia Jonathan una vez que estuvieron solos—. Gracias por traer al doctor.

—Me alegró hacer algo útil. Momentos como estos no pueden evitar hacerte sentir... *impotente* —añadió la última palabra en voz baja.

—Tú estuviste bien. Yo, en cambio, no logré hacer casi nada —sintió una desagradable sensación de hundimiento en el pecho. ¿Cómo iba a convertirse en una dama espía si se paralizaba al ver sangre o un traumatismo? Se suponía que el parto era algo natural y, sin embargo, se había quedado petrificada.

Jonathan se acercó.

—Audrey, ¿estás bien? —ella se encogió de hombros para evitar su contacto y bajó las escaleras. Si no llegaba pronto a su habitación, iba a desfallecer de cansancio. Jonathan parecía muy cálido, fuerte y atractivo, pero si caía en sus brazos ahora, él nunca la respetaría como la mujer que estaba intentando ser. Y estaba cansada de que la viera en su peor momento, cuando se sentía débil y avergonzada. Oyó sus pisadas detrás de ella.

—No hace falta que me sigas. Estoy perfectamente bien —declaró, sin mirar por encima de su hombro.

—Pareces agotada y has comido muy poco en la cena. ¿Por qué no traemos algo de la cocina y buscamos un lugar para que descanses?

—No tienes que preocuparte por mí —sus palabras salieron cortantes, pero Audrey sabía que su hambre y su fatiga eran las que hablaban por ella.

Jonathan le cogió la mano y la atrajo hacia él.

—Ven. Las cocinas están por aquí.

Intentó ignorar la emoción que le producía que él la cogiera de la mano e intentara cuidarla, aunque otra parte de ella lo rechazara. Estaba demasiado cansada para luchar, así que lo siguió hasta las cocinas, donde los sirvientes se estaban acomodando para comer. Los lacayos y las doncellas se levantaron de sus asientos, pero Jonathan les hizo un gesto para que no lo hicieran.

—Por favor, no os molestéis. Solo vamos a coger algo de comida.

Una cocinera regordeta se levantó de su asiento.

—Deja que te ayude, querido muchacho —la cocinera le guiñó un ojo a Jonathan, y Audrey se preguntó si la cocinera lo había conocido durante su vida como sirviente. Sin duda, Godric lo había traído muchas veces a la finca de Lucien como ayuda de cámara, y habría pasado tiempo aquí abajo con los demás sirvientes. La cocinera preparó dos platos llenos de pavo, relleno, salchichas, coliflor y patatas—. Y un pequeño de regalo para vosotros... —la cocinera sonrió mientras colocaba anillos de piña en sus platos. Luego le entregó una botella de vino y dos vasos.

—Parece que, después de todo, has conseguido tus piñas —se mofó mientras salían de las cocinas.

—Sí —admitió ella, sintiéndose un poco mejor.

Jonathan la acompañó a su dormitorio, y Audrey estaba demasiado agotada para decirle que no debía entrar. Francamente, le alegraba tener compañía.

Colocaron los platos en la mesa junto a su cama y Jonathan avivó el fuego. Luego se quitó el abrigo y lo dejó sobre el respaldo de la silla. Había algo en su mirada que la tranquilizaba, una emoción que no podía leer y, sin embargo, sabía que todo iba a cambiar esta noche si él se quedaba.

—Come. No hace falta que me esperes —la animó con una voz suave que la sorprendió. Siempre hacía eso, sorprenderla. A ella le resultaba difícil justificar su fría actitud distante frente a esta amable consideración.

—Creo que estoy demasiado cansada para jugar a tus juegos esta noche. ¿Por qué has venido aquí?

—¿A la casa, a la fiesta o a tu alcoba? —Jonathan se acercó a la cama y cogió su plato de comida. Ella se reco rrió y él se sentó a su lado, apoyando el plato en sus muslos. Era bastante difícil no mirarlo. Realmente era un buen espécimen de hombre.

—¿Por qué has venido a la fiesta?

Jonathan miró al fuego, no a ella.

—Te he prometido lecciones, y esta era una forma conveniente de cumplir mi palabra.

Las lecciones. Por supuesto. El corazón le dio un vuelco. Audrey había tenido muchas esperanzas de que él hubiera venido por otras razones.

—Las lecciones podrían haber esperado.

—Eran importantes para ti, o eso creía, así que no vi razón para esperar —comió unos bocados de su pavo antes de volver a hablar—. ¿Cuál es tu color favorito?

Audrey lo miró fijamente. ¿Estaba bromeando?

—Tu color favorito. ¿Cuál es?

—Sinceramente, no tengo un favorito. Para la ropa hay varios colores que me favorecen la piel y el pelo, así que los uso más. Otros colores me parecen más apropiados para los ambientes domésticos o para mostrarse en público. Pero me gustan todos los colores. Bueno, no todos. Los amarillos no son muy agradables, ni los marrones, aunque algunos pueden ser bastante atractivos bajo la luz adecuada —hizo una pausa cuando se dio cuenta de que estaba parloteando sobre los colores. Y entonces vio su cara. Jonathan le estaba sonriendo. ¿Por qué diablos lo estaba haciendo?

—¿Por qué eso es tan terriblemente divertido?

—Normalmente eres una criatura muy decidida. El hecho de que no puedas elegir algo tan simple como un color favorito es muy divertido.

Audrey lo fulminó con la mirada y dejó su plato vacío sobre la mesa al lado de su cama.

—La pregunta es errónea en su esencia. El valor de un color varía según la situación. Uno no necesita un color favorito.

—Yo también tengo algunos colores favoritos —la voz de Jonathan bajó hasta convertirse en un susurro mientras extendía la mano para acariciar su mejilla—. El marrón miel de tus ojos, por ejemplo... o el rosado de tus labios. El color a porcelana de tu piel.

Audrey se inclinó hacia él. Sus palabras y su toque la estaban hechizando, y estaba demasiado cansada para luchar contra el deseo que sentía por él.

—¿Ves? Tú tampoco tienes un color favorito —susurró ella cuando sus ojos se encontraron.

—Tengo muchos favoritos. Hay una gran diferencia.

Un pequeño escalofrío la recorrió. *Yo podría tener este pequeño consuelo, ¿no? Seguramente el destino me dejará tener esto, si no estoy destinada a la felicidad conyugal, ¿verdad?*

Jonathan le pasó los dedos por la garganta y trazó ligeros patrones en su clavícula, inclinándose hacia delante. Antes de que sus labios se encontraran, Audrey vio una alegría perversa y juguetona iluminando sus ojos. Entonces, su boca cubrió la suya y ella se sorprendió por su propio deseo de responder. Había jurado no dejar que él la afectara demasiado, pero ahora se daba cuenta de que eso era tan imposible como dominar el viento. Nunca dejaría de desear a este hombre.

CAPÍTULO 13

Jonathan rodeó a Audrey con sus brazos, acercándola. Su sabor era tan dulce que él sabía que estaba haciendo un movimiento peligroso al besarla ahora. Lo último que quería era que se arrepintiera de estar con él. No tenía ningún título y solo una pequeña propiedad para ofrecer, pero ella era la hija de un vizconde. Audrey actuaba con un pensamiento atrevido, pero él no confiaba en que, si se trataba de elegir entre su lugar en la sociedad y el amor, ella lo elegiría a él.

Sin embargo, no podía dejar de besarla. Ella emitió un suave ronroneo que lo puso rígido de necesidad. Quería verla deshacerse en sus brazos como lo había hecho aquella noche en el Jardín Midnight. Entonces, había sido lo suficientemente valiente como para tocarla, para mostrarle aquello que podía existir entre ellos. Para hacer cosas perversas sin comprometerla realmente.

Jonathan había visto su mirada atónita de placer, y casi lo había destruido de deseo. Audrey, en el fuego de la pasión, había sido quizás lo más exquisito que había visto en su vida.

Sus besos se volvieron suaves, luego duros, luego suaves de nuevo mientras la exploraba de formas que solo había fantaseado. Sus labios se separaron brevemente y Jonathan intentó recuperar el aliento.

—Por favor, no pares —el susurro de Audrey fue un jadeo desgarrado que le encendió el cuerpo. La sorpresa lo recorrió. Era casi demasiado bueno para ser verdad.

—¿No quieres que pare? —Jonathan acercó su nariz a la de ella. Audrey le sonrió, haciéndole sentir como un rey.

—No, no quiero. Por favor... —Audrey le sujetó por la cintura y volvió a tirar de él hacia abajo. Sus bocas se encontraron, con más suavidad pero no con menos urgencia. Jonathan se tomó su tiempo, dejando que la lengua de Audrey jugara con la suya. No estaba seguro de cuánto tiempo se besaron antes de que él levantara finalmente la cabeza.

—Besas de maravilla.

—Como tú —respondió él.

Audrey le acarició la mandíbula con un dedo.

—Gracias por traer al doctor.

Jonathan movió su cuerpo para que se acurrucaran, con las extremidades entrelazadas.

—Haría cualquier cosa por ti.

Audrey arrugó la nariz.

—¿Lo harías?

—Sí —*si supieras cómo me siento realmente.*

—Quiero creerte —ella suspiró, dejando caer su mano de su cara. Jonathan le acarició la mejilla con la nariz, sosteniéndola cerca,

—Audrey... —pronunció su nombre, pero cuando ella no respondió, él miró su rostro. Sus pestañas habían caído sobre sus mejillas y su cuerpo se había vuelto lánguido en sus brazos.

Ella se había quedado dormida. De todos los dioses del Olimpo, ¿a cuál había enfadado para permitir que *esto* sucediera?

La miró, dormida y sonriendo débilmente como un gatito contento. Debía de estar agotada tras los acontecimientos del día. El aterrador parto de su hermana, la disputa entre ambos y sus lecciones de lucha le habían pasado factura.

La soltó y la incorporó suavemente en la cama. Audrey se removió un poco e intentó alcanzarlo.

—No me dejes esta noche —le suplicó.

Jonathan le cogió la cara con una mano y deslizó un pulgar por su mejilla.

—No tengo intención de hacerlo. ¿Quieres que llame a una criada?

—No —Audrey hizo un mohín y forcejeó un poco, intentando ofrecerle su espalda—. Puedes desvestirme —su tono somnoliento seguía siendo tan imperioso como el de una princesa, pero Jonathan no pudo resistirse a sonreír.

—Como desees —le desabrochó el vestido con suavidad y se lo quitó. Luego le aflojó el corsé y la ayudó a quitarse las zapatillas de casa y las medias. El pícaro que había en él quería disfrutar de cada momento, pero lo hizo rápidamente. Si se tomaba su tiempo, podría dejarse llevar.

Cuando llegó a su camisola, Audrey volvió a meterse bajo las sábanas y se quedó dormida casi al instante. Su confianza en él en ese momento le sorprendió. Iba a quedarse, aunque no solo por su acuerdo, o porque había jurado ser su sombra. Era más que eso. Su hermano, Godric, se reiría mucho si se enterara de lo perdidamente enamorado que estaba de Audrey.

Jonathan se aseguró de cerrar la puerta con llave. Lo último que necesitaba era que los descubrieran juntos de forma inesperada. El matrimonio de Audrey con él tenía que ser por decisión propia, no forzado por el escándalo.

Se quitó la ropa, excepto la ropa interior, antes de meterse en la cama junto a ella. Audrey rodó hacia él cuando el colchón se hundió y Jonathan la arropó contra su cuerpo. Su pelo seguía atado, y él retiró con cuidado las horquillas y las dejó a un lado. Su pelo castaño oscuro era como la seda en su pecho, y Audrey se acercó todavía más.

Esto... Esto era lo que Jonathan daría cualquier cosa por tener. Toda una vida de noches con Audrey, justo como esta. No obstante, temía que no fuera posible. Ella podría no querer renunciar a la vida que conocía para casarse. Y si ella lo rechazaba, eso le rompería el corazón.

AVERY RUSSELL ESTABA DE PIE EN EL VESTÍBULO DE una casa de ciudad en Mayfair, con las manos temblorosas. Había recibido una carta codificada con instrucciones para presentarse ante Sir Hugo Waverly, el hombre al que ahora respondía por su condición de espía del rey y del país.

Avery no siempre había sido espía. Había comenzado a trabajar en el Ministerio del Interior en 1816, siendo un joven recién salido de Cambridge, pero no había demorado mucho en aflorar su talento y en tener claro su camino.

—¿Señor? —el mayordomo se acercó a él—. El amo lo recibirá ahora. Por favor, sígame.

Avery entregó su sombrero a un lacayo y siguió al mayordomo por las escaleras. Se dirigía a un gran estudio. Sus cejas se alzaron al ver el tapiz amarillo y el enyesado rococó del techo. Una alta araña de cristal colgaba sobre un escritorio de palisandro, creando un aspecto aún más elaborado y elegante en la habitación.

Hugo estaba sentado en su escritorio, y levantó la mirada cuando Avery entró.

—Siéntate, Russell.

Avery ocupó el asiento ofrecido, y sus ojos bien entrenados se fijaron en el aspecto pulcro de Waverly. El pelo y los ojos oscuros del hombre a menudo lo hacían parecer amenazante en los lugares de reunión más oscuros donde Avery lo había conocido, pero con la luz del sol de la mañana entrando por la ventana, el hombre simplemente parecía un noble ordinario, lo suficientemente apuesto como para encajar bien en la alta sociedad, pero no tan apuesto como para dejar una impresión en mucha gente. El aspecto perfecto para un espía. Avery deseaba parecerse más a Waverly, pero con su pelo un poco rojizo y dorado y sus ojos verde avellana, era bastante inolvidable. En varias ocasiones, había tenido que teñirse el pelo o usar pelucas para pasar desapercibido.

Waverly dejó un montón de cartas a un lado y juntó las manos, estudiando a Avery.

—Me alegro de que haya recibido mi carta.

—Estoy a su servicio. ¿Ha mencionado una misión, señor?

—Sí —Waverly siguió observándolo—. Usted comenzó su carrera en el Ministerio del Interior, ¿no es así?

—Así es —Avery miró la ventana detrás de Waverly al ver movimiento en los jardines que había abajo. A cierta distancia de la casa, una mujer caminaba por los jardines, con un niño pequeño siguiéndola mientras le cogía las faldas. Reconoció a la mujer: Melanie Burns. Al menos, ese había sido su nombre antes de casarse con Waverly. Melanie había estado brevemente comprometida con el hermano mayor de Avery, Lucien. El compromiso se había cancelado, para alivio de la familia Russell.

—¿Cuál era la naturaleza de su trabajo para el Ministerio del Interior?

—Yo era un escritor de precisión —ese era un puesto administrativo. Su trabajo había consistido en preparar un breve resumen de todos los mensajes importantes enviados o recibidos por el Ministerio del Interior. También había introducido los mensajes y los resúmenes en un libro para que los oficinistas los consultaran cuando los necesitaran.

—Ah, sí, es cierto. ¿Y ascendió a descifrador?

—Así es —resultó que tenía aptitudes para descifrar mensajes y descubrir significados ocultos en la correspondencia interceptada.

—¿Y luego fue entrenado para seguir, informar e infiltrarse en grupos que la Corona consideraba una amenaza?

De nuevo, Avery asintió. Waverly tenía que conocer sus antecedentes, así que se preguntó por qué el hombre lo estaba interrogando.

—Tengo una misión que es bastante precaria. Hemos recibido noticias de que una pequeña secta de hombres, revolucionarios, se ha estado reuniendo en Francia. ¿Recuerda cuando el Duque de Berry fue asesinado?

—Sí, el año pasado en la Ópera de París —Avery recordaba muy bien aquel incidente. El Ministerio del Interior y el de Asuntos Exteriores se habían encendido con la noticia. El Duque de Barry era el hijo menor del Conde de Artois, el hermano de Luis XVIII.

—¿Y cuál es su evaluación de la situación en Francia? —preguntó Waverly.

—Bueno —dijo Avery mientras se recostaba en su silla—, la sucesión francesa se ha puesto en duda. El hijo mayor del conde, el Duque de Angouleme, no tiene hijos. La falta de herederos varones podría significar que el trono quedara en manos del Duque de Orléans y sus hijos. Pero la viuda del Duque de Berry dio a luz a un niño el pasado septiembre.

—Tenemos razones para creer que, si Luis XVIII

muere, el Conde de Artois le sucederá, y entonces su nieto a través del Duque de Berry no tendrá importancia alguna en la sucesión.

—¿Y usted cree que él no será tan complaciente con el gobierno liberal? —especuló Avery. En los últimos años, se había cruzado con suficientes informes como para intuir que el Conde de Artois podría disgustar a muchos y provocar otra revolución.

—Ese es exactamente mi temor. Y tener un gobierno francés inestable pone ideas en la cabeza de los radicales, como los reformistas de los que nos hemos enterado recientemente. No podemos hacer mucho para estabilizar la propia corte francesa, pero *podemos* reprimir a los revolucionarios mientras sus actividades están todavía en la cuna, por así decirlo. Lo último que necesitamos es que esas ideas tengan éxito y se propaguen por aquí.

Avery se inclinó, bajando la voz.

—¿Cuál es la misión?

—Me gustaría que usted llevara un pequeño equipo a Francia y viera qué puede aprender de la corte francesa en persona. También está el pequeño asunto de un grupo reformista de traidores ingleses cerca de Calais. Necesitamos que ese grupo sea infiltrado lo antes posible, y eliminado. Quiero nombres y lugares de reunión. Una vez que usted haya hecho eso, continuará con París y la corte real.

—¿Con quién voy a trabajar? —comenzó a evaluar mentalmente una lista de personas con las que había trabajado antes.

—Me gustaría que Sheffield te acompañara, y he oído

que la señorita Sheridan está demostrando ser un valioso recurso. ¿Cuál es su opinión sobre ella?

—Todavía es algo inexperta —dijo Avery con cautela —, pero tiene talento.

—Una dama siempre es una espía útil, especialmente en Francia. Los caballeros de la corte se distraen fácilmente con faldas coquetas y sonrisas bonitas.

Avery inclinó la cabeza, considerando la elección de Waverly.

—Tenemos varias personas en nuestro equipo con más experiencia. La señorita Mirabeau, por ejemplo...

—No voy a negar las notables habilidades de Mirabeau —dijo Waverly—. Pero ella es francesa, y esta movida inicial requerirá la aparición de una joven forastera. Nuestros otros activos actuales están ya comprometidos o, digamos, ¿demasiado veteranos?

Avery consideró esto. Podría funcionar, pero no estaba exento de complicaciones.

—La señorita Sheridan es soltera. Necesitará una chaperona, una mujer que la acompañe; o su hermano, pero dado que la nueva esposa de su hermano está encinta, dudo que él desee huir a Francia.

—Ya se me ha ocurrido una idea. La señorita Sheridan viajará como esposa de Sheffield. Es joven y atractivo y será un marido convincente para ella. No es necesario que compartan habitaciones; es bastante común que los cónyuges duerman separados —entonces, Waverly miró por la ventana donde podían ver a su esposa. Ahora, Melanie estaba sentada y observaba al pequeño niño que se paseaba con sus piernas regordetas.

Probablemente no tenía ni idea de que podían verla desde el segundo piso de la casa.

—¿Has dicho que la esposa de Sheridan está encinta? —la voz de Waverly era tranquila ahora.

—Sí, lo está. En cuanto al matrimonio de Sheffield, no estoy seguro de que el hermano de la señorita Sheridan lo apruebe. ¿Qué pasaría si la noticia llegara a Londres y la gente asumiera que es verdad?

—No será con sus nombres reales. Se proporcionará un alias, por supuesto. Y siempre pueden divorciarse —Waverly se rio como si se tratara de una broma para sí.

Avery cerró las manos en un puño y las apoyó en las rodillas. Había algo que no encajaba, pero no sabía qué era lo que le inquietaba. Waverly debió darse cuenta, porque su tono se volvió algo condescendiente.

—Ahora bien, ninguno de nosotros cumple con su deber sin algún grado de riesgo. Si la señorita Sheridan quiere hacer de espía, debe estar dispuesta a afrontar las consecuencias de su engaño. Estoy seguro de que no sucederá nada. No estaríamos haciendo nuestro trabajo correctamente si así fuera —Waverly empujó su silla hacia atrás y se puso de pie. Avery hizo lo mismo.

—¿Cuándo va a comenzar esta misión? —Avery siguió a Waverly mientras el otro hombre atravesaba la puerta del estudio.

—Pronto. En menos de una semana. Enviaré a buscarlo una vez que tenga todo preparado. Le daré instrucciones más detalladas sobre sus contactos franceses y los revolucionarios con los que usted se relacionará.

—Entendido. Gracias —Avery estrechó la mano de

Waverly, y se dirigieron de nuevo a las escaleras del vestíbulo.

Antes de salir, volvió a ver a Melanie a través de una ventana y, por un momento, se quedó helado. Ella seguía en el jardín, pero ya no estaba sola con su hijo. Daniel Sheffield, el hombre que interpretaría al marido de Audrey Sheridan, estaba allí en el jardín con ella. Para el ojo inexperto, parecía completamente inocente. Estaban muy juntos, hablando entre ellos. Pero Avery había aprendido de los mejores y podía leer el lenguaje corporal de ambos. La forma en que él se inclinaba, la breve caricia de la mano de la mujer en su pecho antes de apartarla. Avery se agachó detrás del borde de la ventana. Había cierta intimidad entre ellos, pero Avery no podía saber hasta dónde llegaba.

Por Dios. La mujer de Waverly es...

No terminó el pensamiento. Volvió a mirarlos y los vio alejarse. Sheffield se inclinó para agitar el pelo del pequeño, un niño cuya mirada se parecía más a la de su madre y no a la de Waverly.

Seguramente no...

Avery se sintió aliviado al ver al mayordomo esperándolo, quien le entregó su sombrero. Luego salió hacia su coche de caballos de alquiler.

Si Sheffield estaba involucrado románticamente con la esposa de Waverly, él probablemente no supondría una amenaza para Audrey. Waverly ya había elegido a Sheffield para su equipo, y Avery respetaría eso, pero, de todos modos, tendría que vigilar a Audrey. Ninguno de sus entrenamientos recientes había sido puesto a prueba, y enviarla a una misión en el extranjero como esta era muy poco habitual. Si le ocurriera algo, él nunca se lo perdonaría, y Lucien lo mandaría a la tumba antes de tiempo. A Avery se le revolvió fuertemente el estómago. Esta misión en Francia podía ser muy peligrosa. Más de lo que Hugo le había hecho creer.

De mí dependerá que Audrey regrese sana y salva a Inglaterra.

CAPÍTULO 14

Audrey no supo a qué hora se despertó a la mañana siguiente. Pero el miedo y la ansiedad que la habían hecho correr a los brazos de Jonathan se desvanecieron poco a poco durante la noche, relajándola lo suficiente como para disfrutar del hecho de despertar y descubrir que Jonathan se había quedado después de sus apasionados besos. Tenía un vago recuerdo de haberle exigido que la ayudara a desvestirse, y sus labios se curvaron en una pequeña sonrisa. Después de unos minutos tumbada junto a él, se movió somnolienta en la cama, incapaz de ignorar lo bien que se sentía tener el cálido cuerpo de un hombre a su lado.

Estiró su pierna sobre la de Jonathan y se acurrucó más. La mano de Jonathan en la parte superior de su espalda bajó hasta la base de su columna vertebral, justo por encima de su trasero. Un pulso sensual pasó entre ellos mientras Audrey envolvía su cuerpo contra el suyo.

Las manos de Jonathan, las cuales la habían acariciado lentamente, empezaron a hacerlo con más intensidad. Él también estaba despierto y Audrey no pudo evitar preguntarse qué estaría pensando. ¿Disfrutaba de esta intimidad tanto como ella? ¿Se había perdido en sus besos compartidos la noche anterior, o ella era la única afectada? Las dudas la atormentaron hasta que él habló de repente.

—Déjame… satisfacerte —la voz de Jonathan era ronca, y a ella le gustaba bastante. Sonaba real, no pretenciosa ni falsa. Solo él y sus necesidades.

Audrey apoyó la mejilla en su pecho desnudo.

—¿Satisfacerme? —levantó una mano para deslizar la punta de un dedo por su pezón, y la respiración de Jonathan se agitó.

Audrey se obligó a encontrarse con su fría mirada y se preparó para lo que le haría, pero solo vio una ternura desgarradora en sus ojos. Y calor, tanto calor que consiguió que su cara se ruborizara. Su corazón se agitó de modo traicionero con esperanza.

Jonathan colocó una de sus manos en su cara, rozándole la mejilla con el dorso de los nudillos.

—No hay nada más hermoso que una mujer satisfecha. Sería un gran placer para mí verte brillar el resto del día.

Audrey deslizó la punta de dos dedos sobre su pecho mientras fingía pensarlo.

No debería dejarlo, pero Dios, cuando me mira como si no existiera nadie más, simplemente no puedo decir que no.

—¿Me adorarías como a una diosa? —bromeó.

—¿Hay alguna otra forma de adorar a una mujer? —

respondió él y soltó una risita que le provocó escalofríos de placer.

—¿Y qué hay de nuestro acuerdo? Una noche a la semana, *sin contacto alguno,* tú has dicho.

Jonathan sonrió.

—Ya no es de noche, ¿verdad?

—Supongo que te dejaré... satisfacerme —las palabras se le escaparon mientras él la ponía de espaldas y echaba la ropa de cama a un lado. Audrey levantó la mirada hacia él y Jonathan la contempló, con sus ojos ardiendo como un fuego intenso en invierno.

—¿Confías en mí? ¿Confías en que te daré placer y nada más? —sus palabras fueron tan sinceras que ella asintió, temblando. La habitación que los rodeaba se quedó en silencio; el fuego se había extinguido hacía horas. El canto de los pájaros en el exterior era silenciado por la ventana, y los únicos sonidos reales que ella podía oír eran las respiraciones que compartían. Audrey colocó la palma de su mano sobre el corazón de Jonathan. Él deslizó una mano por su pantorrilla izquierda, estimulando su piel con círculos lentos dibujados por las puntas de sus dedos. Los ojos de Jonathan brillaban de hambre.

—¿Estás segura?

—Sí —en el momento en que ella dijo esas palabras, el poder cambió entre ellos. Él se relajó mientras asumía el control. Se apartó, permitiéndole incorporarse.

—Quítate la camisola.

Audrey obedeció, con el corazón palpitando con fuerza. Se quitó la camisola, observando su reacción ante ella. El magnetismo sexual los unía y, sin embargo, incluso cuando Audrey juraba que su cuerpo únicamente deseaba el de Jonathan, ella captaba en sus ojos destellos de emociones más suaves que reflejaban los deseos secretos de los suyos. Audrey se inclinó hacia delante, presionando sus labios contra su pecho, cubriéndolo de besos. Jonathan suspiró y sus manos se cerraron en puños sobre sus muslos.

—¿Y ahora qué?

—Recuéstate para mí —su voz era ronca y llena de una ferocidad carnal que la excitó. Audrey volvió a tumbarse, completamente desnuda ante su mirada. Arqueó la espalda, sabiendo que eso levantaba sus pechos, y los labios de Jonathan se separaron en una suave exhalación. Evangeline, la infame cortesana de la que se había hecho amiga, le había enseñado algunas posturas ideales para tentar a un hombre. Esperaba que eso fuera cierto. Si no lograba excitar a Jonathan... Se tragó el miedo e intentó permanecer en este momento con él.

—Una verdadera diosa —dijo él mientras se inclinaba y la besaba.

El último ápice de calma somnolienta con el que Audrey se había despertado desapareció bajo sus besos juguetones. Ella le rodeó el cuello con los brazos y sintió la piel dura y suave de su espalda musculosa. Sus omóplatos eran bordes esculpidos que se movieron cuando él cambió de posición para tumbarse entre los muslos de Audrey. Rodeó las caderas de Jonathan con las piernas y jadeó por lo vulnerable que se sentía con su cuerpo desnudo presionado contra el de él. Solo la ropa interior de Jonathan se interponía entre ellos, y apenas servía de barrera.

La dura presión de su miembro friccionó contra su cuerpo. Él jadeó suavemente, separando brevemente sus cuerpos, pero se sentía demasiado bien tenerlo presionado contra ella. Audrey atrajo su rostro hacia el suyo para continuar con su beso, el cual la dejó ardiendo con un fuego interior que solo él podía apagar.

Jonathan recorrió su garganta con sus labios, mordiendo su clavícula, y Audrey soltó una risita al sentir el cosquilleo de su barba desaliñada en su piel sensible. Luego le cogió un pecho y se llevó el otro pezón a la boca. Ella jadeó. Un dolor intenso y punzante surgió en su interior, y sus pechos se endurecieron ante su contacto.

Sopló suavemente sobre su crecido pezón y lo acarició con un dedo, para luego continuar con su pecho del color de la porcelana. Audrey arqueó la espalda con placer y gimió. Era tan fácil perderse en ese momento con la luz de la mañana entrando por las ventanas, iluminando el cabello dorado de Jonathan como una corona de luz solar ardiente sobre sus ojos verdes como el verano.

Volvió a descender por su cuerpo, besándola en el estómago y por encima del montículo. Separó más sus muslos con manos suaves pero firmes. Audrey se aferró a la ropa de cama mientras cerraba los ojos. Sintió la suave presión de su boca sobre sus muslos, y luego sus labios subieron hasta que su lengua entró en contacto con sus labios femeninos.

El roce de su lengua le provocó sacudidas de placer. Nunca había imaginado algo así. No le importaba si no era correcto o propio de una dama, o el escándalo que causaría si los descubrieran de alguna manera. Esto era glorioso. Gimió mientras oleadas de éxtasis la atravesaban, y cerró los ojos. Jonathan era todo lo que podía ver. Hermosos ojos verdes, cabello castaño rubio. Él era muy claro, tan perfecto en ese momento, como cuando lo había conocido por primera vez. Se entregó a las réplicas del placer mientras él seguía lamiéndola, y se permitió abrirse a él. *Por favor... solo ámame, al menos por este momento.*

Audrey abrió los ojos cuando Jonathan se movió de entre sus muslos y se dejó caer en la cama a su lado. Él sonrió como un pícaro mientras la miraba. El sudor cubría su cuerpo, y ella podía sentir que cada músculo de su cuerpo seguía vibrando con las réplicas de aquel momento. No quería moverse, pero quería que él se sintiera igual que ella, saciado y delirante de placer.

—¿Cómo ha estado eso, mi diosa?

Se puso de lado para mirarlo. Su erección no había desaparecido, pero no hizo ningún movimiento para ocultarla. Audrey no pudo resistirse a actuar con un poco de descaro.

—Espléndido. Pero, ¿y tú? —Audrey apoyó una mano en su pecho, casi esperando que él la apartara, pero no lo hizo. Deslizó lentamente su mano hasta su cintura, por debajo de su ombligo. Un camino de vello oscuro comenzaba debajo de su ombligo y desaparecía bajo la cintura de su ropa de dormir—. ¿Podrías... enseñarme a...? —su corazón se aceleró, pero quería preguntarle—. ¿Darte placer también? —esa era una lección que Evangeline aún no le había enseñado.

Los labios de Jonathan se transformaron en una sonrisa.

—En este momento no es necesario. Un roce con esas manitas tuyas me haría explotar.

—¿Explotar? —no estaba segura de a qué se refería. Sabía muy poco de la anatomía masculina.

La miraba fijamente.

—Realmente no sabes a qué me refiero, ¿verdad?

Audrey negó con la cabeza. Podría haber permitido que la diversión y sorpresa de Jonathan la hirieran, pero decidió no hacerlo. Esta podría ser una de sus pocas oportunidades para tener finalmente respuestas.

—Mi hermano nunca soñaría con decírmelo, y Horatia es demasiado... rectada para decirme demasiado. No había nadie más para educarme —ella dibujó patrones en su abdomen mientras hablaba. Jonathan dejó de respirar cuando Audrey deslizó un dedo por debajo de la tela de su ropa de dormir—. Entonces... ¿me enseñarás? —lo miró por debajo de sus pestañas, de una manera que sabía que la hacía parecer coqueta.

—Más lecciones —él suspiró, aunque también estaba sonriendo.

—Bueno, si no *quieres* enseñarme... —ella empezó a apartar la mano, pero él capturó su muñeca y la regresó a su abdomen.

—¿De verdad quieres esto? No tengo ningún deseo de forzarte —se mordió el labio de una manera casi tímida que la hizo querer desfallecer. Por supuesto que

Audrey deseaba esto, lo deseaba tanto que su cuerpo le dolía por ello.

Ella se incorporó mientras los ojos de Jonathan descendían para contemplar sus senos apoyados en su pecho.

—Muéstrame.

—Bueno... Hay pocas maneras de... ya sea con la mano o con la boca o... —se sonrojó y se detuvo.

—¿O? —insistió ella.

—O con los... pechos —casi susurró la palabra y apartó la mirada, con la cara enrojecida.

Audrey detuvo sus caricias en su vientre inferior.

—¡Oh! —¿Cómo podía usar sus pechos? Parecía demasiado extraño, al menos por ahora. Pero tenía curiosidad por averiguar las otras dos formas de las que él había hablado—. Has usado tu boca sobre mí —observó ella mientras acariciaba la marca en forma de V de su cadera—. ¿Debo usar mi boca sobre ti?

Jonathan maldijo en voz baja, y ella retrocedió, sorprendida.

—Lo siento —musitó—. Es que pensar en tu boca cerca de mi polla... podría matarme.

Estaba emocionada por el poder que tenía sobre él en ese momento.

—¡Entonces, mi boca! —lo miró y se lamió los labios—. Ahora quítate esto, por favor —tiró de su ropa de dormir.

Jonathan la miró fijamente durante un largo momento, sus ojos se posaron en sus labios, y levantó las caderas y se quitó los calzoncillos. Su pene erecto quedó a la vista. Audrey se quedó mirando, sorprendida por su grosor. La cosa era... enorme. Había visto estatuas de hombres desnudos y todos eran muy pequeños en comparación con él. ¿Cómo iba a caber eso dentro de una mujer? ¿O en su boca?

—No tienes que...

—Silencio. Estoy aprendiendo —Audrey extendió la mano y lo cogió, acariciándolo. Él gimió suavemente, su cabeza cayó hacia atrás en la cama—. ¿Cómo empiezo?

—De la forma que quieras. No hay una forma incorrecta... siempre que no muerdas, claro.

Audrey bajó por su cuerpo y se colocó a la altura de sus caderas. Se inclinó sobre él, llevándoselo atrevidamente a su boca. El sabor de su sedoso y duro miembro era intrigante, y el modo en que sus caderas se sacudían y él cerraba las manos en puños sobre las sábanas era de lo más gratificante.

Ahora es mío, al menos en esto. Envalentonada por sus reacciones, movió su boca hacia arriba y abajo de su longitud una y otra vez, intentando diferentes ritmos y a veces deteniéndose para lamer la punta, riéndose mientras Jonathan maldecía una y otra vez.

—No voy a durar, cariño. Tienes que parar...

Utilizó una mano para acariciar la base del pene y usó su boca para cubrir el resto como pudo, y luego succionó con fuerza. Se sobresaltó ante la repentina aparición de un sabor ligeramente salado en su lengua. ¿Qué era *eso*?

Jonathan gimió, y luego su cuerpo rígido se debilitó debajo de ella cuando todos los músculos de su cuerpo se relajaron.

—Dios mío, mujer, lo has hecho —dijo, cubriéndose el rostro con una mano—. Realmente me has *matado*.

Audrey soltó su pene y este cayó contra sus muslos, ya no estaba duro ni erecto. *Qué interesante...*

—Puedo saborearte —se lamió los labios.

Jonathan levantó la mano de su cara.

—Ven aquí —la acercó a sus brazos, estrujándola mientras ella se encontraba sobre él. Jonathan reclamó sus labios con hambre, devorando su boca, incluso mordiéndole el labio inferior y tirando de él con los dientes, antes de suavizar sus besos—. Nunca he conocido a ninguna mujer como tú —le cogió la nuca y sus dedos le masajeaban el cuero cabelludo de la forma más deliciosa.

—Nunca he conocido a ningún hombre como tú —repitió Audrey. Sabía que, una vez que recuperara la cordura, sentiría algo de vergüenza por lo que habían hecho, no porque no creyera en la pasión, sino porque seguía creyendo que él no estaba interesado realmente en ella, no de la manera en que ella lo quería. Había una diferencia entre el afecto y un simple instante placer, pero en el calor del momento uno podía asemejarse al otro.

Una vez que este resplandor entre nosotros se desvanezca, él se arrepentirá de haber compartido esta intimidad, y yo me arrepentiré de haberle abierto mi corazón de nuevo.

Permanecieron tumbados juntos durante un largo rato antes de que Jonathan suspirara finalmente, con su aliento agitando el pelo de Audrey junto a la sien.

—Debo levantarme y volver a mi habitación antes del desayuno, y... necesito afeitarme —se pasó la mano por la barbilla y la mandíbula. La ligera barba, más oscura que su piel, le daba un aspecto bastante perverso.

—Si debes, pero me gustaría ver cómo te afeitas, si puedo —Audrey frotó su mejilla contra la de él. Quería grabar esto en su memoria. Podría ser su única oportunidad real de sentir *esto* con alguien más.

Incluso si soy la única que siente esto, al menos tengo este momento de intimidad para recordar.

Un golpe en su puerta hizo que Jonathan saltara de la cama y volviera a ponerse la ropa.

—¡Un momento! —gritó ella. Tenía que ser la criada que su hermana le había asignado, Sarah. Audrey se cubrió la boca con una mano para no reírse al ver el trasero desnudo de Jonathan mientras se subía los calzoncillos.

—No te atrevas a reírte —le advirtió.

—¡No lo hago! —ahora se reía porque él le había dicho que no lo hiciera.

Él se colocó el resto de la ropa y luego la miró finalmente, con las manos en las caderas.

—Será mejor que te cubras, a no ser que quieras que tu criada te vea ahí tumbada como la diosa Venus.

Audrey se cubrió las caderas con un poco de ropa de cama y le dirigió una mirada pícara, o eso esperaba.

—¿Y ahora? —preguntó, batiendo las pestañas.

—De alguna manera, eso lo empeora —dijo Jonathan con una mirada hambrienta—. Habiendo probado el cielo entre tus muslos, todo lo que has hecho es envolverte como un regalo para mí.

—Muy bien —suspiró y esta vez se cubrió por completo. Solo entonces, Jonathan abrió la puerta y permitió que la criada entrara. Sarah bajó la mirada discretamente mientras esperaba a que él saliera. Una vez que lo hizo, la criada miró a Audrey con las mejillas sonrojadas.

—¿Le preparo un baño?

—Sí, gracias —Audrey se quedó en la cama, disfrutando del persistente aroma de Jonathan en su cama.

Qué mañana tan maravillosa. Solo esperaba que el resto del día fuera la mitad de placentero. Pero no podía ahuyentar el temor de que Jonathan volviera a sus viejas costumbres y pusiera una nueva distancia entre ellos.

CAPÍTULO 15

Jonathan se pasó la cuchilla de afeitar por la barbilla y luego agitó la navaja en un recipiente de agua caliente. Luego volvió a acercar la navaja a su piel, observándose cuidadosamente en el espejo. Su mirada se dirigió a su cama a través del espejo. Estaba inmaculada porque no había dormido allí la noche anterior, pero aún podía imaginarse a Audrey tumbada allí, semidesnuda, tentándolo con esa mirada seductora a quedarse en la cama todo el día con ella.

Sonrió al pensar en sus deseos de verlo afeitarse. Esta mañana había sido una verdadera victoria en su guerra por ganar su corazón. Ella no cedería ante cualquier hombre.

Cuando Audrey se lo había llevado a la boca de manera muy inesperada, Jonathan casi creyó que había muerto en esa cama y que un coro de ángeles le estaba cantando en su ascenso al cielo. Si ella era inexperta ahora, le daba miedo imaginar lo letal que sería con un poco de práctica.

Jonathan dejó la navaja de afeitar sobre el paño junto al lavabo y miró la ropa que su ayuda de cámara había colocado sobre la cama. Un chaleco bermellón con hilos de oro y un par de pantalones de piel de gamo y botas negras. Una buena elección. Audrey lo aprobaría. El atuendo no era nada coqueto, pero a Audrey le gustaba su guardarropa de buen gusto pero discreto.

Cuando salió de su habitación, sabía que la mayor parte de la casa habría terminado de desayunar y estaría disfrutando de otras actividades. Esperaba que el salón estuviera vacío, pero encontró a James y a Charles en la mesa, también disfrutando de un comienzo tardío del día. Cuatro aparadores contenían platos de comida para los invitados adicionales. Se preparó uno y se unió a ellos, sentándose junto a Charles y frente a James.

Jonathan disfrutó de la oportunidad de admirar el comedor de la casa ancestral de Lucien mientras comía. Quizás era un poco austera para su gusto, en su estilo romano con pilastras marmóreas, pero era encantadora de todos modos. Charles lo sorprendió estudiando el elaborado revestimiento dorado.

—Impresionante, ¿no es así?

—Sí, realmente no había tenido tiempo de apreciar el estilo de vida de un caballero hasta ahora. Ha habido mucho por ver desde que Godric me dio parte de la finca Essex para que la administrara. Luego tuve que habilitar una casa de ciudad en Londres, por supuesto. Siento que todo ha sido un poco como un borrón, y esta es la primera vez que soy capaz de parar y respirar.

—Todos esos preparativos son para tu diablilla, ¿eh?

Jonathan miró su plato, pero no pudo resistirse a sonreír.

—¿Estás progresando? —Charles aplaudió en señal de aprobación antes de alcanzar un periódico del *Morning Post* que había sido abandonado por uno de los otros invitados.

Jonathan terminó su tostada y sus huevos.

—Creo que sí.

—¿Quién es la diablilla, si no te importa que lo pregunte? —habló James.

Charles compartió una mirada con Jonathan antes de que este decidiera responder.

—La señorita Sheridan. Estoy haciendo todo lo posible por cortejarla, pero la señorita no lo pone fácil.

—¿La señorita Sheridan? Me atrevo a decir que debes estar muy ocupado con ella. Lo comprendo. La señorita Beaumont es simplemente maravillosa, pero no me dejará cortejarla, al menos no más allá de esta semana. No puedo entender por qué. Esa dama está llena de secretos —el suspiro de James hizo que Charles se echara a reír.

—Oh, vosotros dos. Desanimados porque las damas que deseáis no son fáciles de seducir. ¡La vida debe ser tan dura! ¿Por qué no vamos a pescar y dejamos que las damas tengan un poco de tiempo a solas? Entonces, ellas tal vez tengan que admitir que han echado de menos vuestras presencias melancólicas.

James sonrió irónicamente.

—Puede que él tenga razón. ¿Qué dices, St. Laurent?

Jonathan no recordaba la última vez que había ido a pescar, y la verdad era que sonaba bastante bien.

—De acuerdo.

—Entonces hagámoslo deportivo, ¿eh? —dijo Charles con una sonrisa—. ¿Diez libras para el hombre que consiga el pez más grande durante la primera hora?

Terminaron la comida y salieron del comedor. Charles hizo que un lacayo saliera corriendo para que el jardinero preparara una barca, cañas de pescar y cebo.

Sin previo aviso, Charles arrastró a Jonathan y a James a un salón vacío.

—Oh, Dios.

—¿Qué pasa? —preguntó Jonathan. Charles señaló con la cabeza la rendija que había dejado en la puerta. Un grupo de jóvenes pasó junto a su ubicación oculta. Jonathan reconoció a los hombres, muchos de los cuales eran bastante dandis.

—Malditos perritos falderos —espetó Charles.

Jonathan resopló. A él y a Godric tampoco les habían gustado nunca ese tipo de hombres. Eran el tipo de hombres que las anfitrionas invitaban y a los que Godric se refería como caballeros *inservibles*. Mantenían a las damas entretenidas durante las fiestas de casa, pero suponían un aburrimiento para hombres como él.

—Ese de ahí —Charles le señaló a Jonathan un joven apuesto. Oliver Bedford, si no se equivocaba—. Tuve que soportarlo a él y a la señorita Sharpe gorjeando un horrible dúo esta mañana antes del desayuno. Le dije a Horatia que los sonidos que hacían eran tan espantosos que casi me quitaron el apetito.

—Seguramente el señor Bedford no es tan malo —

señaló James—. Si estaba distrayendo a damas como la señorita Sharpe, eso es bastante bueno —se rumoreaba que la señorita Sharpe se había fijado en James, así que no era de extrañar que se sintiera aliviado de que otro hombre hubiera podido captar su interés.

—La vi mirándote en la cena de anoche —dijo Charles—. Será mejor que tengas cuidado. La mayoría de las damas en el mercado matrimonial juegan con las reglas de la sociedad, pero esa mujer no. Parecía dispuesta a atarte y regresarte a Londres como a un animal premiado.

James se frotó las sienes con cansancio.

—Lo sé. No deseo que mi título desaparezca, ni mucho menos, pero hay días en los que haría cualquier cosa por ser un simple caballero con una modesta fortuna.

—Eso dices —musitó Jonathan—, pero no es tan fácil para nosotros los caballeros competir con los condes —no podía olvidar la fácil amistad de Audrey con James, ni cómo eso lo había hecho enfurecer cuando ella había abrazado al hombre tan cálidamente la noche anterior.

—Sois un buen par de cobardes —espetó Charles—. Rápido, vayamos al lago antes de que esos dandis nos descubran. Amo discutir sobre el corte y el color de un buen chaleco tanto como a cualquier hombre, pero esos tontos insisten tanto en el tema que cualquier diversión que pueda encontrar en la conversación muere lenta y dolorosamente.

Jonathan guio el camino hasta el pequeño lago que colindaba con la finca Rochester, y disfrutó de la cálida luz del sol sobre su rostro. Un día en un bote sería bastante relajante, y lo necesitaba mucho dado lo difícil que estaba resultando cortejar a Audrey. Aunque había que reconocer que ahora que los esfuerzos estaban dando sus frutos, todo parecía valer la pena.

Un encargado los esperaba en la cubierta, pero Jonathan se detuvo al darse cuenta de que el hombre no estaba solo. Audrey y Gillian ya estaban allí, con sus propias cañas de pescar. Audrey miró por encima de su hombro y lo vio. Sus mejillas se sonrojaron antes de volverse hacia el encargado como si no lo hubiera visto.

Charles y James se chocaron con la espalda de Jonathan, deteniéndose bruscamente.

—Maldición, hombre, ¿qué...? —empezó Charles, pero maldijo al verlas de pie en la dársena.

—Podría ser peor —comentó James—. Los dandis podrían estar aquí. Me atrevo a decir que esto será una compañía mucho mejor.

—Buen punto, Pembroke —Charles enderezó los hombros—. Vamos, caballeros, será mejor que afrontemos esto como buenos hombres —Charles se adelantó y los hizo marchar imperiosamente por la dársena.

—Audrey, qué encantadora sorpresa. Y la señorita Beaumont —Charles inclinó la cabeza hacia Gillian, quien se sonrojó.

—¡Estupendo! ¿Habéis venido a vernos pescar? Estoy segura de que tendréis una encantadora vista desde la dársena —el tono de Audrey era todo inocencia. Una hábil artimaña. Era astuta, él lo sabía, y la adoraba por ello.

—Desde luego que no —respondió Charles, sin

dudar—. Nosotros nos llevaremos los *botes*, y vosotras, mis queridas damas, podréis *vernos* pescar.

La mirada de James se tornó algo reprobatoria.

—Charles, si las damas han llegado primero...

—Lo hemos hecho —coincidió Audrey, con un brillo sugestivo en sus ojos marrones.

Jonathan no podía apartar los ojos de su diablilla. Llevaba un vestido de día de muselina a rayas blancas y rosas con pequeñas botas negras que asomaban por debajo de las faldas. El clima fresco favorecía ese vestido, y la forma en que la luz del sol iluminaba sus pechos, que sobresalían de forma ventajosa, no tardó en ponerlo duro. Maldijo en silencio y se colocó detrás de Charles para ocultar su estado. Un rizo oscuro se escapó de la elaborada capota de Audrey, y cuando ella se volvió hacia él, Jonathan percibió un destello de picardía en sus ojos marrones. Lo único en lo que podía pensar era en cómo se había visto desde su posición entre sus muslos y cuando...

Todas las veces que me burlé de Godric por el tiempo que él y Emily pasaban encerrados en sus aposentos. Ahora lo entiendo completamente.

Solo había tenido una pequeña muestra de lo que significaba estar con Audrey, y no era suficiente. Tal vez nunca sería suficiente. Su hambre por ella iba más allá de las necesidades de su cuerpo, pero eso no significaba que, cuando ella lo miraba con esa sonrisita perversa, él pudiera olvidar lo mucho que la deseaba de nuevo en su cama debajo de él.

—Bueno —intervino el encargado—, les estaba informando a las señorita de que tengo dos botes y suficiente cebo y cañas para dos grupos de pesca.

—Gillian y yo iremos en un bote —anunció Audrey.

—Y yo iré con vosotras —comentó James.

—Oh, no. Tres son demasiados para un solo bote. Iré con Charles, en el segundo bote —dijo Audrey.

—Tú irás conmigo —interrumpió Jonathan.

Charles cogió una caña y se alejó del grupo.

—Creo que me sentiré apretado independientemente del bote en el que yo vaya. No, estaré bien aquí en el muelle mientras todos vosotros partís —se sentó al final de la dársena, luego se quitó las botas y las medias y sumergió los pies en el agua.

—Eh... Bueno... —Audrey miró entre Charles y Jonathan antes de suspirar.

—Vamos. Puedes hacer pucheros en el bote, si quieres —Jonathan la levantó por la cintura desde atrás y la dejó en el primer bote. Audrey se tambaleó un segundo, pero recuperó el equilibrio con sorprendente elegancia y se acomodó en el asiento más cercano. James y Gillian se subieron al otro bote y el encargado les tendió a cada uno un pequeño balde con cebo fresco.

Audrey cruzó los brazos sobre el pecho y sus labios formaron en un sensual ceño fruncido mientras Jonathan remaba hacia el lago.

—Estás muy encantadora esta mañana —dijo una vez que el bote estuvo adecuadamente a la deriva.

—Por supuesto que lo estoy. Este vestido es muy... ¡oh! Estoy enfadada contigo —ella pareció recordarlo justo ahora y volvió a sellar sus labios.

Jonathan dejó escapar un suspiro de cansancio.

—¿Y *por qué* estás enfadada? —preguntó mientras alcanzaba su caña, con la intención de cebarla para ella.

—Porque Gillian y yo estábamos a punto de compartir historias de batalla, y tú y tu banda de hombres lo han arruinado.

—¿Historias de batalla?

—Sobre hacer el amor. Una no puede hacer eso si el mismísimo caballero con el que se ha acostado está sentado a su lado, ¿o sí?

Al asimilar sus palabras, Jonathan casi dejó caer el balde de lombrices.

—Ahora, míranos. Nosotros nunca... —entonces, él consideró sus palabras—. ¿Quieres decir que Pembroke y Gillian...?

Audrey asintió.

—Pero no debes decírselo a James. Se sentiría muy avergonzado. Y, al parecer, no era la primera vez. Esa sería la noche del club infernal.

Él expresó un "ejem". *Así que Pembroke ha conseguido cortejar a su dama.* Señaló la caña de pescar de Audrey.

—¿Quieres que te la cebe?

—Puedo hacerlo —ella sacó su caña del alcance y levantó su anzuelo plateado.

Jonathan se sentó, observando cómo Audrey miraba las lombrices con vacilación. Ella se inclinó hacia abajo para coger un pequeño y suculento ejemplar. Él estudió su rostro y no tardó en darse cuenta de que no era el asco lo que la hacía dudar, sino el hecho de clavarle el anzuelo. Él se sorprendió.

—Lo siento mucho —dijo Audrey mientras colocaba al animal en el anzuelo. Luego lanzó el sedal al agua de forma experta. Jonathan se quedó con la boca abierta—. ¿Qué? ¿Nunca habías visto a una dama pescar?

—No con la facilidad con la que tú lo has hecho.

—No debería sorprenderte. Recuerda quién es mi hermano. No soy ajena a la equitación, la caza o la pesca, pero odio matar a una criatura inocente. Me entristece, incluso cebar un anzuelo.

—Eres demasiado compasiva —respondió él con voz tranquila.

Lo miró con severos ojos marrones.

—¿Me estás juzgando por mi debilidad femenina?

—Para nada. Ser compasivo es una virtud, no un pecado. Y no es un rasgo solo de las mujeres. Los hombres también pueden ser así, al igual que las mujeres pueden ser tan duras como cualquier hombre. Venetia Sharpe, por ejemplo.

Los ojos de Audrey se agudizaron.

—¿Oh? ¿Cómo es eso?

¿Había una pizca de celos en su voz? Dios, eso esperaba.

—Bueno, es bastante agresiva cuando se trata de conseguir lo que quiere —se puso a cebar su propia caña.

—¿Agresiva contigo? —su tono era demasiado indiferente.

—No, gracias a Dios. Pero ella tiene los ojos puestos en Pembroke.

—¿James? Oh, cielos, ella no es para él. Venetia es una mujer decente, pero es demasiado ambiciosa socialmente. James desea una vida más tranquila, y se agotaría intentando seguir el ritmo de alguien como ella. No, Gillian es perfecta para James, suponiendo que él pueda ignorar su condición de sirvienta. Es la hija de un conde, después de todo.

—Una *ilegítima* —añadió, curioso por ver cómo respondería Audrey. Las circunstancias de nacimiento de Jonathan y de Gillian eran lo suficientemente parecidas como para que la reacción de Audrey fuera un buen indicador de dónde se encontraba parado con respecto a ella.

—Si él la ama, ¿acaso lo demás importa? —Audrey dio un tirón experimental a su caña antes de colocarla en una muesca especial en el costado de la embarcación, donde podía estar sin ser sujetada.

Jonathan lanzó su cebo al agua y enrolló un poco el sedal antes de colocar su caña en otra muesca.

—¿De verdad no crees que eso importa?

Audrey desató las cintas de su capota y se la quitó. Pequeñas cintas rosas y blancas estaban enhebradas en su pelo, a juego con su atuendo. La luz de la mañana hacía brillar su pelo. Inmediatamente, Jonathan visualizó la forma en que su pelo se había extendido sobre las almohadas mientras ella estaba tumbada a su lado en la cama.

—Debes pensar que soy una niña mimada, para suponer que pienso que el nacimiento importa. Entiendo que tengas una desconfianza generalizada hacia las damas de alta cuna, pero no todas somos unas desalmadas en busca de títulos. Algunas de nosotras... —lo miró significativamente—. *Algunas* de nosotras estaríamos bastante contentas sin un hombre con título como nuestro lord y amo. A *algunas* nos gustan los caballeros tranquilos que nos tratan con justicia e igualdad —

lo dijo con una convicción tan esperanzadora que provocó un dolor en el corazón de Jonathan.

—¿Y tú eres una de esas mujeres?

Audrey echó la cara hacia atrás para dejar que la luz brillara en su piel.

—Sí, lo soy.

—No hay nada malo en ello.

Lo miró, como si fuera su turno de ser interrogado.

—¿Crees que una mujer debe ser el igual de su marido?

—Por supuesto. Si me preguntas, solo los ricos pueden permitirse el lujo de pretender lo contrario. He trabajado junto a mujeres que han trabajado tanto o más que yo. Creo que es una pena que la ley no esté de acuerdo en estos asuntos.

Se quedaron sentados mirándose el uno al otro en el bote, y Jonathan supo que Audrey lo veía como él quería que lo hiciera, como el hombre que estaba de acuerdo con ella en casi todos los asuntos que realmente importaban. Los labios de Audrey se separaron y los humedeció, y Jonathan empezó a inclinarse, dispuesto a robarle un beso...

El sedal de su caña se sacudió repentinamente, y Audrey chilló, abalanzándose sobre él. El bote se balanceó y Jonathan cogió a Audrey por la cintura para que no se cayera de cabeza al lago. Ella sacó el pez, el cual resultó ser una carpa grande y gorda.

—¡Bien hecho! —la ayudó a desenganchar el pez y a meterlo en la cesta del bote. Audrey le sonrió brillantemente mientras se limpiaba las manos en un pequeño paño que había traído. Luego buscó otra lombriz.

Jonathan se quedó cerca de ella, con el corazón palpitando. Después de todo lo que había sucedido entre ellos, seguía más nervioso que nunca, intentando formular la única pregunta que lo quemaba por dentro.

—Audrey... necesito hablar contigo...

Ella se abalanzó sobre él y ambos cayeron al fondo del bote. Lo besó con fuerza, con sus bocas adheridas, y Jonathan la cogió por la cintura, devolviéndole el beso. Siempre podía pedirle matrimonio más tarde. Seguro que habría otro buen momento. Pero, por ahora, quería disfrutar de esto.

Audrey tiró de sus pantalones, pero él le detuvo la mano con suavidad.

—Tranquila, cariño. No estamos en un lugar tan privado como para eso.

—¿Oh? Pensé que disfrutabas de un poco de riesgo. Emily me lo ha dicho.

Sus ojos se abrieron de par en par, y la apartó un poco.

—¿Qué sabes de mí y de Emily? —Jonathan había cometido el tonto error de ayudar a Emily a escapar de la finca de Godric antes de que los dos se dieran cuenta de que estaban enamorados. Había supuesto, también tontamente, que Emily podría estar interesada en él, pero se había equivocado. Todavía le resultaba embarazoso, aunque ya habían podido reírse de ello.

—Me dijo que fuiste lo suficientemente descarado como para intentar seducirla en una posada. Supuse que te gustaba el voyerismo.

Jonathan gimió.

—Esa era una época diferente. Además, estábamos

en una habitación privada. Tampoco sentía por ella lo mismo que siento por ti. Esto... es completamente diferente.

Audrey se quedó congelada encima de su cuerpo.

—¿Sientes algo por mí?

Jonathan se llevó una de las manos de Audrey a los labios y le besó los nudillos.

—¿No es obvio? Me preocupo por ti mucho más de lo que es sensato.

Lo besó de nuevo, y esta vez no le importó si alguien la estaba mirando.

CAPÍTULO 16

Charles cebó su anzuelo y lo lanzó lejos en el lago. Una vez que el anzuelo y el señuelo se hundieron bajo el agua, miró a su alrededor en busca de los botes. El que transportaba a James y Gillian estaba flotando tras la amplia cortina protectora de un antiguo sauce cerca de la orilla izquierda del lago. El otra, el que llevaba a Audrey y Jonathan, flotaba en el centro del lago. Audrey estaba pescando un pez y Jonathan se apresuró a ayudarla. Momentos después, cayeron en lo profundo del bote y desaparecieron de la vista.

Charles suspiró.

—Y ahí se va el tiempo a solas sin las damas —sabía que una nube negra tenía que estar formándose sobre su cabeza cuando se preguntó ociosamente si los dandis en la casa serían una mejor compañía.

Le alegraba que sus dos amigos estuvieran bien encaminados para conquistar el corazón de sus mujeres, pero eso no ayudaba a su propia situación. La sensación de que todos sus amigos lo abandonaban al casarse era casi demasiado para soportarlo. Se quedó mirando la superficie con olas del lago, observando el juego de luces sobre el agua. La mayoría de los días no pensaba en el pasado, pero siempre que estaba solo y todo su alrededor estaba tranquilo, los recuerdos volvían a invadirlo. Recuerdos que habían dejado cicatrices en su corazón.

El río Cam en Cambridge, aunque no era un lago, era tan cristalino y lleno de calma que las bateas navegaban por su superficie con facilidad. Le recordaba a este mismo lago. Se estremeció. El recuerdo de las pesas de plomo envueltas en sus tobillos era algo que nunca podría olvidar. Charles cerró los ojos y respiró profundamente. No se estaba hundiendo. Él estaba bien, muy bien. Tenía mucho aire para llenar sus pulmones.

—¿Milord? —la voz de Tom Linley lo sobresaltó. Abrió los ojos para ver al joven que lo observaba con abierta preocupación. Sonrió, intentando relajarse un poco.

—Siéntate y sumerge los dedos del pie en el agua, muchacho —acarició los tablones de madera de la dársena que estaban a su lado.

—Realmente no debería hacerlo.

—Linley, siéntate —ordenó Charles.

Tom se dejó caer sobre los tablones, frunciendo el ceño.

—Quítate las botas y los calcetines, y mete los pies en el agua —Charles lo miró intensamente.

Linley se resistió un momento antes de exhalar un profundo aliento frustrado. Entonces se quitó las botas y las medias. Sumergió los dedos de los pies en el agua con desconfianza, como si esta pudiera morderle.

—Dios, muchacho, es solo agua.

—Es agua fría —resopló Linley.

Charles se rio.

—¿Sabes nadar? Sé sincero conmigo.

—Sí, bastante bien, en realidad —Linley levantó la barbilla con orgullo, y con justa razón. La mayoría de los hombres no sabían.

—Bien —Charles lo empujó con fuerza.

—¡Ack! —el joven agitó los brazos mientras caía en picado desde la dársena hasta el agua con un *splash*. Cuando volvió a subir escupiendo de manera indignada, Charles se rio a carcajadas. Linley había perdido la gorra y tenía el pelo rubio pegado a la cara—. ¡Milord! —espetó—. No debió haberlo hecho.

—Estás demasiado tenso, muchacho. ¿Crees que no me he dado cuenta? Te mereces un poco de diversión —Charles rodeó con su brazo uno de los pilares de madera de la dársena y se inclinó hacia delante para mirar a su sirviente demasiado serio.

Linley nadó hasta la dársena y se aferró al poste más cercano para apoyarse. Sin previo aviso, cogió el tobillo de Charles y tiró de él. Charles intentó sujetarse al pilar de madera, pero era demasiado tarde. Se sumergió en las frías profundidades del estanque.

Por un instante, comenzó a sentir pánico. Vio el brillo de la luz en la superficie sobre él y sintió que el impulso de la caída arrastraba su cuerpo hacia abajo... hacia abajo. Pero no. No había pesas. No había cuerda. Él estaba bien. Movió rápidamente las piernas y se abrió paso desde las profundidades, y el pánico se disipó. De hecho, se deleitó en el hecho de que no estaba indefenso. Él era libre.

—No tan rápido, muchacho —volvió a hundir al joven en el agua, con un grito triunfal de "¡Venganza!".

Linley luchó, pero salió riendo. Charles esbozó una sonrisa. Tom le recordaba mucho a su hermano pequeño Graham y a cómo solían jugar. Eso había sido antes... Ahora él y Graham apenas hablaban, algo que hacía que las festividades fueran bastante incómodas para su madre y su hermana.

Linley le echó agua, riendo mientras Charles sacudía la cabeza, proyectando una lluvia de gotas hacia ellos. Charles levantó las manos en señal de rendición.

—Me has hecho polvo, muchacho. Necesito descansar —nadó a lo largo de la dársena y llegó a la orilla. Luego, exprimiendo su ropa mojada para eliminar el exceso de agua, avanzó por la dársena y le tendió las manos a Linley.

—Mi señor, usted no necesita...

—Tonterías. Coge mis manos —Linley tenía los ojos muy abiertos, pero la inocencia que veía allí albergaba sombras de dolor.

Todavía tiene miedo de confiar en mí, incluso después de todo este tiempo. No le he hecho el mismo daño que su anterior amo. Me pregunto cuándo aprenderá a confiar de nuevo.

Los secretos de Linley seguían causándole dolor, pero Charles no podía ayudar al chico si este no se abría a él. Y Charles tampoco podía hablar con facilidad de su pasado. No sobre los momentos que lo atormentaban, al menos.

—Muy bien. Solo intentaba ayudar —giró la cabeza, pero el joven lo sorprendió sujetando su mano con firmeza. Charles se volvió y sacó del agua a un Linley empapado—. Míranos, como un par de ratones ahogados —Charles se rio y retorció la parte suelta de su camisa y dejó caer el agua sobre la dársena. Linley cruzó los brazos sobre el pecho y se estremeció—. Vamos a meterte en la casa antes de que te enfríes los huesos —Charles palmeó el hombro de Linley, y ambos se dirigieron a la casa.

Al llegar a Rochester Hall, Charles se dio cuenta de que era una de las pocas veces que había visto a Linley sonreír, incluso reír. No sabía muy bien por qué, pero el hecho de haberle dado al chico una pequeña alegría, llenó a Charles de una paz que no había sentido desde el fallecimiento de su padre.

❧

—¿Estás lista? —preguntó Jonathan.

Audrey se adelantó un paso dando brinquitos, con los puños en alto. Era el quinto día de la fiesta de la casa, y ella y Jonathan se las habían arreglado para entrenar con éxito en la sala de ocio cada vez que había una pausa en las actividades.

—Estoy lista —los bombachos le proporcionaban mucha más agilidad, y había llegado a amar el tiempo que pasaba entrenando con Jonathan. Esta vez ni siquiera se había puesto el corsé y no podía creer la facilidad con la que podía respirar sin la presión limitante de la varilla contra su pecho.

—Recuerda, primero debes esquivar, luego incapacitar —los ojos verdes de Jonathan eran serios, y eso le gustaba. Cada vez que hacían sparring, él no la trataba con condescendencia ni intentaba seducirla, cosa que él podría haber hecho fácilmente. En la última semana, se había acostumbrado demasiado a sus besos durante el día y a pasar cada noche en su cama y en sus brazos.

Jonathan mantenía su acuerdo de dormir y nada más, algo por lo que Audrey se sentía divida. Disfrutaba estando cerca de él, pero temía que, si se entregaba por completo a él, nunca sería capaz de soportar su muy probable decisión de dejarla sola y de interrumpir sus clases. Intentó no pensar en la repentina dulzura de Jonathan y en lo que eso significaba. No estaba segura de poder confiar en esta faceta más abierta de él. Siempre existía la posibilidad de que esto fuera simplemente el último movimiento en cualquier juego que él estuviera jugando.

Jonathan se abalanzó sobre ella. Audrey lo esquivó y lo rodeó, manteniendo los brazos en alto. Cuando él se giró, lanzó un puñetazo, un poco más despacio de lo que lo haría un verdadero atacante, pero lo suficientemente rápido como para que ella tuviera que bloquear el golpe a toda prisa. Primero tenía que memorizar los movimientos, y luego podrían acelerar las cosas. Jonathan no le dio tiempo de recuperarse; intentó golpearle las piernas, y Audrey saltó, evitando por poco caer de espaldas.

—Bien. Muy bien —Jonathan asintió y bajó las manos. Audrey hizo lo mismo, radiante de placer. Se abalanzó de nuevo, cogiéndola por el pelo. El agarre no le dolió, pero la sobresaltó lo suficiente como para gritar.

La empujó contra él y con la otra mano le sujetó la garganta. Estaba atrapada, con la espalda pegada a su pecho.

—No debes confiar ni por un momento en que has superado con éxito a tu oponente —dijo Jonathan en un sedoso susurro junto a su oído.

—Pero ya habíamos acabado.

—¿En serio? Cuando un hombre ataca, puede fingir que cede y esperar un mejor momento para atacar. Siempre hay que pensar como un depredador para protegerse. Estos hombres se ven como los zorros y tú eres el conejo. Debes aprender a ser el zorro. Ahora, trata de liberarte —Jonathan los recolocó de manera que Audrey quedara presionada contra la pared, con su cuerpo acorralado por el suyo desde atrás.

Audrey empujó, con los músculos tensos. Había estado dolorida y fatigada cada noche, pero no le había pedido a Jonathan ningún descanso en sus lecciones. Ahora deseaba haberlo hecho porque se sentía demasiado débil para moverse.

—No empujes. Estás desperdiciando valiosas fuerzas. Tu atacante te agotará, y cuando no puedas luchar, te levantará las faldas por detrás y te hará suya. ¿Quieres eso?

Audrey sabía que sus palabras estaban diseñadas para provocar el miedo a un ataque no deseado, pero se excitó al imaginarlo como el hombre en cuestión. Si llevara faldas y él se las subiera ahora, ella no tendría ningún deseo de resistirse. Aunque sabía que eso sería un error, no le impedía desearlo. Eso le dio una idea.

Dejó de resistirse y arqueó la espalda, frotando su

trasero contra la ingle de Jonathan. Audrey dejó escapar un gemido sin aliento cuando la erección de él presionó la parte delantera de sus pantalones. Ella fingió otro leve forcejeo, pero luego movió las manos hacia atrás sujetó la cadera de Jonathan, presionándolo más contra ella. El agarre en su pelo se intensificó.

—Pensé que te había dicho que te defendieras —su voz se volvió ronca.

—Lo he intentado, pero ahora... necesito... —dejó que un genuino tono ronco llenara su voz mientras movía sus caderas en círculos—. Por favor, solo una pequeña cosa... —era un código entre ellos, un *poco de algo* pero no del todo. Jonathan dejó escapar un suspiro frustrado contra su cuello y luego empezó a besarle el hombro y a mordisquearle la oreja. Su mano en la garganta de Audrey se desplazó hasta la parte delantera de sus bombachos. Deslizó la mano por debajo de su cintura, del pantalón, y cogió su sexo desnudo, deslizando un dedo dentro de ella.

Audrey ronroneó de placer mientras él la penetraba suavemente con ese dedo una y otra vez, poseyéndola. Las piernas le temblaron mientras el clímax crecía con fuerza y rapidez, y entonces explotó.

—Ahora tú —dijo cuando él apartó su mano.

—Sí —la soltó, y Audrey se dio la vuelta y colocó rápidamente la rodilla en su ingle, con tanta fuerza que Jonathan se dobló por la sorpresa. Ella lo empujó hasta dejarlo caer de espaldas. Luego se apresuró a coger un florete de esgrima de un estante situado contra la pared, a fin de apuntarle a la garganta.

Jonathan se quedó tumbado de espaldas, respirando

con dificultad durante varios segundos, antes de empezar a reír.

—¿Has visto eso? Te he engañado con una promesa.

—Lo hiciste. Y funcionará con la mayoría de los hombres. Normalmente, prefieren la idea de una mujer dispuesta, pero... —levantó la cabeza—. Debes estar preparada para aquellos hombres que disfrutan del dolor y la humillación de una mujer. No caerán en tus trucos. Puede que eso incluso los haga enfadar más, y tú no quieres eso.

Audrey asintió. Sus piernas aún estaban un poco inestables por el clímax que Jonathan le había provocado, y se desplomó a su lado mientras él se incorporaba.

—Recuerda, si estás inmovilizada, utiliza los codos. Clávalos en las costillas y retrocede con los pies.

Audrey asintió.

—¿Lista para empezar de nuevo?

La idea de otra ronda de combate hizo que su cuerpo se estremeciera. Estaba agotada. Por suerte, la puerta de la sala de ocio se abrió y la salvó de tener que admitir su derrota.

—Ah, así que aquí estáis los dos —Lucien estaba de pie en la puerta, con una mirada desconcertada.

—Buenos días —saludó Audrey a su cuñado.

—Tenéis suerte de que Cedric no esté aquí para encontraros —dijo Lucien—. Aunque yo disfrutaría escuchando cómo intentáis explicaros ante él.

Jonathan se puso rápidamente en pie y ayudó a Audrey.

—¿Cómo están Horatia y el pequeño Evan? —preguntó Audrey.

—Bien. Ambos están cada día más fuertes. De hecho, por eso estoy aquí. Ella desea verte.

—¿Oh?

—Está en su alcoba con Evan —Lucien dio un paso atrás para dejar pasar a Audrey. Miró a Jonathan mientras se dirigía a las escaleras. Su mirada de decepción porque su sesión de entrenamiento había terminado encendió una pequeña llama de esperanza en su corazón.

Le gusta pasar tiempo conmigo, al menos un poco. Por ahora, es suficiente.

CAPÍTULO 17

Audrey llegó a la habitación de Horatia y llamó ligeramente a la puerta. Había visitado a Horatia y al bebé al menos una vez al día, pero seguía preocupada por ella y por Evander.

—¡Adelante! —la voz de su hermana se vio ahogada por la puerta. Audrey giró el picaporte y entró.

Horatia estaba de pie junto a la alta ventana guillotina que daba a los jardines. Llevaba un vestido de día azul suelto y el pelo recogido en la nuca con una cinta a juego. Se giró cuando Audrey cerró la puerta tras ella. Su rostro estaba radiante mientras sonreía al pequeño bulto envuelto en mantas blancas que sostenía en sus brazos.

—¿Lucien dijo que estabais bien? —Audrey se acercó y le tendió los brazos.

Horatia le entregó cuidadosamente al niño.

—Sí, gracias.

El bebé miró fijamente a Audrey con ojos avellana

soñolientos. Su nariz chata se arrugó mientras bostezaba y se estiraba, poniendo un puño sobre su cabeza antes de relajarse. Audrey deslizó suavemente un dedo por su mejilla y luego tocó sus diminutos, delicados y perfectos dedos, y él la sujetó con sorprendente fuerza.

El bebé luchó por mantenerse despierto, pero sus ojos se cerraron y bostezó sin dientes, así que se le escapó un pequeño pío que denotaba alegría. Luego metió la mano, que seguía aferrada al dedo de su tía, bajo la barbilla. Una oleada de amor y adoración llenó el cuerpo y el alma de Audrey. La única forma en que podría haberlo amado más —si es que eso era posible—, era si hubiera sido su propio hijo.

—Qué pequeño es —dijo Audrey.

—Ciertamente lo es —coincidió Horatia—. Al principio temí mucho por él —sus ojos se suavizaron al contemplar al bebé—. Pero el pequeño Evander es un luchador. Va a ser valiente cuando crezca.

—Y fuerte —Audrey apartó suavemente su dedo de las garras del bebé y se lo devolvió a Horatia.

Llevó a Evan de regreso a su moisés junto a la ventana y lo acomodó dentro. El sol del mediodía iluminaba la cuna como un lugar de adoración. Audrey miró a su hermana, viéndola diferente por primera vez desde el nacimiento de Evan. Horatia seguía siendo su hermana, pero ahora era una esposa y una madre, con conocimientos de algunos aspectos de la vida que Audrey nunca llegaría a experimentar.

—El médico ha dicho que la luz del sol le ayudará. Parece funcionar —presionó hacia abajo el borde del moisés, meciéndolo suavemente. Entonces, Horatia se sentó al filo de la cama y palmeó el espacio vacío a su lado—. Ven. Siéntate. Cuéntame todo lo que ha pasado desde el inicio de mi reposo.

Los ojos de Audrey se llenaron de lágrimas cuando se sentó junto a su hermana, recordando la época anterior al matrimonio, cuando habían sido las dos hermanas menores de un hermano sobreprotector; dos aliadas en el dominio de un hombre. Llevaban un año sin poder conspirar a altas horas de la noche o entregarse a los cotilleos de primera hora de la mañana mientras las sirvientas les arreglaban el pelo. Audrey no se había dado cuenta de lo mucho que necesitaba ese tipo de intimidad con su hermana. Su garganta se obstruyó con todas las noticias del último año, incluyendo lo que ella había estado haciendo con Jonathan la última semana, justo bajo el techo de su hermana.

—He oído que has estado haciendo algo poco convencional —Horatia señaló la ropa de Audrey.

—Bueno, ¿desde cuándo me consideras convencional?

—¿Te refieres a algo más que ir a comprar ropa y asistir a bailes?

—¡Cómo te atreves! —exclamó Audrey a modo de defensa fingida—. Cuando se trata de ropa, no soy convencional. ¡Soy excepcional!

Horatia miró el atuendo de Audrey y, entonces, se dio cuenta de que no se había cambiado el chaleco y los bombachos.

—Sí, bueno, eso es diferente.

—Yo… Sí, quizás un poco —admitió ella, con la cara sonrojada—. He estado aprendiendo a luchar —esperó a que su sensata hermana chillara, pero Horatia se limitó a asentir—. ¿No estás… enfadada?

—¿Enfadada? ¿Por qué iba a estar enfadada?

Con la punta de un dedo, Audrey jugó con la superficie bordada de la ropa de cama.

—No es muy apropiado, ¿verdad? De hecho, no es nada apropiado. Me preocupaba decepcionarte.

Horatia soltó una risita, pero luego se puso seria. Abrazó a Audrey e inclinó la cabeza para que sus frentes se tocaran.

—Creo que todos hemos aprendido que los buenos modales no pueden salvarnos la vida. La Navidad pasada, cuando me secuestraron y casi me matan, ¿sabes lo que yo deseaba? Saber luchar —Horatia dijo esto con tal ferocidad que Audrey se paralizó. Su hermana era todo dulzura, pero incluso ella había sido puesta a prueba por el peligro y encontrado que sus habilidades para sobrevivir eran escasas. Audrey se sintió aliviada. Horatia comprendía por qué sus lecciones eran importantes. Las mujeres tenían que dejar de ser víctimas de los caprichos y deseos de los hombres.

—¿Así que no me dirás que pare?

Horatia extendió la mano y cubrió una de las de Audrey.

—No. De hecho, insisto en que continúes. Aprende todo lo que puedas. Dios sabe que ya te estás buscando bastantes problemas, y ninguna fuerza en la tierra te impedirá hacerlo. Lo último que quiero es que pases por lo que yo pasé y no tengas ninguna posibilidad de protegerte.

Audrey se estremeció al recordar la frenética preocupación que había sentido aquel día. El día en que casi había perdido a su hermana y a su hermano por la misma mano vil; las únicas personas que le impedían estar totalmente sola en el mundo.

En ese momento, el rostro de Horatia se transformó en una expresión pícara y maliciosa.

—Así que has estado recibiendo lecciones de Jonathan, ¿verdad? ¿Cómo va eso? ¿Todavía quieres casarte con él?

Sí.

—No.

La mirada cabizbaja de Horatia le informó a Audrey que su capacidad de engaño había mejorado. En el pasado, su hermana siempre había sido capaz de ver a través de ella, pero esta vez no. Había algo en eso que agobiaba su corazón de tristeza.

—¿Qué ha pasado? Creía que él te gustaba.

—Sí me gusta —Audrey desvió la mirada—. Pero no creo que él tenga ningún interés en el matrimonio.

—Se me olvida —dijo Horatia—. Es algo más joven que el resto. Sus amigos tienen más de treinta años, y apenas están aprendiendo a disfrutar del hecho de sentar cabeza. Dale tiempo.

Audrey enderezó los hombros y miró a su hermana.

—Tengo diecinueve años. Solo me quedan uno o dos años más antes de convertirme en el hazmerreír del resto de la *alta*. Tuve demasiados pretendientes esa primera temporada hasta que Cedric se volvió tan grosero y los espantó a todos.

—Él no debió haber hecho eso —musitó Horatia—. Arruinó tus posibilidades de encontrar un buen joven con el que establecerte.

—Sí, lo hizo —Audrey no estaba enfadada con Cedric por ser sobreprotector, pero se sentía frustrada.

—Sin embargo, sus intenciones era buena. Perder a mamá y a papá fue más duro para él que para nosotras —su hermana se acomodó contra las almohadas y suspiró.

Audrey se acurrucó en la cama y se recostó contra las almohadas junto a su hermana.

—¿A qué te refieres?

—Los hombres no son como nosotras. Tienen problemas con las emociones. No manejan especialmente bien el dolor y la pérdida. Tampoco entienden muy bien cómo expresar su amor.

—Muy cierto —refunfuñó Audrey—. No lo expresan nunca. Lo único que parece importarles es la lujuria.

Su hermana volvió a reírse.

—Oh, Audrey, no siempre se trata de lujuria. Olvidamos que los hombres tienen derecho a sus pasiones.

—Como nosotras —se sonrojó al admitir esto ante su hermana—. Sin embargo, fui castigada en todo momento por mis deseos —recordó lo furioso que se había puesto Jonathan al encontrarla en el burdel mientras intentaba aprender sobre secretos carnales. Las hermanas intercambiaron una silenciosa mirada de comprensión.

—Un buen hombre querrá una esposa con un lado abierto y apasionado.

—Jonathan no —soltó ella, y luego se arrepintió.

Su hermana esbozó una sonrisa pícara.

—Claro que sí.

Audrey intentó ignorar el destello de esperanza que surgió en su pecho.

—¿Qué te hace pensar eso?

¿Horatia había oído algo? ¿Jonathan había hablado con ella, o quizás con Lucien?

—Créeme en esto, Audrey. Pasé muchos años creyendo que Lucien me despreciaba, y resultó que él sentía todo lo contrario.

—¿Creías que él te despreciaba? Era tan obvio para el resto de nosotros lo que él realmente sentía.

—Sí, pero era cerrado conmigo, a veces incluso cruel en la forma en que me ignoraba o rechazaba. Pero para él, se trataba de negar sus sentimientos. Temía que Cedric se pusiera furioso, y también temía no ser digno de mí —suspiró con mucho arrepentimiento y dolor.

—¿Por qué iba a pensar que no era digno? Es un marqués de un largo y noble linaje.

—No todo es cuestión de títulos, tierras o dinero —a Audrey no le pasó desapercibida la suave reprimenda de su hermana—. A él le preocupaba su pasado, del que Cedric era muy consciente; que fuera demasiado pícaro y que yo no confiara en él por eso. Lo que quiero decir es que Jonathan puede estar indeciso porque no cree que sea suficiente para ti. Tal vez por eso se está mostrando frío y distante.

Audrey se frotó las sienes con los dedos, sintiendo un ligero y punzante dolor de cabeza detrás de los ojos.

—Pero él *es* suficiente.

—¿Se lo has dicho?

—No... —no había querido tocar un tema tan delicado, sobre todo cuando estaba convencida de que él podría no estar interesado en ella como Audrey lo estaba en él. Amar a alguien era aterrador.

El corazón de Audrey dio un vuelco.

Lo amo.

La epifanía era aterradora. Audrey ya sabía que él le importaba, que le gustaba, pero ahora podía sentir que el amor se agitaba en su interior. Era nuevo y vulnerable, como un cervatillo aprendiendo a levantarse; pero, con el tiempo, su amor se haría fuerte.

—Audrey, ¿qué pasa? —Horatia la miraba fijamente, con los labios fruncidos por la preocupación.

Audrey casi gimió.

—Algo espantoso.

—Audrey, me estás preocupando. ¿Qué pasa? —preguntó Horatia. Al oír su angustia, Evan emitió un pequeño sonido desde su cuna.

—Lo amo —susurró—. Lo *amo*. Pero, ¿y si él no me ama?

La sonrisa de Horatia le recordó de nuevo a su madre.

—¿Cómo no iba a amarte? Estaría loco si no te adorara.

—¿Y si hay alguien más...?

—No hay nadie más.

La confianza de su hermana seguía sin proporcionarle tranquilidad a Audrey.

—¿Cómo puedes estar segura?

—Lucien y los demás lo sabrían. Lady Society también lo sabría. Entre la Liga y Lady, nadie puede guardar secretos en Londres durante mucho tiempo.

Audrey se mordió el labio. Su hermana aún no conocía su secreto. Quizá era el momento de decírselo.

—Puedo asegurarte, Horatia, que cuando se trata de Jonathan, Lady Society está tan ciega como yo.

Su hermana levantó una ceja.

—¿Oh?

Audrey suspiró con fuerza.

—Debería habértelo dicho hace tiempo... *yo* soy Lady Society.

Horatia jadeó.

—¿Qué? Pero esas columnas... existen desde hace años.

—Empecé a escribirlas cuando tenía quince años. Era bastante fácil recopilar cotilleos de Cedric y la Liga, y yo conocía a muchas señoras mayores que asistían a bailes y cenas. Ellas me escribían, compartiendo cotilleos y noticias, y con el tiempo aprendí en quiénes se podía confiar más, o a quién contactar si necesitaba información sobre un asunto concreto. Una de esas personas es un redactor de la *Gaceta del Monóculo de Cristal*. Ha sido bastante fácil ponerse el disfraz de Lady Society.

Horatia se rio, aunque había un matiz de preocupación en su risa.

—Oh, cielos, Cedric no debe saberlo nunca, ni ninguno de los otros. ¿Después de sacarles a la luz sus líos románticos a lo largo de los años? Querrán matarte, aunque hayas ayudado a la mitad de ellos a casarse en el proceso.

—Jonathan lo sabe, pero él no se lo ha dicho a nadie —estaba convencida de que él se llevaría ese secreto a la tumba si ella se lo pedía—. Y en cuanto a los otros, se merecían mi interferencia. Solo quedan Jonathan y Charles.

—Solo Charles —corrigió Horatia—. Porque Jonathan es ciertamente tuyo.

Antes de que cualquiera de las dos hermanas pudiera volver a hablar, llamaron a la puerta de la alcoba.

—¿Sí? —dijo Horatia.

Un lacayo se asomó al interior.

—Disculpe, mi señora, pero me han dicho que entregue un mensaje a la señorita Sheridan —su mirada se dirigió a Audrey.

Ella se bajó de la cama de inmediato.

—¿De qué se trata?

—Ha llegado un mensaje de la finca de Lord Pembroke, con malas noticias. La señorita Beaumont y Lord Pembroke acaban de marcharse.

—Oh, cielos —Audrey intercambió una mirada con su hermana—. ¿Qué pasa?

—Es la madre de su señoría. Ha caído enferma y ellos temen lo peor. Él se ha marchado para atenderla y la señorita Beaumont se ha ido con él. La señorita Beaumont me ha pedido que le diga que no se preocupe y que ella le escribirá en cuanto tenga noticias —Audrey estaba encantada de que James y Gillian estuvieran juntos, pero le entristecían las circunstancias. El lacayo le tendió una carta—. Y esto también ha llegado para usted.

—Gracias —dijo Audrey. El lacayo asintió y desapareció, cerrando la puerta. Audrey giró el papel doblado y sellado en sus manos, reconociendo el sello de cera como perteneciente a Avery Russell, uno de los hermanos menores de Lucien, el espía. El que le había estado enseñando y permitiendo que lo siguiera en tareas locales de observación.

—Vete. Hablaremos más tarde —su hermana le dio un empujón hacia la puerta. Audrey se apresuró a ir a su habitación para leer la carta.

Querida señorita Sheridan,

Espero que usted esté bien cuando reciba esta carta. Me gustaría visitarla en Londres tan pronto como usted regrese. El asunto es muy urgente. Escríbame a la dirección que figura más abajo. Confío en que el asunto se mantenga en la más estricta confidencialidad.

Avery

Audrey se aseguró de haber memorizado la dirección antes de llevar la carta al fuego de su habitación y arrojarla sobre los troncos. Las llamas alcanzaron los bordes del papel y se extendieron hasta volverlo negro. Audrey cruzó los brazos sobre el pecho, sintiéndose extrañamente preocupada. ¿Avery tenía una misión para ella? No se le ocurría ninguna otra razón para que él le escribiera.

Espero estar preparada.

Volvería a Londres esta noche y le respondería de

inmediato. Llamó a la criada y le indicó que hiciera las maletas enseguida y que le acercaran un carruaje. Ya no le preocupaba su asistencia a la fiesta. Su principal objetivo había sido reunir a James y Gillian, y parecía que lo había conseguido. No había necesidad de que se quedara.

Entonces, sus pensamientos se centraron en Jonathan. Si Avery tenía una misión para ella, entonces sus lecciones con Jonathan habían terminado verdaderamente. Ya no habría más noches deliciosas en los brazos del otro, ni caricias o besos lentos y cada vez más intensos durante el día. No más pasión. Lo que había estado creciendo entre ellos tendría que esperar hasta su regreso.

Audrey sabía lo que algunos de los otros pensaban de ella. Que todo esto era una oportunidad de aventura. Que era un juego. Pero el encuentro de su hermana con la muerte le recordó claramente que esto no era un juego. También le recordó por qué era tan importante aquello que quería hacer. Inglaterra la necesitaba, y eso debía ser lo primero.

Dejaré una nota. Si le digo a Jonathan que me voy, estoy segura de que intentará detenerme. Porque es un caballero, no importa lo que él piense. Pero si voy a ser una espía, debo hacerlo sola.

Se sentó en el escritorio de su habitación y sumergió una pluma en un frasco de tinta, colocando una nueva página frente a ella.

JONATHAN,

Esta última semana ha sido maravillosa y no deseo despe-

dirme de ella, pero ha surgido algo importante y debo partir de inmediato a Londres. Por favor, si todavía me quieres a mi regreso, entonces soy tuya.

Audrey

248

EL AMOR Y EL MATRIMONIO —SI ES QUE ERAN POSIBLES —, tendrían que esperar.

CAPÍTULO 18

—¿**S**e ha ido? ¿Qué queréis decir con que ella se ha *ido*?

Jonathan echaba furioso. Lucien y Charles estaban sentados en el salón, Lucien con su ejemplar del *Morning Post* y Charles con una novela y una taza de té. Ambos lucían increíblemente tontos y hogareños, lo que hizo que Jonathan quisiera bramar como un oso. Audrey se había escapado y a ninguno de los dos parecía importarle lo más mínimo. ¿Qué les pasaba?

—Ella le ha dicho a Horatia que una amiga le ha escrito, alguien que buscaba consejo sobre su ajuar, y que el sentido de la moda de Audrey era muy necesario —Lucien buscó en su chaleco y sacó una carta—. Ella ha dejado esto para ti.

Jonathan cogió el papel y lo desdobló para leerlo. Decía que ella se había ido a Londres, pero no había dado ninguna razón. ¿Y se suponía que debía creer lo que decía Lucien? Pues bien, no se lo creía. Sí, la diablilla era amante de la ropa, pero ¿huir de una fiesta en casa, *de él*, para ver un tonto vestido de novia? Se había acercado demasiado a ella en los últimos días. Su intimidad compartida era algo más que miradas y besos encendidos; ellos hablaban de la vida, de lo que querían en su futuro. Se había enamorado aún más de la mujer, y perderla ahora...

¿Ha huido de mí?

¿Él había ido demasiado rápido? ¿Presionado demasiado? Él no había exigido que hicieran el amor por completo, ni ella lo había propuesto. Seguían dentro de un juego de dudas, pero ahora ella se había ido.

Jonathan se paseó a lo largo del piso.

—Sabéis muy bien que ella no ha vuelto a Londres por un vestido.

Lucien levantó una ceja oscura.

—Cuidado, o harás un camino de agujeros en las alfombras. A Horatia le gusta demasiado esa alfombra. Resulta que, estos días, el rojo es nuestro color favorito —Lucien se rio de alguna broma íntima.

Jonathan se detuvo en seco y los miró a los dos.

—¿Qué os pasa? Los dos os habéis vuelto tan malditamente... *aburridos*. Los antiguos Lucien y Charles se habrían lanzado a descubrir en qué problema se encontraba Audrey y habrían luchado por salvarla.

Sus dos amigos lo miraron fijamente, adoptando una expresión de enfado y ofensa. Pero, entonces, Charles dejó su taza de té y suspiró.

—Por mucho que me duela admitirlo, Lucien, él no se equivoca. Nos estamos ablandando. Tengo la tarde libre. Vamos a rescatar a la diablilla —se levantó y esperó a que Lucien hiciera lo mismo.

—Por muy *aburrido* que esto me haga parecer, me temo que no podré acompañaros —Lucien dejó a un lado su periódico—. Os deseo suerte, pero no puedo dejar a Horatia ni al bebé. Lo haría en cualquier otro momento, pero Evan es aún demasiado frágil.

Durante un segundo, nadie habló, y Jonathan volvió a tener esa sensación de que la Liga se estaba fracturando, de que los lazos que antes los unían con fuerza estaban empezando a ceder. Con ello, una sensación de fatalidad inminente le heló la sangre.

Si no podemos permanecer juntos, todos caeremos.

La puerta del estudio de Lucien se abrió con un chirrido y Horatia apareció en el umbral, con la barbilla en alto y un bebé en brazos.

—Evan no es frágil, mi amor, cada día es más fuerte. Y tú vas a ir a por Audrey —dio unas suaves palmaditas en la parte inferior de su bulto, adentrándose en la habitación y haciéndolo rebotar.

Lucien se levantó, con la cara enrojecida por el rubor.

—No voy a dejarte, no tan pronto —se acercó a ella, rodeándola con sus brazos y al bebé.

—Evan está bien, al igual que yo. Audrey, en cambio, es casi seguro que no lo esté —Horatia pareció dudar y luego se aclaró la garganta—. No me creí su historia. Ella ha estado intentando jugar el papel de espía, y me temo que la carta que recibió tenía que ver con esos deseos. Quemó la carta justo después, algo que nunca hace. Y esa mirada en su rostro, miedo y emoción. No era la mirada de alguien que está a punto de ir de compras.

—¿Espía? —los ojos color avellana de Lucien se oscurecieron, y Jonathan percibió la tormenta que se avecinaba allí, pero Lucien no estaba enfadado con su mujer. Estaba enfadado consigo mismo.

—Pensé que las lecciones eran lo suficientemente inofensivas —continuó Horatia—. Pero si Jonathan está preocupado, entonces yo también lo estoy. Necesito que vayas a por ella. Sé el hombre con el que me casé, el pícaro que se enfrenta al peligro sin importar los riesgos.

El rostro de Lucien se endureció, y Jonathan vio allí al hombre que había sido una vez, el hombre que se había batido en duelo con su propio amigo el día de Navidad en nombre del amor. El hombre que había arriesgado su vida al correr hacia la cabaña de un jardinero en llamas para salvar las vidas de Horatia y Cedric. Ese espíritu era la razón por la que la Liga de los Pícaros había sido alguna vez imparable. Los finos vellos de la nuca de Jonathan se erizaron cuando volvió a sentirse esperanzado.

—¿Quién diablos le ha metido esas tontas ideas en la cabeza? —musitó Lucien.

—Lamentablemente, yo la he estado alentando —confesó Charles—. Pero ella y Avery ya llevan un año en contacto. Pensé que él la mantendría entretenida y alejada de los problemas, algo más que la reunión de cotilleos a la que ella ya estaba acostumbrada.

—¿Avery? Así que eso es lo que ella lleva haciendo con él desde hace un año, cuando vosotros tres salíais a cenas y bailes. ¡Lo mataré!

—No lo harás —interrumpió Horatia—. Si Audrey resulta herida, *yo* lo mataré.

Lucien suspiró y se hundió en su asiento.

—Audrey es un problema sin importar lo que haga. Pero si él la está convirtiendo en una espía... No. No está preparada para esas cosas. Tal vez nunca lo esté. No es la clase de mujer adecuada para... —le costó encontrar las palabras.

Jonathan asintió con la cabeza, y su preocupación aumentó. Audrey era demasiado abierta y curiosa para ser una espía, y su aspecto atraería la atención de los hombres a kilómetros de distancia. Pero, al mismo tiempo, era innegable que algo la impulsaba. Una necesidad de superarse a sí misma más allá de las expectativas de cualquiera. Y él empezaba a tener una idea de cuál era esa necesidad. Ni siquiera proponerle matrimonio le habría impedido ir tras una aventura como esta.

—Aunque me preocupa que pueda estar yendo hacia más problemas de los que puede manejar, no deberíais subestimar sus habilidades —dijo Jonathan.

Lucien soltó una risita.

—¿Una chiquilla así de linda como ella? Es lo suficientemente capaz, estoy seguro, pero no puedo imaginar lo que podría hacer sin ser descubierta.

—Ese es exactamente el problema —dijo Jonathan, mientras el momento empezaba a aclararse en su mente —. Tú no puedes imaginarlo. Ninguno de nosotros puede. ¿Cómo crees que la hace sentir eso?

Charles pareció entender, pero Lucien solo pareció más desconcertado.

—¿A qué te refieres?

—Permíteme decirlo de esta manera. ¿Te sorprendería saber que ella ha sido Lady Sociedad desde los quince años?

—¿Qué? —Lucien saltó de su asiento.

—¡Imposible! —gruñó Charles.

—Vaya, esa pequeña entrometida —dijo Lucien—. Todos esos secretos que descubrió. Todas esas cosas que dijo sobre mí... durante *años*.

—Confié en ella —musitó Charles, todavía furioso. Pero entonces, de la nada, se echó a reír—. Un momento. ¿Cómo demonios se enteró del incidente con los cisnes?

Lucien puso los ojos en blanco.

—*Todo el mundo* sabía lo de los cisnes.

—Maldita sea, ¿cómo es que todo el mundo lo sabe?

Lucien y Jonathan se encogieron de hombros. Los rumores de las hazañas de Charles siempre llegaban a los oídos de la sociedad londinense, en parte porque él no podía evitar compartir fragmentos de sus aventuras más infames con amigos externos a la Liga. Sin duda, se creía inteligente al no dar nunca a nadie la historia completa, pero cuando la gente compartía sus detalles individuales con los demás...

Lucien sacudió la cabeza.

—Bueno, debo admitir que si ella pudo guardar un secreto así durante tanto tiempo, y tener los recursos para reunir tanto conocimiento sobre la sociedad londinense, podría estar hecha para ser una espía después de todo.

—Sea como sea, es probable que esté en problemas, y no quiero que resulte herida —dijo Horatia—. Los tres partiréis a Londres esta noche.

—¿Cómo sabemos siquiera que ella está en peligro mortal? —exigió Charles—. ¿Y si solo se ha escapado para ser la acompañante de Avery en un baile?

Horatia suspiró.

—Charles, querido, ¿Avery alguna vez va a los bailes? ¿Excepto para interrumpirlos? En su último baile intervino para recuperar a Zehra Darzi de manos de Lawrence y devolverla a Persia. Él no va a los bailes por diversión, y por lo que tengo entendido, no hace gran parte de su "trabajo" en Londres. Casi siempre viaja fuera del país.

—¿Cómo diablos sabes eso? —preguntó Lucien a su mujer.

Ella puso los ojos en blanco.

—Vosotros, los hombres, olvidáis que las mujeres fuimos y seguimos siendo las primeras y mejores espías. Los hombres nos ignoran con frecuencia, si no completamente. He escuchado bastantes cosas que no debería haber escuchado simplemente porque los hombres no creen que las mujeres tengan oídos para escuchar. Para ellos solo somos tontos trozos de muselina.

Charles miró culpablemente al suelo.

—Eso es tristemente cierto. Me he dado cuenta más de una vez de que las mujeres suelen ser tratadas como tontos infantes —miró a Lucien—. Si Horatia cree que esto es grave, no hay inconveniente en ir ahora y averiguar qué tipo de problema puede ser. Si ellos están bien, podemos volver a la fiesta de la casa aquí y solo perder un día.

—Excelente. Entonces, está decidido —Horatia siguió haciendo rebotar al bebé y luego se lo entregó a

Lucien—. Despídete de tu hijo. Bésalo y luego ve a hacer las maletas. *Todos vosotros* —añadió, dirigiéndose a Charles y Jonathan.

Charles hizo una reverencia de cortesía a Horatia, como si estuviera aceptando la orden de una reina. Jonathan no necesitaba ser convencido. Lucien sostuvo a Evan y le besó la frente antes de devolvérselo. Luego besó a su esposa con intensidad, dejándola con los ojos soñadores. Un atisbo de envidia sacudió el corazón a Jonathan. Quería esa felicidad hogareña con Audrey, pero ella seguía huyendo de él. Esta vez, sin embargo, ella podría haber corrido demasiado lejos y demasiado rápido.

—Asegúrate de que ella esté a salvo, mi amor —susurró Horatia.

—Lo haré —juró Lucien, y luego asintió con la cabeza en dirección a Charles y Jonathan—. Vamos.

Los tres se fueron a hacer los preparativos. La Liga de Pícaros iba a rescatar a Lady Society, de ella misma si era necesario.

⚜

AUDREY BAJÓ DEL CARRUAJE Y CONTEMPLÓ EL TEATRO de Covent Garden. Temblaba por el ligero frío del aire nocturno. Su vestido de satén rojo con encaje negro era un diseño atrevido con un escote pronunciado, pero era bastante adecuado para la obra de esta noche, que había oído que era terriblemente obscena. Dada la clase de gente que ya la rodeaba mientras se acercaba al teatro, no cabía duda de que habría una multitud ruidosa.

Damas y caballeros llenaban la zona, algunos con ropas finas, otros con atuendos más escandalosos.

—¿Lista? —Avery Russell la cogió de la mano, acompañándola escaleras arriba. El corazón le dio un vuelco y los nervios la hicieron sentir un poco enferma del estómago. Esta noche iba a conocer a un hombre que, según Avery, los acompañaría en su misión secreta en Francia. Por enésima vez aquella noche, había deseado que Jonathan estuviera aquí. Confiaba en Avery, confiaba en sí misma, pero no podía evitar el miedo que le producía ser puesta a prueba por primera vez.

—Creo que sí —dejó que la guiara al interior. Las mujeres la miraron con envidia, lo cual no era una sorpresa. Iba del brazo de un pelirrojo muy bien vestido que le hacía la competencia a su hermano mayor en el terreno de la buena apariencia.

El elegante interior del teatro estaba diseñado para impresionar. Había sido una niña cuando el anterior teatro fue destruido en un incendio. El Príncipe de Gales y otros ricos benefactores habían donado fondos para reconstruir el teatro, y el resultado era realmente grandioso. Audrey había estado aquí antes, pero no lo había visto a través de los ojos de una mujer en preparación para una misión de espionaje.

Ahora le parecía que cada detalle destacaba. El vestíbulo por le que ella y Avery entraron tenía una escalera que ascendía entre dos filas de columnas. Entre cada columna colgaba una lámpara griega, cuya luz iluminaba a la multitud reunida en la parte de abajo. Audrey estuvo a punto de caer sobre Avery mientras hombres y mujeres se movían a su alrededor. Esta noche habría una obra popular, y probablemente mucha gente los vería, cosa que Avery le había dicho que era su intención. Cuando ella le había pedido que le explicara la razón, él había fruncido los labios y le había dicho que sólo se lo diría cuando estuvieran a salvo a la salida del teatro.

Al subir las escaleras, pasaron por delante de varias pilastras y pronto se encontraron cara a cara con una estatua de Shakespeare. La estatua estaba completamente ataviada con ropas de su época, y sostenía un rollo de papel en la mano, pareciendo más un abogado que un poeta. Avery la acompañó a un palco de nivel inferior; el recoveco semicircular estaba lleno de cuadros de varias obras de Shakespeare en relieve.

Audrey se acercó a la parte delantera del palco, dejando caer su chal negro alrededor de los codos mientras se inclinaba sobre el borde para estudiar al público debajo de ella. Desde su posición, podía admirar las flores doradas con grecas que recorrían cada palco del teatro. Los candelabros de cristal tallado colgaban sobre los pilares que los separaban, proyectando rayos dorados sobre el enorme teatro.

—Esto es magnífico, ¿verdad? —dijo Avery cuando se unió a ella en el borde del palco.

—Lo es. He estado aquí varias veces desde mi debut, pero nunca me canso de verlo —el escenario se extendía frente a ellos, profundo y ancho, permitiendo a los actores moverse, así como un amplio espacio para que la elaborada escenografía se trasladara como telón de fondo.

Los sonidos de la multitud en el fondo del teatro resonaban en las paredes, y una fragancia a cítricos permanecía en el aire. Las mujeres jóvenes de las galerías y de la platea transmitían mensajes entre los espectadores y vendían naranjas. Por lo general, la fruta servía de golosina para los asistentes al teatro, pero a veces la comida era arrojada al escenario junto con palos y manzanas si el actor era malo. A Audrey nunca le gustó que le arrojaran naranjas a nadie, pero eso ocurría.

—¿Por qué no te sientas y yo me encargo de nuestro invitado? —Avery la acompañó hasta el trío de sillas del palco. Ella se ajustó las faldas y se sentó. Avery desapareció y Audrey intentó preparar sus nervios. Deseaba saber algo sobre el hombre que iba a conocer, pero Avery le había dicho muy poco.

Sé valiente. Puedes hacer esto. Avery no te habría traído aquí esta noche si no creyera que estás preparada. Y sabes cómo protegerte, gracias a las lecciones de Jonathan. No estás indefensa.

Se giró cuando oyó que se abría la puerta de su palco. Avery regresó, seguido de un hombre alto y apuesto, de pelo oscuro y ojos marrones.

—Señorita Sheridan, permítame presentarle al señor Daniel Sheffield.

El hombre se inclinó sobre su mano y le dio un suave beso en los nudillos.

—Un placer —su mirada la recorrió con cierta intensidad.

—Lo mismo digo —ella miró entre él y Avery, y ambos hombres se sentaron. Esperaron en silencio a que empezara la obra. Una vez que comenzó, la multitud se distrajo lo suficiente como para que los hombres se inclinaran hacia ella y comenzaran su conversación.

—Nuestro viaje a Francia será sencillo —susurró Avery—. Hay un grupo de ingleses que planean reunirse en la costa de Calais. Se han preparado identidades falsas y se han enviado mensajes que nos acreditan. Nos infiltraremos entre los reformistas para saber qué traman, si es que traman algo. Luego, si es necesario, nos trasladaremos a París y determinaremos si tienen algún apoyo político poderoso en la sociedad francesa. Ahí es donde usted entra, señorita Sheridan.

—¿Y qué debo hacer? —Audrey tuvo cuidado de no mirar a Avery, y levantó su abanico, pasándoselo ligeramente por la cara para ocultar sus labios en caso de que estuvieran siendo observados.

—Te harás pasar por la prometida del señor Sheffield, bajo un alias, por supuesto. Los dos actuarán como aristócratas ingleses autoexiliados que se identifican más con los ideales de Francia que con los de Inglaterra. Tenéis que ganaros la confianza de la corte francesa para que discutan libremente con vosotros cualquier actividad que amenace a Inglaterra.

Audrey se paralizó, con su abanico revoloteando sobre su rostro.

—¿Su prometida? —se preguntó qué pasaría si la noticia de algo así llegaba a Londres. Incluso bajo un alias, una podía ser reconocida. ¿Qué pensaría Jonathan de ella? Sin embargo, supuso que el objetivo de su misión era *no* ser reconocidos. Hubo un momento de silencio en el palco, únicamente interrumpido por el odioso sonido de un actor en el escenario entonando una canción subidita de tono que provocó los vítores del público.

—No tienes que preocuparte —respondió Avery—.

La noticia de tales acontecimientos no está destinada a llegar a oídos del público. Tu alias protegerá tu reputación aquí en Inglaterra. Pero no puedes viajar sola; eso suscitaría demasiadas preguntas. Una pareja de recién casados no levantará ninguna sospecha.

—No tema, señorita Sheridan. Mantendré el más estricto sentido del decoro —le aseguró Daniel.

—Gracias, señor Sheffield —susurró ella, con la esperanza de asegurarle que no se sentía desanimada por esta novedad. Pero no pudo evitar sentir que algo no encajaba, no solo con la misión, sino con la forma en que sus ojos oscuros la estudiaban, como si él estuviera más familiarizado con ella de lo que debería. Pero esa no era su única preocupación—. Puede que yo sea nueva en cuanto a los métodos de su departamento, pero ¿por qué los reformistas son importantes para Inglaterra? Es un problema de Francia, no nuestro, y no puedo imaginar que sea por un sentido de caridad o buena voluntad.

Los dos hombres intercambiaron una mirada, e incluso esbozaron una sonrisa. Ella no tenía ni idea de si era por diversión o por aprecio profesional.

—Tienes mucha razón, Audrey —dijo Avery—. Pero las relaciones internacionales pueden ser un asunto complejo. Por ejemplo, comerciamos mucho con ellos, y la inestabilidad política podría alterar eso.

—Además, hay ciertas formas de inestabilidad que son... contagiosas —añadió Sheffield—. Lo último que quiere Inglaterra es una revolución.

Audrey asintió en señal de comprensión.

—Muy bien entonces —dijo Avery—. Partimos mañana por la mañana. El *Lady's Splendor* zarpará a mediodía. Traed un baúl con la ropa que necesitéis, así como cualquier otra cosa que requiráis

—El *Lady's Splendor* —repitió el nombre del barco. Una parte de Audrey no podía creer que esto estuviera sucediendo. Iría a Francia en una verdadera misión de espionaje.

Se quedó durante el resto de la obra, al igual que los demás, pero su mente estaba a kilómetros de distancia. ¿Qué estaba haciendo Jonathan ahora? ¿Le había importado en absoluto que ella hubiera abandonado la fiesta? Una parte de ella se preocupaba por haber cubierto demasiado bien sus huellas. Le había dicho a todo el mundo que se había ido para ayudar a elegir el vestido de novia de una amiga, algo que sin duda haría, pero ¿Jonathan se lo creería? ¿O se sorprendería de que ella se hubiera ido después de todo lo que había pasado entre ellos? Deseaba que él, y no el señor Sheffield, fuera el hombre con el que debía fingir un matrimonio. Audrey no quería pensar en lo que pasaría si algo salía mal en esta misión. Ninguno de sus familiares o amigos se enteraría de lo que le había ocurrido hasta que fuera demasiado tarde.

Esto es lo que querías, ¿recuerdas? Servir a tu país. Hacer algo más importante que escribir columnas de sociedad. Marcar la diferencia. Crecer.

Sin embargo, todo lo que podía pensar era que quería estar de nuevo con Jonathan, con su familia, y planeando su próximo artículo de Lady Society. Pero tenía demasiado miedo para rendirse y marcharse ahora.

Miró al escenario, a los actores que recitaban sus líneas, viviendo vidas diferentes dos veces al día durante unas dos horas. En cierto modo, lo que ella iba a hacer no era diferente, solo que no había ensayos, y la noche del estreno tendría que salir bien. De lo contrario, el público le haría algo más que tirar fruta.

Después de la obra, Avery la acompañó a casa. Audrey hizo que una criada del piso de arriba la ayudara a empacar un baúl de ropa con instrucciones de llevarlo al muelle a las once de la mañana del día siguiente. Guardaron un guardarropa adecuado para una inglesa recién casada que preferiría la moda francesa a la de su propio país. Eso la ayudaría con los aristócratas franceses con los que se cruzaran.

Se puso su camisón favorito y se cubrió con una cómoda bata antes de sentarse en una silla para poder leer junto al fuego. Durante la fiesta de la casa, ella y Jonathan se habían sentado uno al lado del otro, leyendo hasta bien entrada la noche antes de irse finalmente a la cama. Cómo lo echaba de menos. Se sentía vacía sin él a su lado, mientras Jonathan pasaba las páginas de su propio libro y deslizaba las puntas de los dedos por el brazo de Audrey en dulces caricias mientras estaban sentados acurrucados en la cama.

Oyó una conmoción en el pasillo y se preguntó qué era lo que ocurría.

—¡Señor! ¡No debe entrar ahí! ¡Ella no está recibiendo visitas! —gritó el mayordomo. Un segundo después, la puerta de su alcoba se abrió de golpe.

El vengativo y hermoso rostro de Jonathan apareció frente a ella, jadeando. Dos lacayos lo sujetaban de los brazos, intentando retenerlo. En lugar de preocuparla, eso la excitó. Él era imparable.

Si había alguna duda en su mente sobre sus sentimientos, verlo aquí, con los lacayos colgando de sus brazos, las disipó.

—Haz que estos tontos se vayan para que tú y yo podamos hablar en privado.

—Por favor, soltadlo. No pasa nada.

—¿Está segura, señorita? —preguntó el que colgaba de su brazo derecho—. Él parece un poco molesto.

Audrey dejó su libro a un lado y se levantó de la silla.

—Estoy segura. Es un asunto privado, pero yo no estoy en peligro —soltaron a Jonathan, pero ambos le dedicaron una mirada severa.

—Diga la palabra, señorita, y lo echaremos —dijo el más valiente de los jóvenes, aunque no parecía confiar en su capacidad para cumplir esa promesa.

—Gracias, pero no será necesario —les aseguró ella. Tras esperar unos segundos a que Jonathan dejara de echar humo, los dos hombres salieron finalmente de la habitación.

Jonathan se enderezó el abrigo, que casi le había arrancado durante el forcejeo, y luego entró a paso firme, cerrando la puerta tras de sí. La energía que se estaba creando entre ellos solo pareció intensificarse ahora que estaban solos. Audrey volvió a su silla, intentando mantener la calma y no demostrarle lo contenta que estaba por su presencia.

—¿No se supone que estás ayudando a una joven a comprar un ajuar de boda? —preguntó él en voz baja. Sus ojos verdes brillaban, y sus sensuales labios dibujaban una línea firme.

—No seas tonto. Claramente, es demasiado tarde

para ir de compras. ¿No deberías estar en una fiesta de casa en Kent? —replicó ella con indiferencia y cerró el libro que tenía en el regazo, dejándolo a un lado.

—Mi razón para asistir pareció haberse desvanecido —se quitó el abrigo y se sentó cerca de ella, apoyando los codos en las rodillas mientras la miraba. El hecho de volver a estar tan cerca de él casi le produjo vértigo, sobre todo por la forma en que la miraba, como si quisiera comérsela de la forma más pecaminosa posible —. Dime, ¿qué estás tramando? Y no inventes esa historia de ayudar a una mujer a encontrar un ajuar. Las mentiras no son propias de ti.

Audrey se mordió el labio. Lo último que quería hacer era contarle la verdad. Jonathan no la dejaría ir a Francia. Pero él también tenía razón. Ella no podía mentirle; por eso había escrito la nota y se había escabullido antes de que él pudiera detenerla. De haber visto la verdad en su rostro, Jonathan habría encontrado la manera de hacer que se quedara y olvidara sus promesas hacía sí misma sobre convertirse en algo más.

Audrey enredó distraídamente los dedos en la tela de su vestido.

—Si te lo digo, te enfadarás, y prefiero no tener que lidiar con tu furia en este momento —cogió su té y le dio un sorbo mientras evitaba mirarlo directamente.

—Lo único que me molesta es que pongas tu vida en peligro —lo dijo lenta y deliberadamente, como si estuviera descifrando su engaño—. Eso significa que debes estar tramando algo arriesgado. ¿Es esa tontería del espionaje?

Audrey regresó su taza de té a su platillo con un

golpe, mientras la ira aumentaba rápida y fuertemente en su interior.

—No es una tontería.

—Lo es —Jonathan se levantó bruscamente y empezó a caminar delante de ella—. Es una tontería peligrosa y estúpida.

Ella saltó hacia él.

—¿Porque soy una mujer?

—No —Jonathan se alzó sobre ella, con las manos en las caderas—. Porque no has sido entrenada adecuadamente. Hombres como Avery Russell han pasado *años* aprendiendo el arte del espionaje. Tú no.

—He sido entrenada *por* Avery Russell. Si él cree que estoy preparada, ¿quién eres tú para negarlo?

—¡Porque podrías hacer que te mataran!

Los ojos de Audrey ardían con lágrimas. No estaba preparada, ¿verdad? En ese momento, odió a Jonathan, lo odió por tener razón y lo odió por destrozar sus sueños. No, peor aún, por destrozar su confianza en sí misma.

—No te importo, así que ¿por qué no dejas que me vaya y me maten? —le gritó, conteniendo lágrimas.

Jonathan la cogió de las muñecas y la sacudió.

—¡Por Dios, mujer, me vuelves jodidamente loco! —se agachó, se la echó al hombro y la llevó a la cama. Audrey jadeó mientras intentaba estabilizarse sobre su espalda y soltarse. No funcionó. La dejó caer sobre la cama. Durante un segundo, se miraron fijamente, ambos jadeando, antes de que Jonathan sujetara los bordes de su bata y la abriera de un tirón, dejándola solo en camisón. Audrey se retorció cuando él se lo quitó, y luego se arrastró más hacia el centro de la cama.

—¿Qué estás haciendo? —preguntó ella, pero lo sabía. Cualquier mujer lo sabría. Finalmente, él estaba actuando como ella quería, como un hombre que tenía que reclamarla.

—Estoy demostrando que me importas. ¿Te opones? —espetó Jonathan. Su pelo rubio le caía sobre los ojos mientras buscaba los botones de su chaleco de seda verde.

¿Oponerse? No, ella se opondría si él se detuviera.

En lugar de responderle con palabras, Audrey se incorporó sobre sus rodillas y cogió el chaleco por la parte superior, donde empezaban los botones, y dio un tirón, rompiendo la tela y esparciendo los botones por el suelo.

—Tomaré eso como un no.

Jonathan la aplastó contra su pecho, y Audrey liberó sus manos para aferrarlas a su pelo, tirando de los mechones mientras sus bocas se fusionaban en una mezcla de ira y pasión. Una necesidad cruda y salvaje fluyó entre ellos. Gimió contra Audrey cuando ella le clavó las uñas en la nuca y él sostuvo su cuerpo cerca, con sus grandes manos estrujando sus nalgas con fuerza; el susurro de dolor y el grito de placer eran demasiado exquisitos para las palabras.

Audrey no podía acercarse lo suficiente a él, no se cansaba del sabor de su beso, que la hacía gemir. Se trataba de una desesperada danza carnal que ella no quería que cesara. El calor se acumulaba intensamente en su abdomen mientras se entregaba a la oleada de deseo salvaje que la dominaba.

Su beso terminó cuando Jonathan se quitó el chaleco

y se sacó la camisa del pantalón, tirando de ella por encima de su cabeza. Audrey se tocó los labios con el dorso de la mano, respirando lo suficientemente fuerte como para no oír nada más que el rugido de su sangre en sus oídos. Él quedó frente a ella con el pecho desnudo, y Audrey retrocedió más en la cama. Ella sabía lo que quería. A él. Y sabía cómo conseguirlo. Se lamió los labios, sin importarle que la habitación se sintiera repentinamente demasiado caliente. Eso solo iba a aumentar.

—Coge lo que quieras, *si* puedes —desafió Audrey, con su cuerpo zumbando con un hambre violenta. Solo este hombre podía provocar en ella una respuesta tan salvaje. Lo *quería* a él, y quería arrastrar sus uñas por su espalda y morderlo como un gato salvaje.

Jonathan se deshizo de la solapa de la parte delantera de sus pantalones y levantó a Audrey en la cama para que estuviera cerca de él, con las caras separadas por unos centímetros. Luego le abrió las piernas y le subió el camisón. Ella se aferró a sus hombros, con los ojos clavados en los suyos, mientras él la levantaba. Inhaló con fuerza ante la repentina sensación de Jonathan presionando en su centro.

—¿Estás segura? —su voz era dura, ronca.

—S-sí.

La penetró y sintió como si hubiera sido atravesada por un atizador calientes. Chilló e intentó relajarse. El fuego de su interior no tardó en invadirla, y lo único en lo que podía pensar era en lo bien que se sentía él y en lo mucho que lo quería dentro de ella. Quería reclamar cada centímetro de él. Su boca buscó la de Jonathan, y sus anchos hombros subieron y bajaron mientras seguía sosteniéndola. Rodeó las estrechas caderas de Jonathan con sus piernas, manteniéndolo contra ella.

Ese aroma oscuro y exótico que era exclusivamente suyo la envolvió. La urgencia de sus labios no le permitía pensar en nada más que en lo bien que se sentía y en la caliente sensación de estar completamente llena por él. Audrey nunca se había sentido tan cerca de nadie en toda su vida. Estaban unidos. La sangre bailaba por sus venas mientras su corazón se llenaba de un torrente de emociones, demasiadas para poderlas analizar. Jonathan la levantó y su miembro salió de su cuerpo, pero antes de que ella pudiera protestar, volvió a introducirlo.

De repente, Audrey sintió que caía, con el suave colchón de plumas atrapándola mientras él la dejaba caer sobre la cama y se colocaba sobre ella. Jonathan le cogió las manos y las clavó en la cama a ambos lados de su cabeza, entrelazando sus dedos con los de ella. El cuerpo de Audrey temblaba con un fuego interior mientras él la penetraba una y otra vez, a veces con fuerza y rapidez, otras con lentitud y suavidad. Era como si él estuviera liberando una parte de ella que estaba enjaulada, de una manera que Audrey no comprendía del todo. Eran carne contra carne, hombre y mujer, compartiendo un placer que crecía como una hoguera. El mundo giró a su alrededor y Audrey chilló, echando la cabeza hacia atrás.

—Audrey —Jonathan jadeó contra sus labios mientras se ponía rígido sobre ella. Abrió los ojos cuando él bajó la mirada hacia ella, y supo que lo amaba, que nunca amaría a otro, pasara lo que pasara. Él había despertado no solo su cuerpo, sino también su corazón y su alma. Y en ese momento, ella vio lo mismo en sus ojos.

Él se preocupa. De verdad.

En la penumbra de la habitación, los ojos de él cambiaron a un verde color musgo oscuro, despertando en ella el recuerdo de aquella tarde en el barco después de pescar y besarse. Audrey había señalado las espaldas marrones moteadas de los sapos que saltaban de las rocas musgosas, riéndose de las pequeñas salpicaduras que hacían antes de desaparecer en el agua. Aquel día soleado había estado lleno de magia silenciosa y alegre, y Jonathan lo había compartido todo con ella. Ahora estaban atrapados en otro hechizo, diferente pero igual de profundo en su intimidad.

Audrey liberó una de sus manos capturadas por las de Jonathan para deslizar los dedos a lo largo de su mandíbula hasta su cabello, apartándolo de sus ojos.

—¿Cómo es que eres tan hermoso? —le preguntó en voz baja.

—¿Yo? Tú eres la hermosa —se inclinó hacia abajo, robándole un beso lento y deliciosamente dulce que provocó un dolor en su corazón—. Audrey... Déjame preguntarte una cosa, por favor.

El pecho de Audrey se inundó de pánico e intentó alejarse de Jonathan, pero él la mantuvo debajo de su cuerpo.

—Hubiera deseado hacer esto como es debido, pero parece que nunca tendré la oportunidad a menos que te tenga debajo de mí y saciada de placer —su tono sonaba medio frustrado, medio divertido.

—Por favor...

—Calla, diablilla —los labios de Jonathan se curvaron en una sonrisa infantil.

—Entonces, ¿qué...?

—¿Alguna *vez* te callarás? Dios, mujer, deja que un hombre hable, o no podrá proponerte matrimonio.

La conmoción la atravesó.

—¿Proponerme matrimonio?

¿Se estaba burlando de ella? Seguramente, él no podía estar hablando en serio,

—Sí. Me arrodillaría, pero parecería un poco tonto con los pantalones en los tobillos.

—Oh, no sé. Podrías verte muy atractivo —no pudo resistirse a burlarse de él, pero su mente seguía acelerada. ¿Él hablaba en serio?

—Nunca vas a ser fácil, ¿verdad? —incapaz de pensar en un comentario ingenioso, Audrey se limitó a negar con la cabeza—. Bien. Me gusta lo complicado —Jonathan la besó una y otra vez, tantas veces que a ella le costó formar palabras.

—¿Quieres que te responda?

—No. Dijiste que cogiera lo que quisiera, y lo he hecho. Tú como mi esposa. Todo lo que tengo que hacer es verlo finalizado con una ceremonia y un papeleo muy aburrido con testigos —se levantó y salió de ella. Al principio, Audrey esperaba que se fuera, pero Jonathan se limitó a terminar de despojarse del resto de la ropa. Luego la arropó entre las sábanas y se metió en la cama con ella. Se acurrucó inmediatamente junto a él. La última semana se había acostumbrado a dormir junto a él, pero esta noche sería diferente. Le robaba las sábanas con frecuencia, pero también era muy cálido, Audrey solo tenía que acurrucarse a su lado y él era como un fuego en la chimenea por sí solo.

—¿Apagamos las velas? —Audrey esperaba que Jonathan dijera que no, porque no quería que él se moviera.

Jonathan le besó la parte superior de la cabeza.

—Deja que ardan un poco más.

—¿De verdad no quieres que responda a tu propuesta?

—No quiero darte ninguna oportunidad de decirme que no. Hablaremos de los planes de boda por la mañana.

La sonrisa de Audrey vaciló al recordar que tenía otros planes por la mañana. Otros deberes. Unos que la llevarían lejos, a Francia, lejos de él. Nunca podría decírselo.

Es posible que él sienta que he traicionado su confianza. Pero si no voy, nunca sabré de lo que soy capaz. No seré simplemente la esposa de un hombre.

Audrey tenía que saber si podía ser algo más que una fina dama inglesa. Quería mostrarse a sí misma, al mundo, que ella, Audrey Sheridan, no era una criatura obsesionada con las capotas y la última edición de *La Belle Assemblée.*

Soy más que eso. Somos más que eso. Una mujer puede ser lo que se proponga.

Cerró los ojos, aferrándose a Jonathan e intentando impregnar todo lo de esta noche en su mente, por si no volvía a suceder.

Por una noche, él ha sido mío. Al menos tendré eso.

CAPÍTULO 19

Jonathan se estiró, sintiéndose a gusto por primera vez desde que tenía uso de razón. Una sonrisa se dibujó en sus labios, y *todo* tenía que ver con la noche anterior. Acostarse por fin con Audrey y decirle que iban a casarse había sido un sueño que nunca había creído posible. Sin embargo, había sucedido, y ella no había dicho que no. Cada momento de la noche anterior había sido una victoria que llevaba un año en preparación. Se puso de lado, pero cuando buscó a Audrey, ella ya no estaba.

¿Qué demonios?

Se incorporó, se apartó el pelo de los ojos y se dio cuenta, con una sensación de hundimiento, de que la habitación estaba vacía. ¿Ella simplemente había salido por un momento? ¿Había atendido sus necesidades? Sí, era posible.

—¿Audrey? —llamó. Solo le respondió el silencio.

Miró alrededor de la habitación; no quedaba ni una prenda de ropa. Ni siquiera una nota esta vez.

Su diablilla lo había abandonado. La vergüenza lo atravesó, y le costó tragar más allá del dolor.

¿Cometí errores anoche? ¿La presioné demasiado y demasiado rápido? ¿Y si no había estado preparada para hacer el amor, y ahora se arrepentía de sus actos? Audrey era lo suficientemente valiente como para fingir, pero Jonathan esperaba por Dios que no lo hubiera hecho.

Lo que sea que yo haya hecho, la molestó, y ahora ha huido. He destruido mis oportunidades con ella... otra vez.

Todos los sueños en los que había depositado sus esperanzas en el último año temblaban como el rocío en las hojas de hierba, listos para caer a la tierra y hundirse en el olvido. El vacío en su pecho casi lo ahogó. Cerró los ojos durante un minuto, obligándose a respirar profundamente.

Quería dártelo todo, Audrey, pero tú no me has querido.

Se deslizó fuera de la cama y recogió su ropa. Las manos le temblaron al recoger cada uno de los botones arrancados de su chaleco la noche anterior.

Por primera vez en su vida, conoció verdaderamente la vergüenza y la humillación, y eso que había crecido como un maldito sirviente en su propia casa. La había lastimado o molestado, y la había perdido. Cada vez estaba más convencido de que había presumido demasiado, presionado demasiado, y lo único que sentía era arrepentimiento. Menudo caballero. Al parecer, anoche había sido un cabrón, solo que él no lo había visto.

Jonathan se puso las botas. Estaba listo para irse y no

volver nunca más cuando la puerta se abrió y Sean Hartley entró, primer lacayo de la casa Sheridan.

—Gracias a Dios que todavía estás aquí.

—No por mucho tiempo —gruñó Jonathan. Sean y él eran viejos amigos y nunca habían sido muy ceremoniosos, incluso después de que Jonathan ascendiera a la categoría de caballero. Un estatus que ya no creía merecer.

—Tienes que ir tras ella.

—Ciertamente no lo haré. Lo que sea que yo haya hecho la ha molestado, y me temo que me merezco cualquier desprecio que ella tenga para mí en este momento. Si quisiera verme, se habría quedado aquí.

Sean se cruzó de brazos.

—Jon, te conozco, y lo que es más importante, la conozco a ella. No hiciste nada para molestarla. Ella no se fue por algo que tú hiciste. Se marchó para abordar un barco con destino a Francia con Avery Russell.

Jonathan se detuvo a mitad del proceso de anudarse el pañuelo.

—¿Qué? ¿Por qué?

—Su misión. Ella partirá hacia Francia dentro de una hora. Tienes que ir tras ella.

—¿Francia? —su corazón se detuvo. ¿Cómo había olvidado todo lo que Horatia había dicho? Anoche había estado tan concentrado en acostarse con Audrey que no se había detenido a pensar con lógica y, después, todos los pensamientos se habían esfumado.

—Anoche dio instrucciones al personal para que le prepararan un baúl y llamaran a un carruaje por la mañana para que la llevara a los muelles.

—¿Todo eso fue antes de que yo llegara? —un atisbo de tonta esperanza se agitó en su pecho. ¿Ella no se había ido por él, sino por un algún sentido equivocado del deber?

—Sí —Sean parecía serio, pero Jonathan sonrió. *Antes* era una palabra hermosa. *Antes* significaba que lo que ella había querido decirle anoche no había sido rechazar un matrimonio con él, sino que se iba por la mañana a una misión. Si algo sabía de Audrey era que ella no dejaría que una cosa como una propuesta de matrimonio la detuviera de cualquier plan que tuviera entre manos.

—¿A qué barco se dirige?

—El *Lady's Splendor*.

—Excelente —Jonathan se tomó un momento para pensar en su siguiente paso, pero pareció que ese momento fue demasiado largo para Hartley.

—¡Pues no te quedes ahí parado! —espetó Sean—. ¡Ve a buscarla!

—Bien. Envía un mensaje a mi hermano de inmediato. Infórmale de lo que ha pasado. Con suerte, puede usar uno de los barcos de Ashton para seguirnos. Y envía un mensaje a Lonsdale y Rochester. Se suponía que iban a encontrar a Avery anoche mientras yo venía de camino aquí. Asegúrate de que todos en la Liga sepan que deben apresurarse para llegar a Calais.

Sean hizo una mueca.

—Será mejor que esta vez no vueles nada.

Jonathan bufó, pero había poco humor en ello. La última vez que había ido tras alguien en un barco, eso había terminado con él y sus amigos saltando por la borda justo antes de que explotara.

—No pienso hacerlo. Si los vientos son favorables, podríamos estar todos en suelo francés al anochecer.

—Tráela a casa sana y salva —dijo Sean, estrechando la mano de Jonathan antes de salir corriendo.

Jonathan se movió rápidamente, llamando a un coche de caballos de alquiler una vez que estuvo fuera y dando instrucciones al conductor para que lo llevara al Pool de Londres, donde podría llegar a las dársenas.

Fueron necesarios varios interminables minutos de gritos al capitán de la dársena para encontrar finalmente el lugar donde estaba atracado el *Lady's Splendor*. No era un navío grande, sino más bien una embarcación de aspecto más pequeño y veloz que los grandes cargueros que lo eclipsaban. El crujido de los mástiles de madera y el movimiento de las velas de lona se mezclaban con los gritos de los estibadores y los marineros. Jonathan esquivó con cuidado a los hombres que estaban ocupados con el embarque de contenedores y suministros. Llegó a la parte superior de la rampa de desembarco, donde encontró a un joven oficial supervisando los movimientos de carga.

—Buenos días —saludó con la cabeza al joven—. ¿Tienen alguna litera para pasajeros?

—Sí, tenemos solo unas pocas. Son dos guineas para viajar. Y necesitaré ver su documentación.

Jonathan le entregó al muchacho dos guineas y le ofreció una serie de documentos, incluido su pasaporte, que había sacado de su estudio antes de su partida.

Ashton le había enseñado a llevar siempre consigo los documentos que le daban derecho a viajar.

—Camarote cuatro, señor. ¿Trae equipaje? —el joven miró a su alrededor, esperando ver a un lacayo con una maleta de viaje.

—No. ¿Cuántos pasajeros tiene a bordo?

—Unos cuantos caballeros y una dama —el rostro del oficial enrojeció—. Una bastante linda.

—Bueno, entonces, eso debería hacer el viaje intrigante —le sonrió al muchacho y pasó de largo. Bajó a cubierta, comprobando apresuradamente los números dorados que colgaban de las puertas de los camarotes. Cuando finalmente encontró su litera, se deslizó dentro y cerró la puerta.

Tendría que permanecer oculto en la medida de lo posible. Si Audrey sospechaba que estaba a bordo, Jonathan no tenía ni idea de lo que ella haría. O de lo que él debería hacer. Si viajar a Francia y hacer de espía significaba mucho para ella, entonces la dejaría ir, pero no la dejaría ir sola. Él sería una sombra, una que la protegería de cualquier peligro, pero ella nunca podría saberlo.

Miró hacia su camarote y se sorprendió al encontrar un espacio amplio, iluminado por una ventana que daba a la cubierta. Había hileras de compartimentos a cada lado del camarote donde podía dejar sus pertenencias —si hubiera pensado en traer alguna—. La litera estaba limpia, con ropa de cama blanca. La cama estaba protegida por cortinas de brocado verde. Las apartó y se sentó, sintiendo que el barco se movía debajo de él. No estaba tan mal. Era afortunado de no ser presa del mareo con facilidad.

Al coger su reloj de bolsillo, observó que aún le quedaba media hora antes de que el barco zarpara. Escribió una nota apresurada utilizando el material de papelería de un pequeño escritorio situado en un rincón y, con cuidado, se asomó fuera de su camarote. Pasaron algunos marineros y un caballero pasajero, pero una vez que se fueron, todo pareció estar despejado. Volvió a subir a la cubierta y se encontró con el joven oficial que lo había recibido.

—¿Usted podría hacer que un grumete se encargue de entregar esto al Duque de Essex en la dirección indicada? —le entregó la carta y unos cuantos chelines.

—Por supuesto —el oficial se llevó los dedos a los labios y lanzó un silbido penetrante. Un muchacho de pies rápidos se acercó corriendo y cogió la carta y los chelines en un instante y se marchó. Jonathan regresó a su camarote y se acostó en la cama, cerrando los ojos. Sería un largo día escondiéndose aquí en su camarote hasta que llegaran a Francia. Con suerte, Godric recibiría su nota y traería ropa y dinero para varios días. No estaba en absoluto preparado para valerse por sí mismo en Francia. Su francés estaba oxidado y se limitaba sobre todo a conversaciones que era mejor guardar para las actividades de la cama. Ese era el problema de que una cortesana francesa instruyera a un hombre en la cama.

Finalmente, el barco zarpó y salió al mar. La mayoría de los barcos partían de Dover para hacer un viaje relámpago a Calais, pero, por alguna razón, Avery estaba llevando a Audrey a través de Londres. Eso añadiría horas, posiblemente incluso un día a su viaje, si los vientos no eran favorables.

Jonathan empezó a quedarse dormido. El sonido de las olas golpeando el casco de madera y los gritos de los hombres en la jarcia preparando las velas eran extrañamente reconfortantes. No supo cuánto tiempo pasó hasta que se despertó con el sonido de dos voces en el pasillo.

—Bonito pajarito, aquel —dijo una voz ronca con una carcajada—. Daría cualquier cosa por arrancarle sus plumas.

Otro hombre se rio.

—Yo haría un poco más, ¿eh?

—Quizá podamos... si conseguimos que se quede sola en su camarote cuando esos otros caballeros se hayan ido —la voz del primer hombre bajó hasta convertirse en un ronco susurro.

—¿No estás preocupado por ellos?

—Eh, ella no diría nada si supiera lo que es bueno para ella.

Sin duda, estaban hablando de Audrey. Jonathan apartó la cortina de su litera y se puso de pie, escuchando en la puerta, pero sus voces se volvieron más distantes. Abrió un poco la puerta y se concentró en los dos marineros, dos tipos corpulentos que sin duda habían pasado toda su vida en el mar. Tenía que vigilar a estos dos. Volvió a cerrar la puerta cuando nuevas voces llegaron al pasillo.

La voz de Audrey entró por la rendija de la puerta.

—Avery, no sé si me siento cómoda haciéndome pasar por la mujer del señor Sheffield.

¿Qué demonios?

—Lo entiendo —la voz de Avery era suave, pero no ofrecía a Jonathan ninguna tranquilidad—. Pero debemos seguir adelante con esto. No hay vuelta atrás. Sheffield es un tipo decente, te lo aseguro. Tenéis habitaciones separadas y él no hará nada inapropiado.

—¿Respondes por él?

—Como profesional, sí. Nunca he escuchado que él actúe en contra de sus órdenes.

—Muy bien. Creo que me retiraré a mi camarote —dijo Audrey—. Las olas son un poco... —el barco se balanceó y se sumergió al chocar contra las olas—. Son un poco excesivas para mi constitución.

—Descansa un poco. Es probable que nos quedemos a bordo al menos varias horas, posiblemente un día si los vientos no son buenos.

Audrey hizo un ruido como si estuviera enferma. Jonathan oyó sus botas cuando pasó corriendo por delante de su habitación, y luego una puerta se cerró de golpe en el pasillo.

Su pobre diablilla, la aspirante a espía, estaba mareada. Quería ir con ella, proporcionarle algún tipo de consuelo, pero se contuvo. Había prometido ser su sombra. No iría a irrumpir durante sus momentos necesarios de soledad. Audrey estaba demostrando algo, no a él o a su hermano, sino a sí misma.

Dejaré que se enfrente a esta tarea sola, al menos las partes que no le supongan un peligro mortal.

Se desplomó contra la puerta con una maldición interior cuando el barco volvía a caer fuertemente contra las aguas. Iba a ser un día largo para ambos.

❧

GODRIC ST. LAURENT ENTRÓ EN SU CASA DESPUÉS DE haber dado un agradable paseo con su mujer. Emily iba unos metros por delante de él y ya se había quitado la capota, entregándosela a un lacayo. Godric se quitó el sombrero e hizo lo mismo.

—Una carta urgente para usted, Su Excelencia —el lacayo le colocó una carta en la mano. Godric rompió el sello de cera y leyó.

—¿Qué es? —Emily se inclinó contra su cuerpo, apoyando una mano en su brazo.

—Una carta de Sean Hartley.

—¿El primer lacayo de los Sheridan?

Godric asintió y leyó la carta en voz alta.

Su Excelencia,

Mil perdones por lo directo de esta carta, pero se la envío a petición urgente del señor St. Laurent. Se encuentra a bordo del barco Lady's Splendor con salida en Londres. Está siguiendo a la señorita Sheridan, que me temo puede estar en peligro. El señor St. Laurent ha pedido que usted y Lord Lennox lo alcancen rápidamente. Él espera llegar a Calais al anochecer, si el clima lo permite. Dice que Lucien, Charles y Cedric están en Londres y deben ir también.

Su humilde servidor,

Señor Hartley

—¿Calais? —Emily respiró—. ¿Por qué demonios iría Audrey a...? —se cubrió la boca con una mano, con los ojos abiertos de miedo.

—¿Qué pasa?

—Ella debió haber ido a una misión, una misión de

espionaje, quiero decir. No ha hablado de otra cosa en los últimos meses.

—Quiere ser espía, ¿y se lo ha contado a todo el mundo? No es una forma excelente de empezar su carrera —el mordaz sarcasmo de Godric no pasó desapercibido para su esposa.

—Solo tiene diecinueve años —le recordó Emily.

—Como tú y, sin embargo, tú no harías algo tan imprudente y tonto.

Emily se encogió de hombros.

—Quizá, pero me vi obligada a madurar mucho antes que la mayoría de las chicas de su edad —ella tiró de su brazo—. ¿Qué vas a hacer?

—Tendremos que darle a Jon la ayuda que necesite. Maldita sea. Solo puedo esperar que él sepa más sobre lo que está pasando y pueda informarnos cuando lleguemos.

—¿Y hacer qué? No puedes arrastrarla de regreso a Londres, no si está trabajando para la Corona.

—No tengo intención de interferir en la misión de Audrey a menos que sea absolutamente necesario. Pero supongo que hay más en esto de lo que la carta puede transmitir. Debemos llegar a los muelles de inmediato.

—Sí, por supuesto. Deja que coja mi capota.

—No, Em, querida, debes quedarte aquí —él capturó sus manos y se las llevó a los labios para besarle suavemente los nudillos.

—Pero...

—Lo olvidas. Llevas a nuestro hijo dentro de ti. Por favor, Emily. Puedes pelear conmigo todo lo que quieras una vez que esté a salvo en casa —le cogió la cara con las manos y le dio un tierno beso en los labios.

—Tienes mucha suerte de ser apuesto —bromeó ella—. Casi siempre me olvido de que estoy enfadada contigo cuando me miras así.

Los labios de Godric se curvaron en una sonrisa torcida.

—¿Cómo te miro?

—Como si quisieras llevarme a la cama. Y si lo haces, no puedo seguir enfadada contigo.

Godric deslizó la punta del pulgar por su labio inferior.

—Cuando vuelva, pasaremos una *semana* en la cama.

Emily se inclinó hacia él, y Godric se perdió en su aroma y en la sensación de tenerla entre sus brazos.

—¿Lo prometes?

—Lo prometo.

Se dirigieron hacia las escaleras, pero la aldaba de la puerta principal sonó con fuerza detrás de ellos, sobresaltándolos. Godric se giró y encontró a un joven de pie con otra carta en la mano.

—Mensaje urgente del barco *Lady's Splendor* —dijo el muchacho—. Para ser entregado a Su Excelencia, es decir, al Duque de Essex. ¿Es usted?

—¿Otra carta? —Godric le ofreció al muchacho un chelín antes de coger la carta. Reconoció la letra como la de Jonathan y se apresuró a leerla—. Es Jon. Está escondido a bordo del barco y Audrey no sabe que está allí.

—Eso es bueno, ¿no? —preguntó Emily.

—Dice que no tiene ropa ni dinero y que debo apresurarme a encontrarlo en Calais. Él espera que haya problemas.

—Oh, querido... —Emily se dio la vuelta y se adelantó al estudio. Cuando se reunió con ella en la habitación, ya había llenado un monedero para él, que estaba puesto en la esquina de su escritorio. Ahora estaba abriendo una cómoda, sacando un puñal y una pistola.

Godric levantó una ceja.

—¿Cómo has...?

—Sé dónde está todo lo tuyo, cariño. Y no permitiré que te vayas sin estar bien preparado —agitó las armas—. Las necesitarás. Decide qué más necesitarás para prepararte. Tendré lista ropa empacada para ti y para Jonathan.

Godric cogió ambas.

—Gracias. Les escribiré a Cedric y a los demás. Todos deberían estar en Londres, excepto Ash.

—¿Alguien ha dicho mi nombre? —Ashton apareció de pie en la puerta como si un mago lo hubiera conjurado. Sus ojos brillaban con diversión.

—Gracias a Dios que estás aquí —Emily se precipitó hacia el alto barón para abrazarlo.

Ashton palmeó la espalda de Emily y miró a Godric, esperando que alguien le explicara.

—Rosalind y yo llegamos temprano, y vine a ver si deseabais cenar con nosotros, pero parece que hay algo más que tiene prioridad.

—Audrey se ha escapado a Francia con Avery, y Jonathan ha ido tras ella.

—¿Avery? ¿Por qué diablos ella...?

—Él está navegando hacia Calais, escondiéndose a bordo del barco.

Ashton frunció el ceño.

—¿Escondiéndose?

—No de la tripulación, de Audrey.

—Todo esto es terriblemente confuso —Ashton los miró, desconcertado.

—Te lo explicaré mientras hacemos las maletas. ¿Tienes alguna embarcación que nos lleve a Calais a toda prisa?

Los labios de Ashton se torcieron en una sonrisa.

—¿Tienes que preguntar? Tengo un cúter que vuela como el mismo viento. Acaba de regresar ayer. Podríamos salir en dos horas.

—Excelente —Godric asintió con la cabeza en dirección a su amigo. Si había algo que la Liga sabía hacer bien, era acudir en ayuda de un amigo, o en este caso, del hermano.

Dios, Jonathan. Tienes que casarte con esta mujer aunque sólo sea para que deje de meterse en problemas.

CAPÍTULO 20

Audrey estaba arrodillada sobre su orinal, con violentas arcadas por lo que parecía la centésima vez desde que el barco había zarpado. Avery le había advertido de que el Canal estaría agitado, pero no había sido consciente de hasta qué punto la afectaría. Había mirado hacia la ventana del camarote y había visto olas enormes y envolventes. A veces, el barco caía hasta seis metros, lo que hacía que su estómago cayera en picado.

Se limpió la boca y volvió a sentarse en el suelo del camarote. Su frente estaba empapada con sudor frío, y se estremeció al sentir retortijones en el estómago. Ella se sentía como un fracaso. ¿Qué clase de espía se mareaba en el mar? ¿O se desmayaba al ver sangre?

No uno bueno.

Llamaron a la puerta de su camarote. Miró hacia ella, observando cómo se balanceaban las cortinas de su litera.

—¿Sí? —intentó ponerse de pie, pero sus piernas temblaban tanto que volvió a caer al suelo.

—Es Avery. Quería ver cómo te sentías. Las olas han disminuido un poco y pensé que te vendría bien un poco de aire fresco.

¿Las olas habían *disminuido* un poco? Dada la forma en que su estómago estaba anudado por un nuevo dolor, las olas parecían tan grandes como siempre.

—Me... me temo que no estoy a la altura —la vergüenza la asfixió al admitirlo, pero no podía mentir, no cuando su cuerpo estaba destinado a hacerla caer al suelo con mareos y náuseas.

—¿Hay algo que pueda hacer? —la preocupación de Avery casi la hizo sonreír, pero sabía que no había nada que él pudiera hacer. Su cuerpo simplemente tenía que lidiar con esto por sí mismo.

—No, estoy bien. Pero gracias. ¿Cuánto falta para llegar a Francia?

—Otras tres horas. El capitán ha ducho que el viento estaba en contra.

—Estupendo —musitó Audrey y tragó saliva, haciendo lo posible por ignorar el sabor agrio de su boca.

—¿Te busco una vez que tengamos tierra a la vista? —preguntó Avery.

—Sí, gracias,

Audrey esperó a que se fuera y cerró los ojos. Menudo gran comienzo para su carrera de espionaje. Se acomodó en el suelo, encontrando la fría madera más reconfortante que la pequeña cama en ese momento. Audrey permaneció así durante al menos otra media hora, posiblemente más, concentrándose en calmar su estómago.

Se tensó al oír más golpes en su puerta.

—¿Hemos llegado ya a tierra?

Una voz grave llegó desde el otro lado de la puerta.

—Disculpe, señorita, pero los señores elegantes con los que usted llegó dijeron que necesitaban hablar con usted. Me enviaron a buscarla.

Reunió fuerzas para ponerse en pie utilizando el marco de madera de la cama como apoyo. Cuando el suelo bajo ella no pareció rodar tanto como antes, dio un suspiro de alivio. Se alisó las faldas arrugadas y enderezó los hombros. Cuando abrió la puerta, había dos hombres vestidos con ropa áspera y sucia de marineros. Leyó mucho en sus expresiones y se le volvió a formar un nudo en el estómago, pero por razones muy distintas.

—¿Ves? Es un pedazo de carne fino —dijo el hombre más grande.

—Vosotros... ¿habéis dicho que me necesitáis en cubierta?

—No, te necesitan aquí. *Conmigo* —el hombre más grande se abalanzó sobre ella, cogiendo su cuello. Audrey estaba tan asustada que no reaccionó al principio, pero cuando el otro hombre cerró la puerta y los encerró dentro, recuperó el sentido. Intentó gritar, pero su voz fue silenciada por el fuerte agarre en su garganta.

—*Retuerce su mano por la muñeca. Rómpela si es necesario.*

Las palabras de Jonathan volvieron a ella, y supo qué hacer. Toda la fuerza del hombre se concentraba en su cuello, pero la mano que se deslizaba por su muslo era vulnerable. Audrey sujetó esa mano con fuerza y tiró de ella hacia atrás, forzando su muñeca a un ángulo antinatural. La articulación se resistió, pero ella empujó con más fuerza, más que nunca. Se oyó un chasquido seguido de un grito desgarrador, y él rápidamente le soltó la garganta. El hombre retrocedió tambaleándose, sujetándose la muñeca rota.

—¡Maldita zorra!

Audrey levantó los puños, con los pies separados y una postura firme.

—Puedo hacer algo mucho peor que fracturarte la muñeca, miserable canalla —advirtió, enseñando los dientes.

—¡Vamos, Horace, atrápala! —gritó el hombre.

Horace miró a Audrey con cuidado.

—No sé, Roger. Parece medio loca —dio un paso vacilante para acercarse, pero no parecía muy seguro.

—Un paso más y te romperé algo mucho más preciado que tu muñeca —Audrey se quedó mirando su ingle un largo segundo antes de encontrarse con sus ojos, y luego avanzó un paso, lanzando un puño de forma amenazante, tal y como Jonathan le había mostrado.

—No. No lo haré, Roger. Parece una de las boxeadoras de Fives Court.

Roger, todavía sujetando su mano, fulminó con la mirada a Audrey.

—¡Ella es solo una pequeña mierda!

—¡Esa pequeña mierda te ha roto el maldito brazo!

—Si no os marcháis de una vez, veréis de lo que es capaz esta *pequeña mierda*. Y luego me encargaré de que el capitán os cuelgue a los dos.

Horace seguía sin atacarla, y Roger gruñó con furia. Entonces, los dos huyeron.

Audrey permaneció en su posición de combate, por si cambiaban de opinión y volvían. Cuando no lo hicieron, se precipitó hacia la puerta y la cerró. Su cuerpo comenzó a temblar de manera incontrolable. El mareo había desaparecido, siendo reemplazado por un torrente de emociones. Se secó las mejillas, limpiando las lágrimas.

—¿Señorita Sheridan? —Daniel Sheffield abrió la puerta de su camarote. Sus ojos la evaluaron rápidamente a ella y a su aspecto—. Vi a dos hombres huyendo de la habitación y temí por usted...

Audrey se apartó el pelo de la cara, comprobando la ubicación de las horquillas.

—Me he encargado de eso, señor Sheffield. Gracias por su preocupación —varios rizos se habían salido de su sitio durante el forcejeo. Se apresuró a arreglarlos utilizando un pequeño espejo clavado en la pared del camarote junto a su cama.

—¿Te... has encargado de ello? —preguntó Sheffield, atónito.

—Sí. No pensarías que yo aceptaría venir si no hubiera sido entrenada en defensa personal, ¿verdad? —hizo este anuncio con calma, pero su corazón seguía acelerado y su sangre rugía en sus oídos, casi ensordeciéndola.

Daniel cerró la puerta para tener privacidad.

—¿Quién te ha entrenado?

—Un boxeador profesional —mintió ella. Pensar en Jonathan y en cómo lo había abandonado no hacía más que estrujarle el corazón—. Pero me instruyó en algo más que en el pugilismo. Le he roto las muñecas a uno de los hombres.

Daniel tenía una mirada que Audrey no podía identificar. ¿Admiración? ¿Preocupación? ¿Ambos?

—Deberías informarle al capitán. Probablemente arrojará a los dos hombres al mar —dijo por fin—. Este capitán es muy protector con las damas.

—No, está bien. No creo que lo vuelvan a intentar —Audrey levantó la barbilla y enderezó los hombros—. Ahora, si me disculpas, creo que un poco de aire fresco me vendría bien.

Daniel se apartó para que pasara y Audrey subió los escalones hacia la cubierta. Avery estaba apoyado en la barandilla, con una mano enroscada en la cuerda más cercana. Su pelo dorado y rojizo se había agitado con el viento, y se le habían formado líneas de preocupación alrededor de la boca y de los ojos.

—¿Estamos cerca?

—¡Oh! —él se giró como si ella le hubiera sorprendido—. Sí —señaló directamente hacia la orilla—. Eso es Calais.

Audrey entrecerró los ojos hacia la lejana extensión de tierra.

—¿Qué haremos una vez que lleguemos a la orilla?

—Debemos ir a una pequeña posada en las afueras de la ciudad. Daniel y yo debemos reunirnos con un miembro del grupo reformista, mostrarle nuestras credenciales. Una vez que nos ganemos su confianza, nos llevará con los demás. Tú y Daniel seréis presentados como aristócratas exiliados. Yo soy vuestro amigo y compañero simpatizante de los franceses. Haré todo lo posible para integrarme en su grupo. Tú harás lo que mejor sabes hacer... Lady Society.

—¿Cómo has...?

—Lo he sabido desde que me empezaste a acosar para ser un espía. Tu estilo de escritura es inconfundible, y no has intentado ocultar tus manierismos. Me sorprende que nadie más lo haya notado. Pero es que mis habilidades siempre han consistido en descifrar cartas.

Audrey asintió, pensando. Ellos tendrían que recopilar nombres y lugares de reunión y averiguar si esos hombres volverían a Inglaterra para incitar una rebelión. Pero incluso los cotilleos entre camaradas podrían revelar sus intenciones.

Avery se volvió hacia ella.

—¿Te sientes mejor?

—Sí, gracias —se tocó la mejilla con una mano. Todavía estaba pálida, pero se sentía mejor. Por extraño que pareciera, el haber sido atacada por esos brutos le había devuelto parte de su fuego. Si podía luchar contra un hombre bruto e intimidar a otro, tenía que ser lo suficientemente capaz para la tarea en cuestión—. ¿Deberíamos ver que nuestro equipaje esté empacado y listo para bajar?

—Creo que deberíamos —Avery la acompañó de regreso a su camarote. Mientras él se alejaba, tuvo la sospecha de que alguien la observaba, pero no pudo ver a nadie en el pasillo.

Uno de esos canallas, sin duda, pensó.

Jonathan se despertó por el sonido de una riña en algún lugar cercano. Cuando se levantó y salió al pasillo, vio a los dos hombres de antes maldiciendo y huyendo por el pasillo de la habitación de Audrey. Antes de poder entrar en su habitación para ver cómo estaba, tuvo que volver a meterse en la suya: Sheffield estaba llegando.

Escuchó cómo Audrey le contaba a Sheffield toda la historia. Ella lo manejó con tanta naturalidad que Jonathan no pudo evitar sentirse orgulloso, pero estaba furioso porque esos dos hombres habían intentado hacerle daño y él no había actuado a tiempo para detenerlos. Esperó a que Sheffield pasara por su camarote, luego se escabulló fuera y se dirigió a los escalones que conducían a los camarotes de la tripulación.

Jonathan miró a través de la penumbra de la cubierta interior, estudiando las hamacas colgantes que llenaban la zona, y entonces se congeló. Allí, al fondo, un hombre estaba acurrucado en un taburete, llevándose una mano al pecho y musitando maldiciones.

—¡Maldita zorra! —espetó, sujetándose la muñeca con delicadeza. Era evidente que estaba fracturada.

Maldita sea, Audrey, lo has hecho tú. Has utilizado el movimiento que te he enseñado. Ver la prueba de su defensa le provocó el deseo de sonreír, pero la furia en su interior era aún demasiado fuerte. Se acercó al hombre.

—Tripulante.

—Sí, ¿qué quieres? —refunfuñó.

—Me han dicho que estamos casi en Calais. Estoy visitando a la tripulación y agradeciéndoles su servicio.

Sin previo aviso, sujetó la mano del hombre. El tripulante chilló.

—Gracias —estrechó la mano del hombre con fuerza—. Gracias por ser tan atento con los pasajeros —la estrechó de nuevo—. *Especialmente* con la señorita a bordo.

A estas alturas, el hombre ya estaba de rodillas, llorando a mares.

Dejó caer la mano del hombre con disgusto y se marchó, volviendo a su camarote para esperar la llegada a puerto.

☙❧

MEDIA HORA DESPUÉS, EL *LADY'S SPLENDOR* ATRACÓ. Avery, Daniel y Audrey bajaron por la rampa de desembarco y entraron en los muelles del puerto principal de Calais. Audrey intentó asimilar todo lo que veía mientras salían y alquilaban un coche de caballos que los sacara de la ciudad. Algo de lo que vio podría ser importante más tarde.

Daniel y Avery estaban callados, pero ninguno parecía tenso. Optaron por responder a las preguntas de Audrey de la forma más cortés y breve posible. Cuando ella se dio cuenta de que ninguno de los dos estaba interesado en la conversación, centró sus pensamientos en el paisaje del otro lado de la ventana.

Cuando llegaron a su destino, ya era de noche. La puesta de sol bañaba las residencias y los comercios con un tono rojo oscuro, y hacía que a Audrey se le revolviera el estómago con una profunda sensación de malestar. El cochero les ayudó a bajar el equipaje y los acompañó al interior de la posada.

Un cartel de madera decía *Le Lys Blanc*. Este era el lugar. Audrey siguió a Daniel y a Avery hasta el bar principal. Ya había mucha gente cenando. Audrey miró a los ocupantes de la sala, observándolos secretamente mientras se dirigían a la parte trasera de la posada.

Había una pareja en la esquina que le llamó la atención, no por ninguna razón que le preocupara, sino principalmente porque nunca había visto a una mujer tan alta y de hombros anchos. El hombre que la acompañaba era más pequeño que ella, pero estaban cenando y cogidos de la mano, hablando en voz baja y sonriendo. Eso era bastante dulce, aunque el gusto de la mujer por la ropa dejaba mucho que desear. Sin embargo, era evidente que la pareja era feliz. No pudo evitar escuchar su conversación al pasar. Hablaban en francés, pero no en francés parisino. El dialecto era más de provincia.

—Benjamín, tenemos que traer a los niños aquí a la orilla del mar —la mujer se sonrojó—. Cuando tengamos hijos.

—Por supuesto, *mi amor* —los ojos del hombre brillaron—. Un lugar encantador para los niños. Encantador, como tú.

Estaban muy enamorados, y el corazón de Audrey se contrajo con un anhelo doloroso. *Si ellos pueden encontrar el amor, ¿por qué no podemos Jonathan y yo?*

—Audrey, por aquí —dijo Avery, sacándola de sus pensamientos. Ella los siguió a él y a Daniel escaleras arriba hasta un par de habitaciones. Dudó al ver la cama individual, pero Daniel le sonrió amablemente.

—No temas. Dormiré en el suelo.

—¿Estás seguro?

—He dormido en lugares y en condiciones mucho peores —le aseguró Daniel—. Este piso estaría en algún lugar en el medio de todos los lugares en los que me he visto obligado a dormir —dejó su pequeña maleta de viaje en el suelo y se dirigió a la puerta justo cuando Avery se unió a ellos—. Ah, Russell, justo a tiempo. Tengo que irme y localizar al hombre que nos hará entrar en el grupo reformista. Deberías quedarte aquí y esperar hasta que regrese —Daniel hizo una pausa, con la mano en la jamba de la puerta mientras se volvía hacia ellos—. Ten cuidado esta noche, Russell. Recuerda que estamos en territorio hostil —pareció dudar, como si quisiera decir algo más. Audrey sintió que el nudo de su estómago se hacía aún más fuerte cuando él se marchó.

—Avery —ella entrelazó sus brazos mientras miraban por la ventana cómo el crepúsculo se posaba sobre Calais.

Él se volvió hacia ella.

—¿Qué pasa?

—Algo no está bien. ¿No lo sientes?

Él asintió.

—Lo siento. Cada vez que salgo de Londres. Quédate aquí y no salgas de esta habitación hasta que regrese. Tengo que ocuparme de algo.

Audrey aceptó, pero el estómago se le estaba revolviendo violentamente. Juraba que aún podía sentir el suelo moviéndose debajo de ella, aunque ya no estuvieran en el barco. Mientras veía a Avery marcharse, no pudo evitar la sensación de pánico que la rodeaba. Algo iba mal. Terriblemente mal.

⁂

Avery salió de la pequeña posada y se fijó en un niño que pedía monedas.

—Tú, chico —dijo suavemente en francés, haciendo un gesto al niño para que se acercara a él.

—¿Sí, monsieur? —los ojos del niño se abrieron de par en par cuando Avery sacó varias monedas de una pequeña bolsa y las levantó.

—¿Sabes dónde se alojan los soldados aquí?

El chico asintió.

—Junto a los muelles, monsieur. Tienen un lugar donde duermen y practican su puntería.

—Hazme un favor y te daré todas estas monedas —Avery agitó las piezas para capturar de nuevo la atención del chico.

—¡Dígalo! —los ojos hambrientos del chico y su cara sucia revelaban su desesperación, y eso tiró del corazón de Avery. El muchacho seguramente se estaba muriendo de hambre.

—Primero, ve a comprarte un poco de pan, un poco de pastel y algo para beber. Luego ve a donde se alojan los soldados en los muelles y vigila de cerca. Si empiezan a marcharse, ven aquí enseguida y dime hacia dónde se dirigen, ¿entendido? Hay más monedas si lo haces.

—Sí, monsieur —los ojos del chico estaban llenos de honor mientras respondía.

—Bien. Estaré en las habitaciones de arriba, la

primera puerta a la derecha —depositó las monedas en la palma de la mano del muchacho y lo vio salir corriendo.

Avery vio al muchacho desaparecer en la creciente penumbra. Sintió un escalofrío y un ataque de nervios en el vientre. Durante sus años de servicio había perfeccionado sus instintos, y justo ahora sus instintos le decían que alguien estaba jugando con él. La pregunta era: ¿quién y con qué fin?

No iba a confiar en Daniel. Cualquiera que tuviera una lealtad tan férrea hacia Hugo Waverly y que, sin embargo, estuviera intimando con la esposa de uno de los hombres más mortíferos de Inglaterra, no era alguien de fiar. No tenía sentido que Daniel lo traicionara, pero había muchas cosas y muchas misiones que tenían poco sentido en su mundo.

Lo que sí sabía era que los hombres como Hugo veían el espionaje como un juego y a los hombres como él como piezas de juego. La cuestión ahora era si él era una pieza clave o un peón.

Me niego a permitir que alguien me pille con la guardia baja. No es solo mi vida la que está en juego, sino también la de Audrey.

Volvió a entrar en la pequeña posada, estudiando a los hombres y mujeres que cenaban en el bar. No parecía haber nada raro, pero no quiso ignorar la advertencia que sentía en sus entrañas. El peligro estaba cerca, de eso estaba seguro.

CAPÍTULO 21

Daniel había esperado lo suficiente. Había comprado un caballo y había llegado hasta aquí con la mayor discreción posible. Entró en el barracón de los gendarmes locales, asumiendo uno de sus muchos alias franceses, Victor Dubois.

Después de que ellos llegaran a la posada, él había destruido sus papeles ingleses, los que lo unían a Audrey como un hombre llamado Mr. Edward Brownley. A partir de ahora era Víctor, un hombre con una reputación consolidada en la costa norte de Francia que él utilizaría para continuar con la misión. Pero primero tenía que convencer a estos soldados de que había dos espías ingleses delante de sus narices. Mientras los gendarmes se ocupaban de Avery y Audrey, él seguiría su camino hacia París.

El movimiento era cruel, pero tenía un propósito. Mientras los gendarmes se concentraban en su premio, Daniel tenía casi asegurado llegar a los reformistas sin obstáculos. Además, cuando la noticia de su captura llegara a los agentes diplomáticos de Hugo en París, se crearía una pesadilla burocrática en las cortes, lo que provocaría la mayor confusión posible y la acusación entre las distintas facciones. Se creía que este ambiente haría que los reformistas actuaran precipitadamente, cometieran errores y revelaran demasiado a alguien como él en sus prisas por aprovecharse del caos político.

A él no le gustaba eso. Avery era un hombre habilidoso y astuto. Usarlo de esta manera era un desperdicio de talento. Y Audrey... Había una mujer que solo deseaba servir a su país y, sin embargo, estaba siendo utilizada como nada más que una distracción. El sacrificio a veces era necesario, era cierto, pero esto carecía de honor o decencia. Aun así, él obedecería.

Había una docena de hombres hablando y jugando a las cartas. Parecían estar en un descanso de su actividad de patrullaje. Se dirigió al oficial de apariencia más refinada y con el uniforme de mayor rango.

—Señor, ¿es usted el capitán?

El hombre se puso de pie y lo miró

—Sí. ¿Qué puedo hacer por usted? —preguntó el capitán.

Daniel se preparó para lo que tenía que hacer a continuación. Por primera vez en su vida, él y su amo no estaban de acuerdo.

—Me llamo Victor Dubois. Yo estaba en el puerto cuando llegó un barco. Creo que hay espías ingleses en Calais. Pensé que usted querría saberlo.

La sala, antes llena de hombres bulliciosos que

disfrutaban del vino y las cartas, sufrió un súbito silencio sepulcral.

—¿Espías? —el capitán repitió la palabra en voz baja.

—Sí —Daniel observó cómo el capitán cogía su espada, la cual estaba sobre la mesa en la que había estado sentado cuando él entró.

—¿Cómo sabe que ellos están aquí?

—Los he visto llegar en un barco inglés.

—Y eso ocurre con frecuencia, ¿no? Calais es un puerto comercial. Muchos ingleses vienen de visita —los sagaces ojos del capitán se clavaron en Daniel. Uno de sus subordinados habló.

—¿Es usted Víctor Dubois, el que frecuenta Boulogne-sur-Mer?

Daniel casi sonrió. Había esperado que su reputación fuera reconocida.

—El mismo. ¿Nos conocemos?

El soldado se volvió hacia su comandante.

—Señor, he oído hablar del señor Dubois. Antes de que me trasladaran aquí, él les proporcionó a los guardias de Boulogne-sur-Mer información precisa sobre los contrabandistas. Me gustaría escucharlo.

Daniel se movió nerviosamente, pero de una manera que transmitió emoción. Era el ciudadano exaltado y humilde que estaba a punto de salvar a su país, sin duda esperando que hubiera un trago gratis para él.

—Muy bien —dijo el capitán—. ¿Quiénes son esas personas? ¿Y usted tiene alguna prueba que respalde sus afirmaciones?

—Hay un hombre y una mujer. Los he escuchado hablar cosas extrañas. No es una charla entre turistas,

¿sabe? Yo quería estar seguro, así que he robado esto de la maleta del hombre —Daniel sostenía un par de cartas, falsificadas por supuesto, escritas en inglés, pero había mantenido el lenguaje lo suficientemente simple para que un gendarme francés las entendiera. El capitán cogió las cartas y las leyó. La clave aquí era no confesar abiertamente sus intenciones, sino ser increíblemente sospechoso por naturaleza.

—*Mon Dieu* —musitó el capitán. Como Daniel esperaba, el capitán fue capaz de leer la mayor parte del inglés de las cartas—. ¿De qué los ha oído hablar?

—De revolucionarios y de reuniones en París. Fue la forma en *cómo* lo dijeron, ¿sabe?

El capitán asintió en señal de comprensión. Luego guardó las cartas en el bolsillo de su abrigo.

—Hombres, preparad vuestras armas. Debemos investigar esto de inmediato —se volvió hacia Daniel—. ¿Dónde podemos encontrarlos?

—En una posada llamada White Lily en las afueras de la ciudad.

—Conozco el lugar —hizo un gesto a los soldados—. Sargento Bisset, reúna a los rezagados y póngalos en formación de inmediato. Preparaos para partir.

—Sí, capitán —Bisset, el hombre alto y de aspecto serio que lo había respaldado, asintió y se dirigió a los dormitorios, llamando a los soldados para que se pusieran en marcha. Daniel los observó reunirse, frunciendo el ceño cuando asustaron a un niño que pedía monedas, provocando que huyera por la calle con sus burlas persiguiéndolo.

Daniel los vio marcharse. Enterró la culpa de su traición en lo más profundo, junto con otros cien remordimientos, y luego montó en su caballo.

He hecho todo lo posible por advertirte, Russell. Lo que ocurra esta noche no depende de mí.

Daniel clavó los talones en los flancos del caballo. Cabalgaría toda la noche para poner la mayor distancia posible entre él y Calais. No podría quitar la sangre de la inocente y valiente señorita Sheridan de sus manos, pero al menos no oiría sus gritos cuando los soldados la capturaran.

Que Dios la ayude. Que Dios los ayude a ambos.

Jonathan se deslizó dentro de la taberna de la pequeña posada francesa y miró a su alrededor. Había varias personas cenando todavía, y él ocupó una mesa junto al fuego. Cerca de allí, observó a una pareja que se miraba a los ojos con anhelo. Una mujer bastante alta y un hombre muy bajo. Jonathan intentó ocultarles su sonrisa, porque podrían confundirla con un gesto de burla. En realidad, su afecto tan abierto le parecía encantador. Nunca antes había apreciado la intimidad de las parejas, ni sutil ni abiertamente, pero ahora que él y Audrey estaban tan cerca de tener su propia felicidad, le encantaba ver a otros con la misma fortuna.

Hizo un gesto con la mano a una camarera que recorría las mesas, comprobando si alguien necesitaba algo. Su rostro fatigado se iluminó mientras se acercaba.

—¿Qué puedo ofrecerle, monsieur? —le preguntó la criada en francés. Nunca estuvo más agradecido por haberse acostado con la antigua amante de su hermano. Evangeline lo había ayudado a aprender el idioma durante sus amoríos, lo suficiente como para desenvolverse en un bar, en todo caso.

—Comida y vino, madeimoselle —le sonrió, y ella se sonrojó mientras se apresuraba a buscarle algo para comer. Mientras se limitara a frases sencillas, le iría bien.

¿En qué estás metida, Audrey? Se preguntó.

Agradeció a la criada cuando depositó frente a él un plato de queso, higos y un vaso de vino tinto. Comiendo rápidamente, mantuvo la mirada en los hombres de la sala, pero ninguno parecía interesado en él, ni tampoco suponían una amenaza.

Estoy siendo un tonto por preocuparme demasiado. Pero, de nuevo, se *trataba* de Audrey. Esa mujer tenía la capacidad de atraer problemas como nadie.

Jonathan observó divertido cómo un joven irrumpía en la posada, echando un vistazo a su alrededor antes de subir corriendo las escaleras. Actuó con la prisa de cualquier joven, como si el mundo entero dependiera de sus acciones. Terminó su comida sin pensarlo mucho.

Segundos después, el muchacho bajó corriendo las escaleras y un hombre lo siguió. Un hombre que Jonathan reconoció.

Avery.

Siguió al muchacho hasta la puerta de la posada, la cual abrió solo un poco y se asomó antes de maldecir. Jonathan estaba allí de pie y Avery no lo notó al principio, ya que le estaba dando la espalda.

—Ten, muchacho, coge esto y vete lo más lejos posible de aquí —le susurró Avery al chico, dándole un puñado de monedas antes de empujarlo hacia la puerta —. Jon, tenemos un problema —habló de repente, haciendo que Jonathan se tensara. Maldita sea, ¿el hombre había sabido en todo momento que él estaba allí?

—¿Qué ocurre? —preguntó, uniéndose a Avery en la puerta.

—Supongo que estás aquí porque has seguido a Audrey. Ella está arriba.

—Sí. ¿Qué pasa? —preguntó más tranquilo.

—Nos han traicionado. El hombre con el que hemos venido a hacer esta... misión imposible acaba de ser visto saliendo del cuartel de los gendarmes. Les ha hablado de dos espías, un hombre y una mujer. Ellos no tardarán en llegar.

—¿Cuál es el plan? —preguntó Jonathan.

—Tenemos que sacar a todos de esta posada. Ahora.

—¿Y Audrey?

—Está arriba, pero no es el momento —Avery maldijo violentamente y golpeó el marco de la puerta con la mano, llamando la atención de los hombres y mujeres que los rodeaban.

—¿Qué podemos hacer? ¿No deberíamos irnos ya, los tres?

—No hay tiempo. A estas alturas, los soldados estarán tendiendo una amplia red y acercándose a este lugar. Destrozarán Calais buscándonos, y no tenemos transporte. Pero tal vez podamos ganar algo de tiempo para Audrey. Quizá ella pueda escapar si retrasamos a los soldados a su llegada —la mirada de Avery recorrió el bar de la posada, buscando una salida, o quizás armas.

Jonathan deseaba saber qué hacer. Nunca se había sentido tan impotente en su vida.

Hemos llegado demasiado lejos, hemos luchado demasiado para estar juntos, ¿y ahora esto?

—Pero, ¿no deberíamos encontrar una manera de que todos nosotros…?

—No funcionará —Avery lo interrumpió—. Confía en mí. Solo hay una manera de que esto termine.

Un escalofrío de temor recorrió a Jonathan.

—Sube y dile que se ponga los bombachos. Haz que parezca un chico. Yo sacaré a esta gente de la posada. Hay una ventana por la que ambos podéis salir. Podríais escapar y pasar desapercibidos si concentro a los soldados en la puerta principal. Puedo obstruir las puertas y ventanas con barricadas para daros tiempo —la mirada seria de Avery desgarró el corazón de Jonathan al comprender lo que el otro hombre estaba diciendo.

—Le diré a ella cómo salir y me despediré. Has dicho que buscan a dos espías. Tendremos que darles dos —compartió una mirada con Avery y le hizo un gesto con la cabeza. Avery no moriría solo hoy. Si había una cosa que Jonathan había aprendido de la Liga, era que nunca se dejaba a un hombre atrás.

—¡Vete! —siseó Avery, y luego se volvió hacia los comensales que seguían cenando. Les habló rápidamente en francés y todos empezaron a levantarse de sus mesas y a marcharse, algunos en dirección a la puerta trasera a través de las cocinas del bar.

Jonathan se apresuró a subir las escaleras, con la mente centrada únicamente en la única cosa que le importaba. Audrey.

La encontró al final del pasillo, con las manos cerradas en puños blancos, como si esperara pelear con todo aquel que se acercara.

Mi diablilla, el deseo de mi corazón, mi único y verdadero sueño.

—¿Jonathan? —ella jadeó su nombre y, antes de que él pudiera decir algo, se arrojó a sus brazos. La cogió, sosteniéndola, sabiendo que nunca volvería a sentir esto, que nunca la tocaría ni la besaría ni sentiría el calor de su cuerpo contra el suyo. Le besó la frente, las mejillas, los labios. Sus labios dijeron con besos lo que su boca no podía decir con palabras.

Te amo... te amo más que a mi último aliento.

—Audrey —susurró cuando se separaron.

—¿Qué estás haciendo aquí? Me preocupé cuando Avery habló con ese chico. Dijo algo sobre soldados, y yo...

—Avery está abajo, sacando a todos. Los gendarmes están en camino. Os han traicionado. Vamos a bloquear la puerta y retrasar a los soldados. Eso te dará tiempo.

Audrey se aferró a él, con los ojos muy abiertos.

—¿Tiempo para qué? —ella sabía lo que él estaba intentando decirle, pero no quería admitirlo. Pero no podía dejarla aferrarse a la ilusión de que todos sobrevivirían a esto.

—Estamos ganando tiempo para que escapes. Avery ha dicho que tienes tus bombachos contigo. Póntelos, esconde tu pelo bajo un sombrero y sal por la ventana una vez que los soldados se centren en nosotros. Mézclate con la multitud. Todavía puedes escapar.

—La ventana... pero...

—Puedes hacerlo, sé que puedes —Jonathan la sujetó por los hombros—. Si alguna vez hubo una mujer en la que creí, eres tú.

—¡Pero no funcionará! El chico le ha dicho a Avery que ellos están buscando un hombre y una *mujer*. Debería quedarme contigo.

—¡No permitiré que desperdicies tu vida! —gruñó—. No cuando... —la inspiración golpeó. Él sabía cómo darles a los soldados una mujer; solo que no sería Audrey —. Tengo una idea para eso, pero primero tengo que sacarte.

Audrey se mordió el labio inferior, con lágrimas en los ojos.

—Pero si te dejo... —la última palabra apenas salió mientras ahogaba un sollozo. Se esforzó por calmarse antes de volver a hablar.

—Lo más probable —dijo, admitiendo el temor no expresado de Audrey—. Pero estoy dispuesto a morir por ti. *Siempre* he estado dispuesto a morir por ti —fue invadido por una repentina sensación de claridad, y deseó tener más tiempo para decirle todo lo que había en su corazón—. Sé que piensas que nunca me has importado, que nunca te he querido. Pero créeme ahora. Te he deseado más que nada en esta vida y en la siguiente —le pasó el dorso de los dedos por las mejillas, limpiando las lágrimas.

—Entonces, ¿por qué nunca me lo dijiste? —exigió, con palabras roncas.

—Porque nunca he creído en mí mismo. Nunca creí que te mereciera. Tú eras una luz brillante en la oscuridad, y yo una mera sombra. Un antiguo sirviente, un hombre con un pasado turbio, sin título, sin grandes propiedades...

Audrey le golpeó el hombro con un puño.

—¡Eso nunca me ha importado, grandísimo zoquete! ¡Nunca! —enterró su cara contra su pecho—. Estúpido, tonto... hombre maravilloso.

Jonathan le frotó la espalda; su cuerpo se debatía entre el miedo, el amor, la desesperación y la devoción por esta mujer. No diría adiós. Esa palabra apagaría el último destello de esperanza en su interior, y no podía permitirse perder eso.

Acarició la mejilla de Audrey e intentó evitar que su cuerpo temblara.

—Vete ahora, mientras aún hay tiempo. Escóndete en el puerto, cerca de los muelles. Godric y los demás ya vienen, pero no llegarán a tiempo para mí. Incluso si lo hicieran, no podrían detener las acusaciones de espionaje. Haz que te lleven a casa donde estés a salvo. No dejes que mueran intentando salvarme. *Prométeme eso.*

Jonathan vio desafío en sus encantadores ojos marrones, pero Audrey finalmente asintió.

—Si tuviera un mañana para estar contigo, si tuviera mil mañanas, te diría que te amo, aunque tú nunca me ames de la misma manera —apenas pudo tragar más allá del nudo que se le había formado en la garganta.

Se apartó de ella, pero se detuvo cuando le respondió.

—Entonces yo te diría que *hoy*... ¿cómo yo *no* podría amar a un hombre como tú? —hubo algo en la forma en que lo dijo, una promesa que él aún no comprendía. Pero no había más tiempo, no había más oportunidades para arreglar lo que había entre ellos. Habían llegado al final de su viaje.

Se apresuró a atravesar el pasillo, sin mirar atrás, llevando el recuerdo del beso y las palabras de Audrey en su corazón. Sería su único consuelo en estos últimos momentos.

Comenzó a abrir todas las puertas hasta encontrar la que buscaba. En la que la altísima mujer se había estado quedando con su marido. Un vestido largo morado pálido con encaje de volantes colgaba del borde de un biombo. Jonathan se despojó de su abrigo y cogió el vestido, poniéndoselo. Se abrochó los botones, pero le quedaba muy ajustado sobre la ropa.

—Las cosas que hago por amor —musitó de forma pesimista. Iba a enfrentarse a un grupo de soldados franceses vestido como una maldita mujer. Si Godric y los demás lo veían así... Pero si eso salvaba a Audrey, entonces valía la pena. Se apresuró a bajar las escaleras para encontrar el bar vacío. La concentración de hombres en el exterior anunciaba la llegada de los gendarmes.

Avery había empujado las mesas contra las puertas y las ventanas, poniendo las puntas arriba para evitar que alguien rompiera las ventanas. Estaba moviendo otra mesa contra la primera, esperando que la mantuviera cerrada. Tan pronto como la colocó, las puertas temblaron repentinamente. Una cacofonía de gritos franceses de rendición y órdenes de rodear el edificio llenaron de terror a Jonathan. Por un momento, la desesperación lo ahogó.

Avery lo miró fijamente, parpadeando con ojos grandes.

—¿Qué diablos llevas puesto?

De repente, recordó cómo iba vestido.

—Has dicho que ellos esperan a una mujer. Pues ahora tienen una.

—No me quiero quejar, pero ese es un vestido muy feo. La modista debía estar borracha cuando lo hizo.

—Sí, perdida en sus copas. Estoy seguro de que esto es la última moda, pero me temo que podría ahogarme en todo este encaje —tiró de las faldas con disgusto.

Avery soltó una risita.

—Creo que es mejor ahogarse en el encaje que ser colgado por los franceses —el humor negro de Avery hizo reír a Jon.

Los gritos en el exterior continuaron y Jonathan se apresuró a ayudar a Avery a reforzar las puertas cuando éstas se estremecieron repentinamente con mayor fuerza. Los fuertes y rítmicos golpes del exterior sonaba como una especie de ariete.

Jonathan lanzó su cuerpo contra la puerta, luchando por evitar que las endebles fortificaciones cedieran.

—¿Audrey ha escapado? —preguntó Avery entre dientes.

—Espero que sí.

Por favor, Dios, que pueda salir. No podía pensar en lo que los soldados podrían hacerle a una espía antes de matarla. Ninguna mujer merecía un destino así, y menos la mujer a la que amaba más que a su propia vida.

La puerta se sacudió detrás de ellos y la cerradura se hizo añicos. Sólo las mesas y su peso combinado mantenían a los soldados del otro lado. Jonathan y Avery estaban hombro con hombro, con las botas clavadas en el suelo, luchando con cada aliento para ganar más tiempo. La madera se estremecía una y otra vez mientras los soldados continuaban su asalto.

—Lamento que estés aquí, Jon —musitó Avery mientras la puerta comenzaba a astillarse.

—Yo no —dijo Jonathan—. ¿Morir al lado de un buen hombre para salvar a la mujer que amo? No me arrepiento.

Solo deseaba haber tenido más tiempo para estar con ella. Había sido un tonto al pensar que tenía años, incluso décadas, para estar con Audrey. De haberlo sabido, él no habría esperado tanto tiempo para…

Las paredes de la posada crujieron cuando la madera vibró por los golpes del exterior.

—Nos vemos en el otro lado, Jon —Avery se encontró con su mirada, y ambos se esforzaron por última vez para detener a los soldados antes de caer al suelo en una explosión de madera.

A Jonathan le zumbaban los oídos mientras luchaba por levantarse, pero le dolían todos los músculos del cuerpo. Avery estaba desplomado a su lado. Los oídos le zumbaban mientras el mundo se ralentizaba a su alrededor. El humo rodaba como olas por el suelo del bar. ¿Humo? Su mente confundida se esforzaba por dar sentido a lo que estaba viendo. ¿Los soldados habían utilizado *pólvora* para hacerlos estallar?

Dos hombres lo levantaron bruscamente y le arrastraron fuera de la posada en medio de un enjambre de soldados y ciudadanos franceses, todos gritando.

—Bueno, eso ha sido una tontería —un hombre con uniforme de capitán dio un paso al frente, con la mirada clavada en él y en Avery—. Muy tonto —su acento era muy marcado, pero su inglés era sorprendentemente bueno.

Avery consiguió sonreír.

—Bueno, ya sabe... somos ingleses.

—Hemos venido aquí buscando espías, y en su lugar hemos encontrado... —el capitán miró a Jonathan de arriba abajo—. ¿Una mujer con barba? —Jonathan no se había afeitado en casi un día, pero ciertamente no tenía barba—. No es de extrañar que los ingleses vengan aquí de vacaciones, cuando sus *mujeres* son muy feas —era obvio que el capitán sabía que él no era una mujer, pero la esperanza era que el capitán creyera que Sheffield se había equivocado.

—Me siento ofendido, señor —contestó con fingida solemnidad—. Estábamos aquí de vacaciones, y ahora usted está arruinando lo que iba a ser una encantadora luna de miel.

Los soldados estallaron en carcajadas, y el capitán se limpió una lágrima del ojo mientras intentaba contener su propia risa.

—¿Luna de miel? ¿Estáis casados? Pues bien, ¡enhorabuena! ¡Por favor, bésalo! —desafió el capitán, lo que provocó más risas entre los soldados.

Jonathan miró a Avery, quien negó con la cabeza.

—Si me besas, yo mismo te mataré.

—Ni en sueños —Jonathan resopló—. Soy demasiado bueno para ti.

El capitán se puso serio.

—Cogedlos. Atadles las muñecas.

Jonathan y Avery pusieron poca resistencia mientras les ataban las manos. Ambos sabían que no había escapatoria. Su único objetivo ahora era mantener todas las miradas puestas en ellos, lejos de dondequiera que Audrey pudiera estar oculta, y darle el mayor tiempo posible para escapar.

No se atrevió a mirar hacia atrás mientras los alejaban de la posada, para no delatar la ubicación de Audrey.

Te amaré hasta mi último aliento y más allá, mi diablilla.

CAPÍTULO 22

Audrey se puso apresuradamente los pantalones bombachos y la camisa blanca, recogiéndose el pelo debajo de la gorra. Las manos le temblaban, pero ignoró el miedo que la invadía lo mejor que pudo. No había tiempo para derrumbarse, no si quería salir de esta noche con vida. Entonces corrió hacia la chimenea, se manchó los dedos de ceniza y se la frotó apresuradamente en las mejillas.

Había aprendido varios trucos en los últimos meses. Naturalmente, a la gente no le gustaba mirar a la gente sucia, y si ellos estaban buscando a la mujer que había llegado a la taberna, sucia sería la última cualidad que utilizarían para describirla. En el exterior se oía un terrible alboroto mientras los soldados se preparaban para asaltar la posada.

Jonathan estaba allí abajo, *su* Jonathan, haciendo todo lo posible para darle tiempo de escapar. Todavía no sabía cómo la había encontrado o cómo había llegado hasta ella justo a tiempo. El hombre tenía la extraña habilidad de aparecer cuando ella más lo necesitaba.

Como un hombre enamorado…

Su corazón se calmó. Le había dicho por fin que la amaba el día en que ambos podrían morir. El bastardo egoísta. La nariz le ardía mientras volvía a luchar contra las lágrimas.

¡Contrólate! Derrumbarse ahora no le hará ningún bien a nadie.

Bueno, no iba a dejar que él y Avery fueran a la horca tan fácilmente. No si ella podía encontrar una manera de salvarlos. Ni siquiera el ejército francés iba a impedir que ella se casara por fin.

Soy Audrey Sheridan. No sigo las reglas. Las rompo.

Se precipitó hacia la ventana y la abrió de un empujón. Las cortinas se agitaron y una fuerte brisa marina entró en la habitación. Extrañamente, los sonidos de la multitud de abajo la ayudaron a concentrarse. Se aferró a la cornisa del tejado inclinado. La posada no estaba conectada al edificio contiguo como muchos otros.

Se oyó un fuerte estruendo y el edificio tembló. ¿Habían usado un cañón contra ellos? No, eso sería ridículo. Pero el sonido era demasiado fuerte para tratarse de un simple disparo.

Pronto, los sonidos del exterior cambiaron. ¿Eran… risas? Vio las espaldas de dos hombres armados salir del callejón, dirigiéndose a la parte delantera de la posada. Ahora tenía una buena oportunidad de bajar sin ser vista y esconderse hasta que pudiera mezclarse con la multitud.

Afortunadamente, nadie del exterior miraba a su

ventana. Las pocas personas que podía ver estaban concentradas en la puerta principal. Salió, sujetándose del alféizar hasta estar segura de que no se caería.

Bajó de la cornisa hasta quedar colgada de las puntas de los dedos, y luego se dejó caer, aterrizando en cuclillas. Volvió a levantarse con los puños en alto. Se arrastró a lo largo de la pared de la posada y se quedó paralizada al ver la escena que se desarrollaba en la puerta principal.

Risas y bromas se extendían tanto entre los soldados como entre la multitud mientras Avery y una mujer grande con un horrible vestido morado pálido con demasiado encaje eran sacados de la...

Alto, ¡es Jonathan!

Audrey contuvo la respiración, y luego la soltó al ver que él estaba vivo, pero aturdido. Y vestido de mujer. Las razones eran obvias, pero eso no hacía que la escena fuera menos extraña de presenciar.

Gracias a Dios que los dos están vivos, pensó mientras se mezclaba con la parte trasera de la multitud. Y encontraría la manera de seguir así. Sí, había prometido huir y esperar a la Liga en el puerto, pero, sinceramente, Jonathan debió haber sabido que ella no iba a cumplir su palabra en una situación tan grave como esta. Haría lo que debía hacer.

Audrey los siguió, acompañándolos a través de la multitud, que también los seguía, disfrutando del espectáculo. Ella buscó la delgada cuchilla que había metido en sus botas como elemento de seguridad, pero deseó haber conseguido una pistola en su lugar, por si necesitaba algo más intimidante.

Avery y Jonathan ahora estaban atados con cuerdas,

con las muñecas sujetas por delante mientras eran obligados a marchar detrás de los soldados. Audrey tiró de la manga de uno de los hombres mayores y le habló en su mejor francés, tan infantilmente como pudo.

—¿Adónde cree que los estén llevando?

—A los acantilados. Supongo que intentarán intimidarlos para que confiesen antes de llevarlos a prisión... si es que se molestan. La última vez que atraparon a un espía, le dispararon en el acantilado y lo empujaron al mar.

—¿Por dónde? —preguntó ella.

El hombre señaló un acantilado en la distancia.

—No vayas allí buscando un espectáculo, muchacho. Los soldados han estado bebiendo esta noche, y puede que intenten utilizarte como blanco de práctica.

Audrey le agradeció la advertencia y dijo que no lo haría. Volvió a entrar brevemente en la ciudad y se metió en un callejón, girando y siguiendo a los soldados a una distancia segura.

Los hombres marchaban por un camino sinuoso hacia los acantilados, y se turnaban para empujar a Jonathan o a Avery hacia delante, haciéndoles caer antes de que pudieran volver a ponerse en pie. A Jonathan le ocurrió más, ya que aún llevaba puesto el vestido. Una vez que llegaron a los acantilados, Audrey comprendió con horror que no podía seguirlos hasta el acantilado sin ser descubierta. Estaba demasiado abierto. Protegiéndose detrás de un pequeño montón de rocas, observó y esperó, conteniendo la respiración. Tendría que pensar en un plan para salvarlos, y por el aspecto de los soldados que rodeaban a los dos prisioneros, no tenía mucho tiempo.

❧

GODRIC AVANZÓ POR LA DÁRSENA Y LLEGÓ A LOS muelles justo cuando la luna se elevaba por el horizonte. El resto de la Liga lo siguió: Ashton, Lucien, Cedric y Charles. Habían hablado poco durante su viaje a través del Canal. Estaban bien armados y listos para acabar con cualquiera que se interpusiera en su camino.

—¿Dónde creéis que encontraremos a Jonathan? —le preguntó Godric a Ashton una vez que bajaron del barco. Ashton había ordenado a su capitán que los esperara y, si era necesario, que estuviera preparado para volver al mar de inmediato.

—Supongo que él estará... —Ashton se congeló y se concentró en la actividad de los muelles. Los marineros gritaban, y había un ritmo en la multitud que inquietaba a Godric. Ashton pareció compartir su preocupación. Se dirigió a un hombre y le preguntó algo que Godric no pudo oír. Cuando la Liga se unió a él, su rostro había palidecido—. Todo el mundo habla de espías ingleses. Han detenido a dos hombres y... —dudó.

—Dilo —el corazón de Godric latía con fuerza. Sabía que esto era malo, pero no estaba seguro de hasta qué punto.

—Parece que los lugareños están divididos en cuanto a si ellos vivirán para ver el juicio.

—Dios mío —musitó Lucien.

—¿Dos hombres, dices? ¿No una mujer? —preguntó Cedric.

—No, han dicho dos hombres. Aunque... —volvió a hablar con el hombre para aclarar algo—. Parece que uno iba vestido de mujer.

Todos los hombres de la Liga parecían desconcertados por esto, excepto Lucien, quien descifraba rompecabezas como algo cotidiano.

—Por supuesto.

Ashton agradeció al hombre, y la Liga abandonó rápidamente los muelles, adentrándose en el puerto. Afortunadamente, Ashton había pagado bien por sus privilegios en muchos puertos, lo que incluía beneficios como una mínima interferencia de la burocracia local.

—¿Y Audrey? —preguntó Cedric una vez que estuvieron alejados de cualquier oído indiscreto.

—Sospecho que ella se ha escapado —dijo Lucien—. Por eso uno de los hombres ha elegido vestirse de mujer, para confundir a los soldados y darle tiempo a escapar. Me pregunto quién será.

—No es importante en este momento —comentó Ashton.

—Probablemente no. Es más bien una cuestión de curiosidad. Puede que Avery haya tenido que disfrazarse antes en su línea de trabajo. Pero si Jonathan los ha alcanzado... Sí, podría verlo ocupando el lugar de Audrey. O intentándolo.

—Entonces, ¿crees que Avery está con Jon? —preguntó Charles.

—Es el escenario más probable —dijo Lucien.

Suspiró con fuerza—. Desde que empezó a trabajar en esto, me preocupaba que llegara un día como este.

Se detuvieron en seco al llegar a una herrería y golpearon la puerta, llamando al hombre para que respondiera. Apareció un hombre mayor, susurrando sobre sus malos modales.

Ashton sacó su monedero.

—¿Cuánto por ocho caballos?

—¿*Ocho?* —el herrero se quedó mirando a Ashton—. ¿Ocho, monsieur?

—Ocho —repitió Ashton.

Los cinco pronto adquirieron sus nuevas monturas. Cedric, Lucien y Charles ayudaron a ensillar los caballos y emprendieron su camino, con Ashton y Godric a la cabeza.

Mantente vivo, hermano. No importa lo que te hagan, mantente vivo.

Godric no quería pensar en lo que pasaría si perdía a su hermano. Apenas habían empezado a conocerse como hermanos y ya no como caballero y sirviente. Jonathan había vivido a la sombra de Godric toda su vida, y era un asunto que aún lo llenaba de una culpa secreta.

Tengo que hacer las cosas bien con él. No puedo defraudarlo.

La Liga cabalgaba como espectros por el camino, solamente con la luz de la luna para guiarlos. Al pasar por el pueblo, Ashton pidió más información a algunos lugareños. Su francés era tan impecable que, a la escasa luz de las ventanas, supusieron que el grupo era de la nobleza francesa y no inglesa.

Cuando consiguió la información que quería, asintió con la cabeza a los demás y señaló un acantilado cercano.

—Por ahí —dijo en francés. Volvieron al camino, apresurándose. La imagen de un fuego lejano delante de ellos fue una buena señal. Tenían que ser ellos.

Al acercarse, oyeron el chasquido de unos disparos lejanos resonando en el camino. Godric gritó:

—¡Vamos!

Golpeó las riendas en los flancos de su caballo y se echó hacia abajo, adelantándose a los demás. Cedric iba justo detrás de él, gritando el nombre de Audrey como un grito de guerra.

❧

—¡Escoria inglesa! —uno de los soldados golpeó la cara de Avery con la culata de su rifle—. ¿Dónde está la mujer?

Avery gruñó y escupió sangre al suelo.

—Está por allí —estaba tumbado de lado, con las manos todavía atadas delante de él.

Habían empezado a interrogar a Avery primero y estaba claro que disfrutaban causándole dolor. Algunos se pasaban una botella y bromeaban mientras lo hacían.

—Tu broma se ha hecho vieja, perro inglés. El hombre que nos advirtió sobre vosotros no habría confundido a ese hombre con una mujer.

—¿Estás seguro? Es bastante atractiva con ese vestido.

El soldado le dio una patada a Avery en el estómago, y Jonathan les gritó que se detuvieran.

—Lo vais a matar. ¿No debería tener un juicio primero?

Todos los soldados se volvieron hacia él, riendo. Un hombre, el capitán, dio un paso al frente y sus fríos ojos se posaron en Jonathan.

—Tal vez. Tal vez no. Pero eso me da una idea —su inglés era tan malo como el francés de Jonathan. Se giró, sacó un sable y colocó el filo de la cuchilla bajo la barbilla de Avery. La brillante luz de la luna iluminó la cuchilla, haciendo que el metal plateado brillara de manera peligrosa—. Quien me hable primero de la mujer tendrá un juicio —dijo el capitán en francés, lo suficientemente lento como para que Jonathan lo entendiera. Miró entre Avery y Jonathan—. El otro... ¿Quién sabe?

Avery sacudió ligeramente la cabeza. Jonathan lo miró durante un largo segundo y luego se aclaró la garganta. Asintió con la cabeza en dirección al capitán.

—Hablaré, pero solo contigo.

—¡No! —gritó Avery, luchando por ponerse de rodillas—. No te atrevas...

—¡Silencio! —el soldado le dio una patada en la cara a Avery, quien se derrumbó en el suelo, gimiendo de dolor.

—Me llevaré a este y hablaré con él —el capitán levantó a Jonathan, lo sujetó por el brazo y lo arrastró hacia un alto grupo de rocas a una docena de metros de distancia. Pateó la parte trasera de sus piernas y Jonathan cayó de rodillas. Luego le clavó el cañón de una pistola entre las costillas.

—Dime dónde está la mujer.

Se detuvo, intentando pensar.

—Ella...

Una forma oscura saltó de las sombras y hundió una espada en el pecho del hombre.

—Ella está justo aquí.

El capitán retrocedió a trompicones, con su pistola en las manos, y disparó mientras caía al suelo. La sombra gritó de dolor. Jonathan se estremeció. Conocía aquella silueta mejor que a sí mismo, incluso con unos pantalones puestos.

—¡Audrey! —Jonathan se arrastró hacia ella. Ella se estaba sujetando el estómago, doblada de dolor.

—Yo... no creí... que él dispararía.

—No pasa nada. Respira por mí, cariño. Saldremos de esta —Jonathan buscó la cuchilla y, al encontrarla, la sacó del pecho del soldado. Cortó la cuerda de sus muñecas y se deshizo las ataduras. Luego hizo retroceder a Audrey detrás de las rocas, escuchando por si venían más soldados.

—Capitán, ¿qué ha pasado? ¿Lo ha matado? —gritó uno de los gendarmes franceses, arrastrando un poco las palabras.

Jonathan maldijo en voz baja y respondió como pudo.
—*¡Oui!*

Oyó la risa del hombre y se levantó para echar un vistazo por el borde de las rocas. Sus ojos tardaron un momento en ajustarse, pero pronto se dio cuenta de que uno de los soldados tenía su rifle apuntando al pecho de Avery.

Jonathan se abalanzó sobre el grupo de guardias armados y tacleó al hombre que estaba apuntando, tirándolo al suelo. Le propinó un sólido puñetazo antes de que otros soldados lo sacaran a rastras y lo inmovilizaran en el suelo.

—¡Sujetadlo! —gritó un guardia.

Esto era todo. Él iba a morir, y Audrey podría morir debido a su herida.

La hierba bajo sus manos estaba fría y resbaladiza por el rocío del mar. Levantó la cabeza, viendo el horizonte en las aguas del Canal iluminadas por la luna. Algo bastante bello, pero deseaba que su última imagen hubiera sido el rostro de Audrey.

Se suponía que íbamos a envejecer juntos, con nietos a nuestro alrededor. Esto no debía terminar así.

El soldado al que había golpeado ahora estaba de pie frente a él, bloqueando su vista.

—Parece que nadie tendrá un juicio hoy —dijo. Levantó la culata de su rifle y golpeó a Jonathan en la cabeza.

La cara de Audrey inundó su mente. Fragmentos de recuerdos del último año salieron rápidamente a la superficie. Sus ojos marrones entrecerrados de rabia mientras él la llevaba a la cama; aquellos labios gruesos curvados en una sonrisa tentadora mientras ella cebaba el anzuelo para pescar; su mirada seductora y hambrienta reflejada en el espejo del Jardín Midnight; la forma en que ella susurraba su nombre mientras él le hacía el amor.

—¿Cómo no podría amar a un hombre como tú?

Un estruendo provocó un revuelo en los gendarmes franceses.

—¡Ahí vienen los caballos! —gritó un hombre—. ¡Ahí vienen los caballos!

Jonathan vio a varios caballos embestir hacia ellos como una pequeña caballería. Godric iba a la cabeza con una pistola en la mano. Y entonces todo se volvió negro.

⁂

—JONATHAN. ¡JONATHAN! ¡DESPIERTA, HERMANO!

Jonathan recuperó la conciencia, ahora rodeado de amigos en lugar de enemigos. El acantilado estaba tranquilo, excepto por el jadeo de los hombres.

—¿Qué...? ¿Qué ha pasado? ¿Los soldados?

—La mayoría ha huido —dijo Godric—. Creo que habían estado bebiendo mucho, y nuestro ataque hizo que nuestro número pareciera mucho mayor de lo que realmente era. Tenemos un poco de tiempo antes de que recuperen la cordura y se reagrupen. ¿Puedes moverte?

Jonathan se incorporó.

—Creo que sí.

—¿Y qué demonios llevas puesto?

Jonathan sonrió.

—Este maldito disfraz no me ha hecho ningún favor.

—¿Disfraz? Parece que te has escapado de uno de los viejos armarios del desván y el guardarropa te ha atacado al salir.

Se quitó el encaje empapado de barro. Se preguntó cómo las damas mantenían limpios sus vestidos.

Charles y Ashton estaban a unos metros de distancia, atendiendo a Avery. Cedric parecía estar buscando a alguien. Pero, ¿a quién?

—Bien. Entonces, ¿quizás puedas resolver un debate sobre cómo acabaste con un vestido?

—Bueno, los soldados se acercaban y... —Jonathan se puso de pie de un salto—. ¿Audrey...? *¡Audrey!*

La oyó llamar desde el afloramiento rocoso.

—Por aquí. ¿Es seguro salir?

Jonathan se acercó cojeando y encontró a Audrey en la parte trasera, apoyada en un peñasco, sonriendo, a pesar de su rostro pálido.

—Dios mío, mujer. Pensé que te había perdido.

—No lo has hecho. Estoy justo donde me dejaste —ella miró su terrible vestido—. El morado y el encaje no le hacen justicia a tu color de piel. Pero apuesto a que te verías estupendo de verde.

La abrazó con ternura, riéndose de su capacidad para burlarse de él en un momento así.

—*¡Ahhh!* —su grito de dolor provocó que la soltara. El terror se apoderó de Jonathan mientras estudiaba sus ojos llenos de dolor.

—Tu herida... —comenzó.

—¿Audrey? —Cedric se apresuró a acercarse, cogiendo suavemente la cara de Audrey, besando su frente—. ¡Estás bien! Gracias a Dios que estás bien.

Audrey hizo una mueca de dolor mientras soltaba una risita.

—Podría estar mejor, supongo —Cedric la soltó y ella miró a los hombres reunidos a su alrededor—. Sois... todos muy dulces. Yo... —dio unos pasos inestables y luego se desplomó.

—¡Audrey! —gritó Jonathan.

—Está herida —Cedric la sostuvo, con la palma de la mano cubierta de sangre al tocar su costado—. ¿Qué ha pasado?

Jonathan la levantó.

—Recibió un disparo cuando mató al capitán. Tenemos que volver a la ciudad.

—No deberíamos trasladarla —argumentó Cedric, con los ojos muy abiertos por el miedo.

—No es seguro aquí —dijo Godric—. Borrachos o no, esos soldados no tardarán en volver.

Ashton tomó la palabra.

—Tengo un cirujano a bordo de mi barco. Si alguien puede salvarla, es él.

Cedric insistió en llevarla. Jonathan la cargó en brazos y esperó a que el hermano de Audrey subiera a su caballo. Una vez que lo hizo, Jonathan le entregó a Audrey y él se marchó. Jonathan se despojó rápidamente de su vestido, quedando solo con ligeros pantalones y la camisa que llevaba debajo, y subió a uno de los caballos de reserva que había traído la Liga. Los demás le siguieron tan rápido como pudieron.

Tardaron casi un cuarto de hora en volver a Calais y subir a su barco. Ashton ordenó al capitán que zarpara inmediatamente y se mantuvo atento a cualquier problema que pudiera surgir en el puerto. Si los gendarmes daban aviso, los barcos de la armada francesa que se encontraban en el puerto aún podían atacarlos.

Jonathan bajó a buscar al cirujano del barco, un hombre canoso llamado Lewis. Audrey ya estaba allí, tumbada en un catre de la enfermería. Su camisa blanca estaba hecha jirones. Cedric no podía mirar mientras el médico terminaba de examinarla.

—¿Le han disparado? —preguntó el doctor Lewis.

—Sí. Con una pistola, a corta distancia —añadió Jonathan.

El médico se inclinó, levantando con cuidado la camisola hasta justo por debajo de sus pechos para poder examinar la herida. La sangre brotaba de un profundo corte a lo largo de su estómago, y él lo palpó con cuidado. Luego le tocó la espalda e hizo una mueca.

—Parece ser un roce.

—Eso es bueno, ¿no? —preguntó Jonathan.

—No confundas un roce con un rasguño —advirtió el médico—. Quiero decir que la herida no parece haber tocado ningún órgano, y la bala no se ha incrustado en ella, pero el corte sigue siendo profundo. Ha perdido algo de sangre.

—¿Vivirá? —preguntó Cedric.

—Una vez que limpie la herida y la suture, es posible que se recupere. Os sugiero que esperéis afuera.

Godric y Jonathan compartieron una mirada.

—Nos quedamos.

—Yo estaba siendo educado —gruñó el médico—. Fuera, los dos. Necesito paz y espacio para trabajar.

Jonathan estrujó por última vez la mano inerte de Audrey antes de que ambos salieran de la enfermería. Cedric se apoyó en la pared, pero no tardó en deslizarse hacia abajo y cubrirse la cara con las manos. Jonathan se quedó mirando la pared de madera frente a él, sin ver. Se sentía aturdido, aturdido por el dolor, aturdido por el miedo. Aturdido por saber que podía perder a la única mujer que se había atrevido a amar.

—Esto es culpa mía —dijo Cedric. Jonathan se sorprendió al ver lágrimas manchando su rostro.

—No es tu culpa —dijo Jonathan—. Es la mía. Avery y yo intentamos ponerla a salvo, pero ella nos siguió. Debería haber sabido que no me escucharía.

Cedric sacudió la cabeza.

—Nunca debí asustar a esos hombres que llegaron a cortejarla. La conduje a su naturaleza rebelde. Si yo no hubiera interferido, podría estar felizmente casada con algún tipo tranquilo y amable, haciendo planes de maternidad y asistiendo a bailes.

Jonathan no quería imaginarse eso, al menos no a ella con otro hombre. Pero si eso significaba que estaría viva y a salvo, habría dado cualquier cosa por retroceder el tiempo y darle esa vida tranquila y feliz.

Pero conocía a Audrey. Ella no estaba destinada a una vida tranquila. Era una mujer que quería luchar, ganarse su lugar en la vida y marcar la diferencia. Ahora se daba cuenta de lo tonto que había sido en sus propias visiones idealizadas de su vida matrimonial juntos. Audrey nunca se conformaría con una vida tranquila y sin sobresaltos. Era una luchadora, una pequeña amazona. Eso nunca cambiaría.

Y Jonathan se dio cuenta, a pesar de haber estado a punto de morir a manos de aquellos soldados franceses, de que quería estar a su lado en todo momento en cada aventura. Él siempre había tenido un lado salvaje, pero desde que se había convertido en caballero había hecho todo lo posible por reprimirlo, pensando tontamente que Audrey necesitaba un hombre establecido que la calmara. Lo que realmente necesitaba era un hombre que la acompañara en cada gran paso que diera en su vida, no que la retuviera.

—Audrey nunca se casaría con un hombre tranquilo y sensato —dijo Jonathan. Apoyó los codos en las rodillas dobladas y dejó caer la cabeza contra la puerta.

—Supongo que tienes razón. Desde el día en que nació, supe que estaba destinada a cosas mayores. No era como yo ni como Horatia. Tenía estrellas en los ojos y sueños tan grandes que no parecían posibles —una sonrisa irónica curvó los labios de Cedric—. Yo debería haber sabido que ella iba en serio con esto del espionaje.

—Yo sabía que iba en serio, pero nunca pensé que se iría, no después de...

—¿Después de qué? —preguntó Cedric.

Jonathan exhaló un suspiro y se armó de valor. Iba a casarse con Audrey si sobrevivía a esto, y al diablo con cualquiera que se interpusiera en su camino.

—Después de que ella aceptara mi propuesta de matrimonio —esperó, preguntándose si Cedric estallaría de furia. Durante meses, todo el mundo en la Liga le había dicho que Cedric aprobaba la pareja, pero la sobre-protección de Cedric y sus estándares imposibles cuando se trataba de la felicidad de sus hermanas eran legendarios.

—¿Por fin se lo has pedido? —Cedric bufó—. Ya era hora.

—¿No estás molesto? Estaba preocupado después de que tú y Lucien...

—Tú no eres Lucien. No tienes la historia con las mujeres que él tiene. Y Audrey no es como Horatia. Horatia tiene un corazón dulce y un exterior duro. Ella necesitaba mi protección, aunque no lo supiera. Tenía que asegurarme de que el hombre que ganara su corazón fuera digno de él —hizo una pausa, y sus ojos marrones se mantuvieron firmes mientras miraba a Jonathan—. Pero nunca me preocupé por Audrey. Sí, siempre será mi dulce gatita, pero, por dentro, está hecha de acero. Nunca ha necesitado mi protección. Sea cual sea el hombre que elija para ella, será el hombre adecuado. Y... supongo que yo simplemente no quería que creciera demasiado rápido —sus labios se crisparon—. Pero sus instintos eran ciertos. En el momento en que te eligió a ti, cualquier pequeña preocupación que yo tuviera sobre su futuro, la dejé ir porque sé que eres el indicado para ella.

—Debo admitir que nunca me sentí digno de ella —confesó Jonathan.

—No deberías —dijo Cedric, permitiéndose una pequeña sonrisa—. Pero, ¿no se siente así cualquier hombre cuando se trata de la mujer que ama? Yo nunca seré digno de Anne ni del suelo que pisa. No somos más que hombres mortales atreviéndose a amar a diosas.

Jonathan sonrió y pensó en que Audrey era una diosa. Sin duda, ella habría estado de acuerdo.

—Eres el hombre adecuado, Jon. Confía en tu corazón y lo verás.

Se sumieron en un silencio tranquilo, el que se producía después de una violenta tormenta, como si él supiera que ahora se estaba enfrentando a la hora más oscura de su vida. Y si él sobrevivía, si *ella* sobrevivía, nunca nada sería tan terrible como esto.

Uno a uno, los miembros restantes de la Liga bajaron y se sentaron en el suelo junto a ellos. Godric, Lucien,

Ashton, Avery y Charles se mantuvieron en vigilia mientras esperaban, rezaban y confiaban.

Godric se sentó hombro con hombro con su hermano y apoyó una mano sobre la rodilla de Jonathan en una muestra de apoyo fraternal.

—¿Cómo ha ocurrido esto? —preguntó Cedric en voz baja. Todos los ojos se volvieron hacia Avery.

—Nos han traicionado. El hombre con el que debíamos trabajar, Daniel Sheffield, fue visto abandonando a los gendarmes antes de que empezaran a reunirse.

—Pero, ¿por qué? —preguntó Jonathan.

—Solo puedo suponer que él estaba cumpliendo órdenes —dijo Avery—. He trabajado con Sheffield antes. El hombre es un profesional y, por lo que sé, no me guarda rencor. También me temo que yo no era el objetivo previsto.

—Audrey... —gruñó Cedric—. Pero, ¿por qué? Solo era una niña jugando a un juego de adultos.

—Fue asignada porque se creía que sería buena para adquirir información dentro de la corte francesa. Muchos aristócratas se habrían abierto a ella por su aspecto, encanto y moda. Y es bastante astuta en el arte de la conversación.

Ashton se acarició la barbilla.

—Sé que no puedes compartir mucho de tus asuntos con nosotros, Avery, pero si Sheffield no os tiene mala voluntad a ti y a Audrey, entonces quienquiera que le haya dado las órdenes debe hacerlo. ¿A quién responde Sheffield?

Avery guardó silencio durante un largo momento.

—Vamos —dijo Godric—. Esto podría ser una cuestión de vida o muerte.

Avery suspiró.

—Sheffield está bajo las órdenes de Sir Hugo Waverly.

—No —susurró Charles. Todos los hombres se volvieron hacia él. Su rostro palideció cuando levantó la cabeza y su mirada abandonó el suelo—. ¿Él está involucrado con el Ministerio de Relaciones Exteriores? Eso no es posible.

—Sí lo es, y mucho —dijo Godric.

—Es el hombre que *dirige* el Ministerio de Relaciones Exteriores —dijo Avery—. Hay una cara pública, un hombre que la gente conoce en sociedad para ocuparse de los asuntos de la diplomacia. Pero Hugo está a cargo de los agentes en el campo.

—Sabíamos que él había vuelto —recordó Ashton—. Y ha dejado claras sus intenciones hacia nosotros.

—¿Cómo que ha vuelto? —preguntó Avery.

—Una de mis fuentes me dijo hace tiempo que Hugo había vuelto de Francia —dijo Ashton—. En la época en que Godric y Emily se casaron.

—Hasta donde yo sé, Hugo no ha salido de Inglaterra en años —comentó Avery—. Está demasiado ocupado para estar lejos de su oficina durante mucho tiempo.

Godric frunció el ceño.

—¿Así que todo el tiempo que pensamos que él estaba en el extranjero, estaba delante de nuestras narices en Londres?

—Conspirando —dijo Ashton—. Observando. Esperando. Sin duda, mi fuente recibió la información del regreso de Hugo como una especie de declaración. Su manera de hacernos saber que venía a por nosotros.

—Todas las señales estaban ahí —dijo Cedric—. Es hora de terminar con esto. No hay otra manera. Hay que detener a Hugo de una vez por todas.

—Dios mío —musitó Lucien—. ¿Cómo diablos se lucha contra un jefe de espías?

—De la única manera que podemos —dijo Ashton—. Debemos jugar el juego mejor que él —Jonathan pudo ver cómo se movían las piezas de ajedrez en el tablero mental de Ashton. La Liga de los Pícaros y Waverly estaban a punto de disputar el juego más mortífero que el mundo había visto jamás. Pero eso era cosa del mañana. Una vez que regresaran a casa, encontrarían la manera de detener a Waverly. Pero para Jonathan, ahora mismo, Hugo era lo más alejado de su mente.

Sé fuerte por mí, corazón mío. Lanzó el pensamiento silencioso al aire, esperando que Audrey lo escuchara de alguna manera. Si había alguien en el mundo lo suficientemente obstinado como para seguir vivo, era su diablilla.

Por favor, mi amor, vuelve a mí.

CAPÍTULO 23

Dolor. Audrey no podía concentrarse en nada más. Las imágenes parpadeaban en su mente, fragmentos de recuerdos, y se esforzaba por atrapar las piezas. Un barco navegando hacia Francia, una posada tranquila, soldados, una explosión, un acantilado a la luz de la luna, un cuchillo desenvainado, un disparo en la oscuridad... y luego dolor. Mucho dolor.

Y luego algo más. Algo más grande.

—*Por favor, mi amor, vuelve a mí.*

Esa voz.

Era como si estuviera atrapada en un lugar entre respiraciones, un mundo de recuerdos y sensaciones.

Ojos verdes brillantes, labios suaves y arqueados, una risa suave destinada solo a ella.

El aire llenó sus pulmones con un jadeo.

El brillo de la luz sobre el agua, el chapoteo de los peces en el estanque, el vaivén de un bote. Otro beso profundo para satisfacer siglos de anhelo.

Una lenta respiración escapó de sus labios.

—*Te amo*.

Esas palabras se grabaron para siempre en su corazón. Nunca podrían quedar en silencio. Pero ahora estaba demasiado asustada para enfrentarse al hombre al que se las había dicho.

—Su respiración se ha estabilizado —una voz diferente habló en algún lugar por encima de ella, y sus músculos se tensaron. Y entonces...

—Ella me ha estrujado la mano.

Jonathan. Con el nombre vinieron todos los recuerdos de lo que había sucedido. Los hombres, los soldados, el ataque desde las sombras para salvar al hombre que amaba, el colapso por el dolor, y ser consumida por la oscuridad.

—Podrían ser espasmos musculares. Es mejor no hacerse ilusiones —la otra voz volvió a hablar.

Audrey se irritó ante su tono, queriendo decirle al hombre que ella estaba bien.

Pero no lo estoy. Me duele todo y no puedo abrir los ojos.

—Ya casi estamos en casa, Audrey. Los vientos del Canal fueron buenos, tal y como prometí.

La voz de Jonathan era cercana, y la presión de sus labios sobre su frente le produjo un escalofrío de alivio. Él estaba a salvo. Ella lo había protegido, igual que él la había protegido a ella. Del modo en que Audrey esperaba que siempre se protegieran el uno al otro.

Ella volvió a perderse, con la mente a la deriva mientras su cuerpo sucumbía al cansancio.

Cuando volvió a despertarse, sus párpados se agitaron y notó que el mundo se había quedado quieto.

Ya no había oscilación. Tardó un buen rato en encontrar fuerzas para abrir los ojos por completo. Cuando lo hizo, se dio cuenta de que estaba en su cama en la casa de ciudad de Cedric, con Jonathan en la cama a su lado, aunque él yacía encima de las sábanas, completamente vestido.

¿Todo había sido un sueño extraño y aterrador? ¿Acaso ella había logrado ir a Francia? Había terrible y punzante dolor en su costado y se le escapó un gemido. El dolor le recordó que esto seguramente no había sido un sueño.

Jonathan estaba dormido en la cama, con ambas manos sujetando una de las de ella. Tenía líneas de preocupación grabadas en su rostro, incluso mientras dormía, como si su preocupación lo hubiera perseguido incluso en sus sueños. Audrey deseó poder borrarlas.

De repente, se sintió estúpida por haberlo dejado. Había puesto mucho énfasis en probarse a sí misma y en marcar la diferencia hasta el punto de olvidar que había batallas más que suficientes por librar en casa, en Londres. Los derechos de las mujeres, por ejemplo. Ella se ocuparía de esos temas y dejaría el espionaje en manos de otros.

Bueno, excepto quizás cuando fuera absolutamente necesario.

Permaneció tumbada durante varios minutos, estudiando el rostro de Jonathan, hasta el tenue indicio de pecas en la nariz y las mejillas, adquirido por las horas que pasaba trabajando en los jardines de la finca Essex. Había trabajado mucho en la vida y ahora solo estaba teniendo la oportunidad de disfrutarla. Y ella casi había conseguido que lo mataran. Juró en ese momento no causarle más problemas.

Ningún problema serio, en todo caso.

Al menos, nada que Jonathan no pudiera manejar.

Después de todo, no quería que su vida se volviera *aburrida*.

Susurró su nombre y tuvo el placer de verlo despertar, de ver cómo sus ojos brillaban como dos estanques de jade en señal de alivio. En la posada se habían dicho que se amaban; Audrey no había eso. Pero, ¿habría algo diferente entre ellos ahora, después de sus confesiones?

Su rostro brillaba con un amor que la llenó de alegría.

—Gracias a Dios. Me preocupaba mucho que nunca despertaras.

No pudo resistirse a burlarse de él.

—Sin embargo, aquí estoy —se sintió mareada y un poco nerviosa.

Una sonrisa tentativa se formó en los labios de Jonathan.

—Así es. ¿Cómo te sientes?

—Totalmente miserable y maravillosa al mismo tiempo.

Jonathan soltó una risita.

—Lo de miserable es una buena señal. El doctor Lewis advirtió que si no sentías dolor, probablemente te perderíamos. Pero el dolor es algo bueno. Significa que tu cuerpo está luchando por seguir vivo.

—Bueno, has dicho que soy una luchadora —ella inclinó la cabeza, sacudiendo las pestañas de una manera que sabía que favorecía a sus ojos.

—Será mejor que dejes de hacer eso —advirtió

Jonathan—. Ya tengo bastantes ganas de besarte y no puedo. Tienes una herida grave.

Audrey hizo un mohín.

—Solo fue un disparo. Unos cuantos besos no harían daño.

Jonathan puso los ojos en blanco.

—¿*Solo* un disparo? Escúchame, mujer, te quedarás quieta y te concentrarás en mejorar, porque tenemos una boda que planear.

Eran las palabras que Audrey había anhelado escuchar. Sus ojos comenzaron a empañarse.

—¿Una boda?

—Sí. A menos que haya malinterpretado completamente todo lo que ha pasado entre nosotros, me amas tanto como yo a ti, y tenías toda la intención de decir que sí a mi propuesta cuando regresaras de Francia. Bueno, has vuelto de Francia, ¿no es así? Si me equivoco en algo de lo que acabo de decir, será mejor que me lo digas ahora antes de que sea demasiado tarde —había una seriedad en su tono que dejaba claro que él temía que ella intentara retractarse de sus palabras.

Audrey intentó no reírse.

—¿Seguro que estás preparado para encadenarte a una mujer como yo?

—No creo que puedas estar encadenada a nadie ni a nada, Audrey. Eso es lo que me gusta de ti —y entonces él la besó muy suavemente, tan suavemente que se sintió como el sueño más maravilloso. Cuando sus labios finalmente se separaron, ella le acarició la barbilla.

—¿Cómo está Cedric? Debe estar frenético.

—Lo está. Todos nosotros lo estamos. Toda la Liga acudió en tu ayuda, Lady Society.

—Oh, cielos... No les has dicho nada sobre eso, ¿verdad?

—Me temo que el secreto ha salido a la luz, aunque no ha sido cosa mía.

Suspiró.

—¿Están furiosos conmigo?

Jonathan se rio.

—¿Furiosos? No, pero algunos se han molestado. Hablando de eso, Charles exige saber cómo te has enterado de lo de los cisnes.

—¿Los cisnes?

—Sí. Hiciste referencia al incidente en tu columna mucho antes de que los cotilleos públicos se difundieran.

—Estuve allí, por supuesto. Vauxhall no es precisamente un lugar privado. Me escondí en la parte trasera del bote y lo seguí a una distancia segura una vez que él y su amante salieron al lago.

—Dios mío, supongo que siempre has sido una espía a tu manera. Me atrevería a decir que disfrutaste de lo que viste.

Audrey sonrió de manera perversa.

—Oh, sí. Y cuando me sienta mejor, me gustaría mucho probar algunas de las posiciones que vi. Sin los cisnes, por supuesto —vio un profundo rubor irradiar de Jonathan ante eso.

—Estar casado contigo nunca será aburrido, espero —se llevó la mano de Audrey a los labios y depositó un suave beso en el dorso de sus nudillos.

—Ciertamente espero que no —Audrey se estiró un

poco para bostezar, pero no pudo ocultar la sacudida de dolor que eso le produjo.

—Descansa, por favor —dijo Jonathan—. Necesito que te mejores.

—Solo si te quedas conmigo —cerró los ojos, y el cansancio la llevó lentamente a la tierra de los sueños.

—Por supuesto. Nunca me iré.

EPÍLOGO

D*os meses después.*

El carruaje de Audrey se detuvo frente a St. George, y ella contuvo la respiración. Un ataque de nervios le hizo llevarse una mano al estómago. No se había ceñido el corpiño y no llevaba ningún corsé bajo el vestido para poder respirar sin que la herida le rozara demasiado. No estaba tan a la moda como había esperado estar el día de su boda, pero al menos estaba viva y a punto de casarse con Jonathan, *finalmente*.

—¿Estás lista? —preguntó Cedric mientras la ayudaba a salir de su carruaje.

—Lo estoy —ella sostuvo sus manos y lo miró a la cara—. ¿Tú?

Su hermano mayor sonrió.

—¿Listo para permitir que crezcas y seas esposa y madre? Nunca, pero no podría entregarte a un hombre mejor —su voz se volvió áspera por la emoción—. Si

mamá y papá pudieran verte ahora, estarían muy orgu‐
llosos de ti —sus ojos se empañaron mientras se aclaraba
la garganta.

—No empieces —dijo con un resoplido—. Si
Jonathan me ve llorar, se preocupará.

Cedric asintió, intentando recobrar la compostura
también.

—Entonces será mejor que te cases antes de que haga
el maldito ridículo —se rio, limpiándose los ojos.

Cedric abrió las puertas de la iglesia y se encontraron
con la multitud que los esperaba. Audrey estaba radiante,
sintiéndose hermosa con su vestido rosa pálido. Había
perlas en el corpiño, y encaje belga adornaba sus mangas
y el dobladillo. Era sencillo pero elegante, el mejor tipo
de vestido, y uno que sin duda volvería a ponerse. Su
estómago había conseguido curarse, salvo por una cica‐
triz roja e irritada que aún le dolía, pero ahora podía
llevar un vestido algo más ajustado sin sentir demasiado
dolor.

Su hermano la acompañó al altar, donde Jonathan
esperaba nervioso. Desde su regreso de Francia, él había
sido muy abierto, muy cariñoso. Casi se perdieron el uno
al otro para descubrir la profundidad de su amor mutuo.

Compartieron sus votos de amarse y honrarse mutua‐
mente y fueron declarados marido y mujer. Jonathan le
cogió la cara y, a pesar —o tal vez a causa—, de los escan‐
dalosos cuchicheos que eso provocaría más tarde, depo‐
sitó un largo beso tierno y ardiente en sus labios frente a
todo el mundo.

—¿Sería terriblemente descortés echar a todo el

mundo para que podamos disfrutar de nuestra noche de bodas antes de tiempo? —preguntó ella cuando se separaron.

—Terriblemente descortés —Jonathan le guiñó un ojo—. Pero, ¿desde cuándo a alguno de nosotros le importa el decoro? Di la palabra y haré que los echen.

—*Ejem* —interrumpió Charles desde atrás—. Nadie va a echar a nadie hasta que yo haya comido un trozo de pastel de bodas. Esa será mi recompensa por asistir a *otra* maldita boda.

—Pronto te tocará a *ti* —le informó Audrey.

—No lo creo —replicó Charles, pero ella no pasó por alto el brillo de esperanza en sus ojos.

—Estoy seguro de que Lady Society tiene mucho para decir sobre el tema —Audrey se mordió el labio para no reírse de la expresión de horror de Charles.

—Oh, cielos —musitó Jonathan, divertido.

—Lady Society puede ocuparse de sus propios asuntos por una vez —Charles bufó y se marchó, con su joven ayuda de cámara, Linley, trotando tras él. Audrey sabía que no estaba tan enfadado como aparentaba. Sonrió con cierta picardía.

—Oh no, ¿estás sonriendo? —preguntó Jonathan.

Audrey soltó una risita, ignorando la punzada de dolor en su estómago.

—Tal vez.

—Ya estás conspirando.

—Cariño, siempre estoy *conspirando*.

—Ya sabes a qué me refiero. Tienes a alguien en mente para Charles. ¿Otro complot de emparejamiento de Lady Society?

—No, no. No creo que haya mucho que pueda hacer por Charles, para ser sincera. Es demasiado reservado. Demasiado cauteloso.

Jonathan entrelazó sus brazos y volvieron a bajar para encontrar el carruaje que los llevaría a su casa —no, a la casa de *ambos*—, para el desayuno nupcial.

—Entonces, ¿por qué sonríes?

—Porque creo que a veces los asuntos simplemente se arreglan solos. A veces de la forma menos probable,

—Suenas como un maldito oráculo.

No podía dejar de reír ante la expresión de desconcierto de su marido.

Mi marido. Había esperado demasiado tiempo para usar realmente esas palabras. Jonathan la cogió por la cintura con suavidad y la subió al carruaje. Afortunadamente, era un día cálido para mediados de noviembre, pero Audrey no pudo resistirse a presionarse contra Jonathan, quien le rodeó los hombros con un brazo y la acercó a su lado.

—¿Mejor?

Audrey apoyó la mejilla en su hombro y asintió.

—Mucho mejor.

Cuando llegaron a su casa, Audrey la miró con ojos nuevos, los ojos de una esposa.

—He comprado esto para ti, ¿sabes? —dijo, sonroján-dose de nuevo—. Todo lo que he añadido, el mobiliario, la decoración... fue todo pensando en ti.

—Pero... ¿Cómo supiste que acabaríamos juntos? Compraste esto justo después de que Cedric y Anne se casaran, hace meses.

—Supe que te quería desde el momento en que te

conocí, y me había convencido de que tener una casa adecuada era un requisito antes de proponerte matrimonio. Podemos cambiar lo que quieras. Al fin y al cabo, ahora es tu casa.

Audrey se quedó sin palabras cuando Jonathan la ayudó a bajar del carruaje y la acompañó al interior. Los sirvientes estaban esperando en el vestíbulo para recibirlos. Incluso sus gatos estaban allí, Mitones y Arquímedes. Mitones se frotaba la mejilla contra la bota de un lacayo, y Arquímedes estaba posado en la barandilla, con su cola negra agitándose, observando a todos. Para sorpresa de Audrey, la decoración le sentaba bastante bien; no era en absoluto la casa de un soltero que ahora requería el toque de una mujer. Ya se sentía como un hogar.

—El desayuno nupcial está preparado —les informó el ama de llaves—. ¿Los invitados llegarán en breve?

—Gracias, sí, lo harán —Jonathan acompañó a Audrey al gran comedor, donde pudieron admirar el montaje del festín.

¿Realmente se había despedido de Gillian como su dama de compañía un mes atrás, cuando ella se había casado finalmente con lord Pembroke? Ahora Audrey estaba aquí, en su propio festín, con su propio marido, empezando una nueva vida.

Se aferró a Jonathan, quien la acercó.

—¿Qué pasa?

—No puedo creer que estemos casados.

—Dime que no te arrepientes —la preocupación en sus ojos era muy conmovedora. Siempre habría una parte de él que lucharía por sentirse digno de lo que la vida había considerado oportuno darle. El corazón de Audrey se oprimió de amor. Sus labios se encontraron en el tipo de beso que se producía tras años de anhelar algo y tenerlo finalmente al alcance de la mano. Ambos habían anhelado esto, sus corazones pesaban con un dolor silencioso y desesperado. Ahora solo había amor, solo alegría.

—¿Si me arrepiento de haberme casado con un hombre como tú? —Audrey se puso de puntillas para besarlo de nuevo—. *Nunca*.

☙❧

Hugo estaba de pie en los pabellones de St. George, pasando desapercibido mientras los invitados a la boda se marchaban uno a uno. La rabia lo llenaba como un lento veneno, ennegreciendo su alma.

Se suponía que ella estaba encarcelada, junto con Avery. Sheffield había enviado la noticia de que los dos habían sido capturados por soldados franceses en Calais. La misión había dependido de que Avery o Audrey fueran llevados vivos a juicio. El caos que habría seguido habría resonado hasta la corte real. Lo suficiente como para que los revolucionarios actuaran antes, o al menos se expusieran.

Y todo se había arruinado. Oh, había habido un escándalo, se había hablado de la fuga de espías capturados, incluso una indignante afirmación de un ataque de la caballería inglesa por parte de algunos soldados. Pero en lugar de que varios nobles se señalaran unos a otros en

París, aquí mismo había un conflicto diplomático ante un frente francés unificado. En lugar de frenar una revolución, los recursos de Hugo se estaban utilizando para evitar una guerra. Sin duda, los franceses aprovecharían esto para conseguir un mejor acuerdo comercial en algún momento. Todo porque la Liga se había entrometido y Audrey había escapado.

Allí estaban, riendo, sonriendo. Audrey incluso se había *casado* con uno de esos malditos pícaros. Su atención se centró en Charles y en el joven que era su constante sombra.

Todo esto recae sobre tu cabeza, Lonsdale. Haré llover la venganza sobre ti por los pecados que has cometido. Deberías haber muerto en el río, pero como no lo hiciste, todos pagarán por tus crímenes.

Charles se rio de algo que dijo Ashton, y los hombres y mujeres que los rodeaban sonreían.

Los tontos. Él había jugado sus juegos, la mayoría de los cuales no habían resultado como había esperado. Pero eso era todo lo que eran, hasta ahora. Juegos. Juegos que podían ganarse o perderse sin ninguna consecuencia real. El juego, sin embargo, había terminado.

Has arrebatado la vida de Peter y de mi padre. Ahora yo arrebataré la tuya, usando la ayuda de la persona en la que más confías.

Desde su posición ventajosa vio a Tom Linley mirando alrededor de la iglesia, como si esperara encontrarlo. Hugo sonrió.

—Pronto —dijo, y luego se escabulló por una puerta lateral y se mezcló con la multitud de la calle.

FUE UN DESAYUNO NUPCIAL PARA RECORDAR. AUDREY pintó cada momento en su mente para no olvidarlo nunca. Asistieron todos sus seres queridos: los pícaros de la Liga, su hermana y el pequeño Evan, Emily, Anne, incluso Gillian y James. Todo por lo que había luchado tanto por fin se había hecho realidad, y ella aún no podía creerlo.

—Audrey, pareces muy feliz —susurró Gillian con una sonrisa de satisfacción mientras se encontraban de pie en un rincón de la sala, observando a los invitados comer y hablar.

—Lo estoy —admitió—. De maravilla. ¿Puedes creerlo, Gilly? Las dos estamos casadas con los hombres que amamos.

Su antigua criada asintió y sus ojos comenzaron a brillar.

—A veces me despierto por la noche y por un momento olvido que no estoy en casa de los Sheridan. Entonces siento a James a mi lado y... —hizo una pausa —. A veces me pongo a llorar. Eso molesta a James, pero yo siempre le digo que son lágrimas de alegría.

Audrey empezaba a luchar contra sus propias lágrimas.

—Sé exactamente a qué te refieres. Yo había perdido la esperanza demasiadas veces y ahora me siento como una tonta. ¿Tú ya sabías que él me amaba, desde el principio?

Su criada sonrió.

—Todo el mundo lo sabía. Estaba tan claro como un

cielo de verano. Pero supongo que ni siquiera Lady Society puede ver el corazón de todo el mundo.

Ella y Gillian rieron juntas, y el sonido la calentó de una manera que nunca olvidaría. Gillian la estrechó en un abrazo y luego fue a rescatar a su marido de Charles, quien intentaba engatusarlo por una porción extra de pastel.

—Sabes... Ahora que estás casado, deberías cuidar tu figura, hombre —dijo Charles, señalando con la cabeza la esbelta cintura de James—. No querrás que Gilly piense que te estás ablandando, ¿verdad?

—¿Perdón? —balbuceó James.

—Oh, sí. Será mejor que me pases esa rebanada, para que no te sientas tentado. Ahí está un buen hombre —Charles robó hábilmente el pastel y se escabulló por debajo de un lacayo que sostenía una bandeja de galletas cuando los dos casi chocaron, y luego desapareció en el vestíbulo. Audrey lo vio entregarle el trozo a su melancólico sirviente Tom. El joven forzó una sonrisa al coger el pastel y Charles le dio una palmada en la espalda.

Los ojos de Audrey se entrecerraron al estudiar el comportamiento de Tom. Le pasaba algo, posiblemente más de lo que ella había sospechado antes.

La cuestión era, ¿había motivos para alarmarse?

MUCHO DESPUÉS DE QUE LOS INVITADOS SE MARCHARAN y la casa de los St. Laurent se tranquilizara, Audrey cogió la mano de Jonathan y lo condujo a su dormitorio.

Él abrió la puerta y la alzó en brazos.

Ella se rio y le rodeó el cuello con los brazos.

—¡Cuidado! ¿Qué estás haciendo?

—Puede que no sea el comienzo oficial, pero aún así quería llevarte a nuestra cama —se acercó a ella y la depositó con cuidado.

—No soy frágil —le recordó ella, y luego hizo una mueca de dolor—. Bueno, normalmente no lo soy.

—Lo sé. Pero eres valiosa para mí, y quiero tratarte como lo haría con cualquier cosa que valore más que a mi propia vida.

Audrey soltó una risita.

—Oh, cielos. Si te comportas así, cuando esté preñada...

—Lo tolerarás —le besó la punta de la nariz—. Porque no podré evitar tratarte con el mayor cuidado.

Audrey hizo caso omiso y comenzó a trabajar en los botones de su chaleco. Él se quitó el abrigo con dificultad mientras ella alcanzaba sus pantalones.

—Recuéstate y déjame saborear esto —sugirió él.

Audrey obedeció, con el corazón latiendo con fuerza mientras se quitaba las zapatillas de casa y las medias y deslizaba el vestido hasta sus caderas. Jonathan le besó los muslos, y ella gimió y cerró los ojos cuando su boca llegó a su sexo. El clímax que sintió a continuación fue intenso, y suspiró de placer cuando él cubrió su cuerpo con el suyo y la penetró. Audrey le quitó la camisa y sus piernas se enroscaron alrededor de su cintura, tirando de sus pantalones hacia abajo mientras la embestía.

—Jonathan —susurró su nombre.

—¿Sí? —cogió las manos de Audrey entre las suyas y

las inmovilizó contra la cama. Sus cuerpos estaban fusionados.

—No dejes de hacer eso... lo que estás haciendo con tus caderas... —ella gimió mientras él rodeaba sus caderas más profundamente y nuevas olas de placer se iban acumulando.

—Tu deseo... es mi orden —su boca se apoderó de la de Audrey, y sus labios danzaron ferozmente el uno contra el otro. Pronto se corrieron juntos, compartiendo el mismo aliento, y el latido de sus corazones se convirtió en un repiqueteo constante—. ¿Cómo he tenido la suerte de hacerte mía? —preguntó Jonathan con una sonrisa infantil. Hizo girar sus cuerpos para que quedaran frente a frente, con sus miembros aún entrelazados.

Audrey le pasó un dedo por la mejilla.

—Tú *me* viste. El primer día que nos conocimos me di cuenta de que no mirabas a una dama, a la hermana de un vizconde, ni siquiera al dinero. Solo viste a una mujer.

—Es cierto —admitió—. La mujer más hermosa que he visto en mi vida. Pero eso solo mejoró cuando te conocí —le pasó los pulgares por los labios—. Y tengo la sensación de que pasar el resto de mi vida como marido de Lady Society nunca será aburrido.

—Más vale que no lo sea —ella le sonrió y lo besó una vez más—. Soy bastante problemática, ¿verdad?

—Un problema, sin duda —aceptó—. Y vales la pena, cariño. Lo vales todo.

· · ·

¡MUCHAS GRACIAS POR LEER *SU PERVERSO Secreto*! El siguiente libro de la serie es la historia de Charles, titulada *El Último Pícaro Perverso*. ¡Pasa la página para leer el prólogo y el primer capítulo!

EL ÚLTIMO PÍCARO PERVERSO
PRÓLOGO

Londres, diciembre de 1821

El ensordecedor crujido del hielo al romperse fue como un disparo. Detuvo en seco a Charles Humphrey, séptimo Conde de Lonsdale. Había estado corriendo a través del Támesis congelado, con el crepúsculo extendiéndose sobre el paisaje invernal delante de él, creando sombras espeluznantes que conducían a la figura que estaba más allá de su alcance.

—¡Detente! —gritó Charles. El dolor y la rabia lo llenaban hasta el punto de que no existía nada más dentro de él. Era una bestia impulsada con un solo propósito: matar al hombre que estaba persiguiendo.

A su propio hermano.

Pero el sonido del hielo rompiéndose lo rodeaba ahora, resonando a través del Támesis. El hombre que iba delante de él se detuvo, derrapando brevemente sobre el hielo. Charles hizo lo mismo, escuchando otro sonido de advertencia, pero no pudo ver ninguna grieta evidente en la superficie.

—Ni un paso más, hermano —advirtió el hombre, con voz firme y fría.

La rabia que había sido apartada momentáneamente por la amenaza de romper el hielo volvió a rugir. Sus dedos se cerraron en puños.

—¿Hermano? ¿Te atreves a llamarme así? Me lo has quitado *todo*. Ella era mi mundo —la furia en su interior cayó como una cortina negra sobre su visión. No se atrevió a cerrar los ojos. Si lo hacía, la vería a ella, su amor, muriendo en sus brazos, y eso lo debilitaría. Ahora, su ira era su única fuerza.

—No es menos de lo que te mereces. Me has quitado *mi* mundo —su hermano prácticamente gruñó—. Tú y tu padre han destruido mi vida.

—Él también era tu padre —siseó Charles—. Él intentaba salvarte.

—¡Me dejó para que me salvara yo mismo! Eres una vergüenza.

Charles apenas podía controlar su furia.

—Nunca he tenido problemas con el hombre que soy, ¿pero tú? Eres un asesino. Si vamos a hacer una lista de pecados, el tuyo será el primero —Charles dio otro paso hacia él.

—¿*Asesino*? ¿Cómo te *atreves*...?

¡*Crack*! El hielo se rompió, y su hermano gritó y se sumergió en las heladas profundidades.

—¡No! —Charles se precipitó hacia la mano que sobresalía del hielo fragmentado y, como un maldito tonto, se lanzó también al agua.

La oscuridad, el hielo y el frío lo envolvieron. Luchó al ver otra figura en el agua turbia. Lo alcanzó, sus dedos rozaron la punta del hombro del hombre, pero la corriente era demasiado fuerte. Iban a morir. Todas las pesadillas que había tenido desde la universidad se estaban haciendo realidad. Este iba a ser el final.

Al menos estaría con ella, su querida esposa.

El hombre que frente a él se ahogó, y su rostro pálido se contorsionó mientras aspiraba una bocanada de agua.

Él siempre debió haber sabido que esto acabaría así. Muerte en la oscuridad para ambos. Solo que esta vez, había matado a su propio hermano y a su esposa, porque el pasado no lo soltaría.

Tal vez él había sido el villano de esta historia desde el principio...

CAPÍTULO UNO

Capítulo Uno

Regla de la Liga #1:
Una casa dividida contra sí misma no puede permanecer. Tampoco nuestra amistad. Debemos permanecer juntos, o divididos, caeremos.

EXTRACTO DE *LA GACETA DEL MONÓCULO DE CRISTAL*, 11 de diciembre de 1821, la columna de Lady Society:

La Gaceta del Monóculo de Cristal *lamenta informar a los lectores que no habrá columna de la Lady Society esta semana. Confiamos en que sus lectores lo comprendan, y esperamos que ella vuelva a nosotros en un futuro próximo. Sabemos que muchos de vosotros habéis escrito a Lady Society en relación* con el destino de Charles Humphrey, el Conde de Lonsdale. Esperamos y deseamos que Lady Society regrese con noticias sobre este soltero en particular.

QUERIDA LADY SOCIETY,

ES UNA TRAGEDIA NACIONAL QUE SU COLUMNA HAYA SIDO suspendida en este momento en particular, pues es con gran curiosidad y mucha inquietud que le escribo horrorizada por lo que mi querido esposo presenció anoche mientras regresaba a casa conmigo de una reunión de negocios cerca de Lewis Street. Mientras se paseaba por el borde del camino, mi apuesto marido se topó con una dama desaliñada con un llamativo vestido rojo que, según mi incondicional marido, estaba huyendo; y esto es de lo más desconcertante, Lady Society, ¡pero ella estaba intentando escapar de Lord Lonsdale!

Me duele decir esto, ¡pero creo que el incidente con los cisnes al que se alude en su columna no es el único comportamiento descabellado de este pícaro! ¡De hecho, mi encantador esposo insistió en que Lord Lonsdale estaba muy presionado en medio de la noche, buscando a esta dama que andaba por ahí topándose con hombres serios y de importancia como mi marido!

Y de hecho, Lady Society, ¡esa no fue la información más insólita que me transmitió mi marido! Él recuerda haber visto, después de que la dama desapareciera y Lord Lonsdale siguiera su camino (supongo que a su casa, para prepararse para el cortejo), a un tipo de aspecto muy peligroso que merodeaba tras Lord Lonsdale de forma bastante amenazadora. ¡Qué horror!

Obviamente, ¡la única solución es conseguir que Lord Lonsdale se case lo antes posible! Si pudiera emplear algo de su magia, Lady Society, como lo ha hecho con sus amigos y otros antes que él, sí creo que Lord Lonsdale necesita su ayuda en este momento.

También, si pudiera llevarlo hasta mi encantadora segunda hija. Es muy hábil con el piano y su costura es impecable, aunque no mencione su francés, pues es pésimo.

SUYA,

Una madre de la sociedad desesperada

CHARLES SE INCLINÓ HACIA DELANTE EN SU SILLA, A dos filas de distancia de la parte delantera del público, escuchando cantar a la señorita Matilda Brower mientras tramaba cómo podría encontrar la manera de hacer que el pianoforte que estaba a su lado cayera misteriosamente por la ventana más cercana hasta la calle de abajo.

Mientras ella tarareaba las notas de alguna melodía atroz, Charles podía sentir que su mente se atrofiaba por la falta de estímulos adecuados. Había una docena de otras cosas que podría estar haciendo en este momento, una docena de otras *mujeres* a las que podría seducir, incluida aquella encantadora y joven viuda, la señora Forsythe, que lo estaba mirando por encima de su abanico justo una fila más atrás y a la izquierda.

Le lanzó un guiño a la traviesa viuda y su abanico se agitó un poco más rápido. Pero no había forma de que simplemente se levantara y saliera de la sala, no mientras la señorita Brower seguía imitando a alguien estrangulando a un gato con un juego de gaitas.

Malditos musicales.

Había formas más fáciles y misericordiosas de matar a un hombre que obligarlo a asistir a una obra de varias jóvenes que no tenían ni un ápice de talento entre ellas. Cerró los dedos alrededor del programa de la noche y reprimió un gemido. Necesitaba escapar, pero eso requeriría una distracción.

Una fila delante de él, su amigo íntimo, Godric St. Laurent, el Duque de Essex, estaba cabeceando. Charles no podía entender cómo se las arreglaba para quedarse dormido durante el canturreo chillón.

Charles cogió con cuidado el bastón que estaba apoyado en la silla junto a la suya. El propietario del bastón, Cedric, el Vizconde Sheridan, estaba mirando al vacío y no notó su ausencia. Con una sonrisa alegre, Charles colocó el bastón bajo el asiento de Godric y provocó un fuerte *ithwack!*

Godric saltó de la silla como si lo hubiera mordido una víbora.

—¡*Joder*! —los espantosos sonidos que imitaban un estrangulamiento de gatos se apagaron bruscamente cuando todos se volvieron para mirarlo—. Er... yo... digo... qué buena música, joder —Godric se aclaró la garganta y volvió a sentarse, alisándose el chaleco, con el rostro ahora rubicundo. Charles soltó una risita para sí mismo, pero fue lo suficientemente fuerte en el repentino silencio como para que lo escucharan. La belleza de pelo castaño sentada junto a Godric se volvió para mirarlo, con sus ojos violetas encendidos.

—Sigue así, Charles, y mi prioridad será casarte. Aunque solo sea para frenar tu comportamiento.

La mujer, la esposa de Godric, Emily, nunca había hecho una amenaza que no cumpliera, lo cual era una gran hazaña para una duquesa de diecinueve años.

—No lo creo, mi señora —bufó—. Si dejara de ser yo mismo, todos vosotros os aburriríais hasta el hartazgo en quince días.

Emily arqueó una ceja en señal de desafío y, entonces, el espantoso graznido volvió a dar comienzo.

Bueno, él ya había tenido suficiente. Al diablo con las distracciones. Charles ignoró los gritos de asombro de aquellos que lo rodeaban y se apresuró a salir con una sonrisa pícara hacia la sorprendida señorita Brower. Una vez afuera, se inclinó contra la pared, con las palmas de las manos apoyadas en el papel pintado de raso azul.

—¿Milord? —preguntó un lacayo. Charles lo miró.

—Trae mi sombrero y mi abrigo, y un carruaje.

Tenia que salir de esta maldita casa, alejarse de toda esta tontería de bailes y fiestas. Las distracciones sociales que antes disfrutaba perdían su atractivo con cada día que pasaba. Su respiración se entrecortó mientras una oleada de pánico cobraba vida. Este último año había visto a todos sus amigos casarse y empezar a tener hijos. Estaban siguiendo con sus vidas, dejando atrás sus días de juventud e imprudencia.

Me están dejando atrás.

La idea de afrontar el resto de su vida solo nunca le había preocupado. Siempre había tenido a su lado a sus queridos amigos, la Liga de los Pícaros. En aquel momento de juventud, nunca se había planteado que sería el último soltero en pie. Ahora, con los matrimonios y bautizos llenando sus días, el ritmo de su vida se había visto dramáticamente alterado. Y una cosa había quedado sorprendentemente clara. Él estaba solo.

Un vacío dolor de soledad se apoderó de sus hombros. No había mucho que pudiera hacer al respecto, por supuesto, excepto encontrar una esposa joven y engendrar herederos. Pero Charles había visto los resultados de los hombres que elegían mal a sus parejas y esperaba evitar ese destino.

Tampoco había experimentado la temida sensación de enloquecer debido al amor. De la noche a la mañana, sus amigos habían pasado de ser pícaros —cuyo comportamiento solo se toleraba por su riqueza o posición—, a caballeros. Esa transformación aterrorizaba a Charles, pero también le intrigaba. Tal vez no quería enamorarse, pero no se casaría a menos que lo estuviera. Era mejor ser un tonto enamorado de su esposa que la otra opción.

Emily podía bromear todo lo que quisiera con la idea de casarlo, pero eso no sucedería, no con ninguna mujer que él conociera en Londres, y las conocía a todas.

Cerró los ojos un momento, disipando su ansiedad, antes de dirigirse a la puerta principal y encontrarse con el lacayo que había recuperado su sombrero y abrigo.

Salió de la casa de ciudad y se dirigió a su carruaje. Normalmente, su ayuda de cámara, Tom Linley, lo estaría esperando, pero le había dado a Tom una muy necesaria tarde libre. Dada la tensa relación de Charles con su propio hermano, el chico se había convertido en una especie de familia durante el último año. Alguien a quien podía confiarle cualquier cosa. Con la brecha entre él y sus amigos cada vez más grande, Tom se estaba convirtiendo rápidamente en el *único* en quien podía confiar.

No podía dejar de preguntarse qué hacía el muchacho cuando no tenía la tarea de seguirlo a todas partes. La timidez del muchacho excluía cualquier idea sobre su presencia en una casa de mala reputación o un garito de juego. Más bien, Tom había pasado el día con la pequeña Katherine. Con una hermanita a su cargo, gran parte de su tiempo libre se centraba sin duda en ella.

—¿A dónde, milord? —preguntó el conductor.

Charles miró los caminos invernales. Solo había un lugar al que podía ir para despejar la cabeza.

—A Lewis Street.

El chófer enarcó las cejas, pero no se opuso. Era una parte bastante peligrosa de Londres, y la mayoría de los hombres la evitaban. Ladrones, asesinos y toda clase de hombres malvados habitaban en los túneles bajo Lewis Street.

En el pasado, Charles se habría dirigido a un lugar de placer, con el resto de sus amigos acompañándolo, y habrían pasado la noche bebiendo y divirtiéndose junto a las mejores cortesanas de Londres. Pero todo había cambiado. Ahora no vendrían con él aunque quisieran. La desesperación de ese pensamiento, de ser abandonado por ellos, formó un nudo en su garganta. Pronto, se volvió imprudente. Sabía que no debía ir solo a Lewis Street, pero no le importaba.

Subió al carruaje, que se puso en marcha poco después de sentarse.

Era tarde, las once y media, cuando el carruaje se detuvo en Lewis Street.

—¿Lo espero, señor? —preguntó el conductor.

—No con una guarida de ladrones cerca —Charles sabía que las barriadas cercanas a los túneles estaban llenas de hombres que degollarían a otro si creían que podían obtener un penique por ello. Estaba seguro de que, cuando él terminara, podría caminar unas cuantas calles y contratar otro carruaje para llegar a casa.

—Muy bien, milord —el cochero tiró de las riendas y los dos caballos grises moteados se alejaron a toda prisa, dejándole solo.

Se enderezó el sombrero y, con una oscura sonrisa, se metió en la sombra de la entrada más cercana. Golpeó la madera antigua y desgastada con sus nudillos. Un panel a la altura de los ojos se abrió, y un hombre corpulento con una barba tupida y ojos duros y oscuros lo examinó de pies a cabeza. El panel se cerró de golpe y la puerta se abrió; el hombre corpulento dejó que Charles pasara por delante de él. Desde la calle, el edificio parecía un pequeño almacén, pero, en realidad, era un portal a un enorme mundo subterráneo de túneles que conducía a habitaciones donde los hombres podían boxear y apostar sin reglas ni interferencias. Incluso los Corredores de Bow Street temían bajar hasta aquí, y solo lo hacían por la fuerza.

Últimamente, Charles venía cada vez más a este lugar, pues el ambiente salvaje y el caos alimentaban algo oscuro en su interior que no podía explicar. Toda la rabia, todo el miedo que se acumulaba en su interior, podía soltarlo aquí. Y entonces, durante unos breves días, se sentiría libre.

—El ring tres está disponible —dijo el portero mientras se adentraban en los escarpados túneles amurallados, de los que se decía que databan de los Tudor. La caverna principal albergaba tres grandes cuadriláteros de boxeo, dos de ellos actualmente en uso.

En el tercero, un bruto alto de puños poderosos estaba provocando a la multitud mientras llamaba a un retador para que se enfrentara a él. Era un hombre de cuello grueso con el pelo cortado casi hasta el cuero cabelludo, y sus gruesos labios evidenciaban un rostro que había recibido golpes durante años.

Sí, ese hombre le daría mucho trabajo esta noche.

Charles se llevó una mano a la boca.

—¡Oye! —su grito se extendió entre la multitud. El hombre en el ring se detuvo, y la multitud se calló mientras todos se volvían hacia él—. Dos golpes y te derribo —anunció mientras se quitaba el sombrero y el abrigo, dándoselos a un muchacho escuálido que lo miraba con los ojos muy abiertos—. Dos peniques si me los sostienes.

El chico asintió ansioso y Charles le dio una palmadita en el hombro antes de subir al cuadrilátero.

—¿Dos golpes? —gruñó el hombre—. Un poco seguro de sí mismo, ¿eh?

—Absolutamente, hombre —Charles se arremangó la camisa blanca y limpia, dejando al descubierto sus antebrazos.

El hombre se encogió de hombros.

—Tu funeral.

—¿Y las apuestas? —preguntó Charles al tiempo que tomaba su posición. No necesitaba dinero, pero ganarles a esos tontos era muy satisfactorio. Por lo general, donaba las ganancias a una causa digna o, en raras ocasiones, a su médico, que lo curaba después de las peleas más duras.

El otro hombre se rio con dureza.

—Muy bien. El que gane puede llevarse ese lindo trozo de carne a casa.

Charles frunció el ceño.

—¿Perdón?

El hombre señaló con la cabeza a una mujer que, de repente, fue arrastrada por dos hombres al frente de la multitud. Esto no era normal, ni siquiera aquí.

La mujer llevaba un vestido rojo intenso, y su pelo rubio era el más hermoso que Charles había visto en su vida, recogido en un estilo greco suelto con cintas enhebradas. Su piel lechosa se había deteriorado en las zonas en las que parecía haber sido golpeada. Y Charles nunca había visto unos ojos azules más puros.

A pesar del vestido rojo y de los túneles iluminados con antorchas de este agujero infernal, ella parecía un ángel. Uno aterrorizado. Ella luchaba, pero la mordaza en su boca amortiguaba sus gritos. La rabia estalló dentro de Charles y se enfrentó a su oponente. Su cuerpo se llenó de una renovada energía para la lucha. No habría apostado para ganar a una mujer dispuesta, pero ¿para rescatar a una no dispuesta? Por supuesto.

—Hay muchas mujeres en las calles. ¿Tenías que ir y coger una que no estuviera en venta?

El bruto asintió.

—Es mucho mejor oírlas gritar. Me gusta cuando pelean.

—Bueno, es suficiente —declaró Charles en tono de disgusto—. Iba a facilitarte las cosas, ya que estaba aburrido, pero ahora me has molestado.

El hombre le lanzó una mirada maliciosa.

—El elegante caballero cree que puede conmigo, ¿eh? —la multitud que los rodeaba rugía de emoción, pero Charles no estaba prestando mucha atención. En su lugar, se centró en el hombre frente a él, en la forma en que se movía, en el modo de andar ligeramente irregular que lo obligaba a apoyarse más sobre su pierna izquierda, posiblemente una vieja lesión. Su respiración indicaba que no había descansado del todo de su último combate. Era útil saber estas cosas.

Charles dejó de lado cualquier pensamiento externo al ring y se entregó al momento. El bruto levantó las manos y, sin previo aviso, se abalanzó sobre Charles, blandiendo un puño carnoso. Quería terminar esto de manera rápida en lugar de estudiar a su oponente. Tonto.

Charles retrocedió entre brinquitos, dejando pasar el golpe. Su oponente se tambaleó hacia delante, y Charles le dio una fuerte patada en el culo cuando tropezó junto a él. Los hombres de la multitud vitorearon a Charles, y esto solo enfureció al bruto, como se pretendía.

Bailaron, una mangosta y una cobra real, rodeándose mutuamente en sentido contrario a las manecillas del reloj; Charles esquivando cuidadosamente cada golpe, obligando al hombre a apoyarse sobre su pierna herida, dejando que el hombre se cansara mientras tropezaba una y otra vez.

—Un… cobarde de mierda… para golpearme —jadeó el hombre, secándose el sudor de los ojos.

Cuando el hombre se acercó a él esta vez, Charles dio un golpe. Con fuerza. Su puño golpeó al hombre en la mandíbula, y cayó como una piedra, desplomándose en el ring de madera. No se movió, excepto por el leve ascenso y descenso de su espalda al respirar.

Ni siquiera necesité un segundo golpe, ¿verdad?

La multitud que rodeaba el cuadrilátero rugió, y Charles se despidió con un gesto de mano mientras bajaba de la plataforma para liberar a la mujer. Ella respiraba con dificultad, con los ojos muy abiertos. Al acercarse, notó que había algo en ella, como un sueño no del todo recordado. Fulminó con la mirada a los hombres que aún la retenían y sus manos se apartaron. Esperaba que la mujer se arrojara sobre él y lo cubriera de besos en señal de agradecimiento.

Pero no fue así. En lugar de eso, ella le dio un rodillazo a un hombre en la ingle antes de golpear al segundo en la garganta.

Este ángel podía luchar; un arcángel sin la espada de fuego. Estaba a punto de aplaudir sus esfuerzos, pero entonces ella se abalanzó sobre él. Apenas atrapó su puño antes de que aterrizara, y la atrajo contra él, usando su cuerpo para contener el de ella.

—Tranquila, amor, no voy a hacerte daño. No dejaré que nadie aquí te haga daño —la miró a los ojos, sintiéndose extraño, como si esos estanques gemelos lo atrajeran—. Yo… —se aclaró la garganta y ella apartó la mirada, rompiendo el poderoso hechizo—. Voy a liberarte ahora. Por favor, créeme, no quiero hacerte daño —

la soltó y ella se apartó de él. Pero no fue muy lejos debido al grupo de hombres que permanecía alrededor del ring de boxeo.

—Tengo que irme —su tono era susurrante, recordándole a Charles cómo hablaban a menudo las chicas durante su primera temporada en la *alta*, esforzándose demasiado por sonar como si pertenecieran a ella. Intentó huir, pero Charles atrapó una de sus manos.

—Por ahí no. Por favor, permítame ser un caballero y escoltarla a salvo de este lugar.

La mujer apartó la mirada, pero asintió de mala gana, permitiendo que la guiara por donde él había llegado. Charles enroscó sus dedos alrededor de su delgada mano y se maravilló de lo bien que se sentía. Sin duda, todo esto se debía simplemente al júbilo de haber rescatado a alguien, pero aun así pretendía disfrutarlo.

Vio al chico al que le había dejado sus pertenencias y le hizo un gesto para que se acercara y le entregara los dos peniques prometidos. Notó que la mujer le sonrió al muchacho mientras este se alejaba. ¿Su ángel tenía debilidad por los niños? A él le pasaba lo mismo. Los niños de los túneles se enfrentaban a una vida dura y peligrosa. Cada moneda era importante.

—¿Conoce la salida, señor? —preguntó mientras pasaban entre la multitud, la cual ya esperaba el siguiente combate.

—Sí —caminaron en silencio por el ahora vacío sistema de túneles, pero Charles se mantuvo alerta por si el bruto tenía amigos que no creían en el espíritu del juego limpio. Sin embargo, no era fácil, teniendo en cuenta la distracción que suponía simplemente coger la mano de esta mujer.

Finalmente, llegaron a la empinada cuesta que los regresaría a la superficie, y el viento helado del exterior le aguijoneó la nariz a Charles. El portero seguía en su puesto junto a la puerta hacia Lewis Street. La abrió sin decir nada y les permitió pasar.

Charles parpadeó cuando salieron del alero. Ahora había lluvia, suave y helada. Su ángel no tenía capa y no llegaría muy lejos con este clima sin coger un resfriado.

—Llamaré a un coche de caballos para que te lleve a donde desees —dijo mientras le ofrecía su abrigo. Ella lo rechazó con un gesto de mano y, al hacerlo, la liberó hábilmente del agarre de Charles. La pérdida de contacto lo llenó de una extraña desesperación. No quería que ella se fuera, quería... ¿Qué quería? La quería, quería llevarla a casa, calentarla junto al fuego, explorar los misterios que brillaban en sus ojos.

—Gracias por el rescate, pero realmente debo irme —se pasó una mano por los ojos, apartando la lluvia de sus pestañas doradas, y se alejó a toda prisa.

—¡Espera! —corrió tras ella hacia la calle—. Al menos debes decirme tu nombre —le mostró su sonrisa más devastadora, la que se sabía que estremecía cualquier corazón femenino a menos de treinta metros de él.

La expresión de melancolía que ella le devolvió fue como un puñetazo en las entrañas. No parecía estar afectada por él, o peor aún, no parecía impresionada. Charles suponía que ella acababa de escapar de un destino aterrador, pero aun así, no era la reacción que él había esperado.

Ella se detuvo. La lluvia oscurecía su vestido rojo en un profundo color baya que se adhería a su piel.

—Mi nombre...

—Mi recompensa por tu rescate —dijo Charles, redoblando sus esfuerzos—. Aunque podría argumentar que eso es suficiente recompensa en sí mismo.

Charles se tragó la vergüenza que crecía en su interior. Después de lo que ella había vivido, necesitaba un caballero blanco sobre un corcel que la protegiera, no un maldito pícaro. Sin embargo, no pudo contenerse. Ella lo había hechizado.

Por fin rompió el silencio.

—Lily.

—Lily —repitió él. El nombre era suave, delicado y femenino, como su forma de hablar—. ¿Puedo visitarte? Cuando... cuando estés convenientemente recuperada de tu aventura, por supuesto —la idea de dejar ir a esta misteriosa mujer no se sentía bien. Temía que dejarla ir fuera el mayor error de su vida.

—No creo que sea una buena idea, milord.

—¿Cómo sabes que soy un lord?

Ella volvió a sonreír.

—Su oponente tenía razón. Es un caballero demasiado elegante —dejó que sus palabras reflejaran el acento del bruto, e hizo reír a Charles.

—Supongo que lo soy —miró su chaleco bordado en plata y oro—. Pero me gustaría mucho ser tu *elegante* caballero.

Su sonrisa, tan extrañamente agridulce, le desgarró el corazón a Charles. Por un momento pensó que ella huiría en la noche, pero, en lugar de eso, lo cogió por los hombros y lo besó.

Él se sobresaltó, solo por un segundo, antes de cogerla por la cintura y asumir el control. Fue un momento de fuego y luz, como una sacudida en su sistema. Era un maestro de la seducción, había construido su vida sobre la creación de besos perfectos y, sin embargo, en este momento se sentía como un niño torpe con su primera doncella. No era posible, pero así eran las cosas.

Después de un largo momento, sus bocas se separaron. La lluvia seguía cayendo en forma de una ligera llovizna mientras Lily se estremecía contra él. Charles apoyó su frente en la de ella, y sus respiraciones entrecortadas coincidieron en un ritmo perfecto. Todos los sentidos se activaron mientras él se esforzaba por grabar este recuerdo en su mente. El cuerpo de esta mujer presionado contra el suyo, el azul de sus ojos como zafiros, el terciopelo de sus labios y su respiración ronca.

—Ahí tienes tu recompensa.

—Por favor, déjame acompañarte a casa —le rogó. Charles temía que ella se desvaneciera si la dejaba ir, que de alguna manera hubiera perdido su lucha y que todo este momento no fuera más que un sueño mientras yacía noqueado en el suelo. Una mujer así no podía ser real.

Lily se apartó, mirando algo detrás de él, sobresaltada por el miedo. Charles se giró hacia las oscuras callejuelas que había tras ellos, con los puños en alto, dispuesto a enfrentarse a lo que pudiera surgir de los túneles de Lewis Street.

Pero no había nada, solo oscuridad y lluvia.

Charles se dio la vuelta y descubrió que la callejuela estaba vacía. Lily se había ido.

Miró al cielo, dejando que la lluvia helada le cubriera la cara. Quizás había sido realmente un sueño. ¿Cómo podía ser real un momento así? Encontrar a la mujer perfecta solo para perderla la misma noche.